ullstein

BRIGITTE
JANSON

Soraya

PRINZESSIN AUF DEM PFAUENTHRON

Roman

Ullstein

Besuchen Sie uns im Internet:
www.ullstein.de

Wir verpflichten uns zu Nachhaltigkeit

- Klimaneutrales Produkt
- Papiere aus nachhaltiger Waldwirtschaft und anderen kontrollierten Quellen
- ullstein.de/nachhaltigkeit

MIX
Papier | Fördert gute Waldnutzung
FSC® C021394

Originalausgabe im Ullstein Taschenbuch
1. Auflage Februar 2023

Umschlaggestaltung: bürosüd° GmbH, München
Titelabbildung: Arcangel Images / © Ilina Simeonova (Frau);
© www.buerosued.de
Gesetzt aus der Quadraat Pro powered by *pepyrus*
Druck und Bindearbeiten: ScandBook, Litauen
ISBN 978-3-548-06645-5

Auch wenn dieser Roman auf wahren Begebenheiten basiert, handelt es sich um eine fiktionale Erzählung von Soraya Esfandiary-Bakhtiarys Geschichte. Nicht alle Szenen, die geschildert werden, sind auch so passiert. Manche Ereignisse sind in der Realität anders verlaufen oder wurden von der Autorin dem Roman zuliebe angepasst. Ebenso sind die Dialoge weitgehend erfunden.

Gewidmet all jenen Frauen, deren Kinderwunsch sich nie erfüllt hat

Ehe ich dir begegnete,
Wusste ich nichts vom Glück,
Doch nun, da ich mit dir bin,
Fühle ich nur noch Freude.
(Saadi, persischer Dichter)

Prolog

Rāmsar, Kaspisches Meer, Oktober 1950

»Komm«, bat Mohammad Reza und streckte die Hand nach ihr aus. Soraya zögerte kurz, aber dann überließ sie ihm ihre Hand und folgte ihm nach draußen in den Orangengarten.

»Ist dir kalt?«, fragte er besorgt.

Es war Mitte Oktober, und so nah am Elburs-Gebirge konnte es abends bereits empfindlich kalt werden. Aber Soraya schüttelte den Kopf. Sie trug eine Strickjacke über einem einfachen Kleid, und es war ihr fast zu warm. Das lag jedoch eher an der Nähe dieses aufregenden Mannes, der seit zwei Wochen ihr Verlobter war.

Sie schloss kurz die Augen, und als sie sie wieder öffnete, befand sie sich immer noch in Persien und sollte schon in ein paar Monaten den Schah heiraten.

Es war kein Traum – und doch glaubte sie oft, sie würde im nächsten Moment aufwachen und sich in ihrem Bett im Schweizer Internat oder in Berlin bei ihrem Großvater wiederfinden.

Soraya warf einen schnellen Blick über die Schulter auf

den einstöckigen marmorweißen Sommerpalast der Pahlavi-Dynastie. Er war nicht ganz so riesig und einschüchternd wie die Paläste in Teheran, und sie hatte sich gleich wohlgefühlt, als sie am Nachmittag hier angekommen waren. Wertvolle Perserteppiche und Gemälde europäischer Meister sorgten für eine gemütliche Atmosphäre, die Möbel waren eher schlicht, aber praktisch.

Wie hatten sie gelacht, als sie angekommen waren! Wie zwei Kinder, die die Schule geschwänzt hatten. Viel zu selten hatten Mohammad Reza und Soraya einmal ein paar Stunden für sich allein. Stets wurden sie von einem seiner zahlreichen Familienmitglieder begleitet – schließlich musste der Anstand gewahrt werden.

Aber am frühen Nachmittag war Mohammad Reza mit einem abenteuerlichen Funkeln in den Augen bei Soraya aufgetaucht und hatte sie entführt – wobei sie äußerst freudig mitgegangen war. Sie waren zum Flughafen gefahren und hatten kurz darauf mit seiner zweisitzigen Maschine abgehoben.

Sie hatte nicht gefragt, wohin es ging. Solange sie nur bei ihm sein konnte, war ihr alles andere egal. Mit großer Geste hatte er auf das Land unter ihnen gezeigt – auf die Wüste, auf die Berge, auf die Felder und Dörfer. Er sagte etwas, das Soraya über den Motorenlärm hinweg nicht hören konnte, aber sie verstand ihn auch ohne Worte. Bald würden sie gemeinsam über Persien und die Perser herrschen.

Der Gedanke machte ihr Angst. Sie war doch nur eine junge Frau, die sich rettungslos in einen attraktiven und liebenswerten Mann verliebt hatte.

Aber sie ließ sich nichts anmerken – auch jetzt nicht, als sie Seite an Seite an den Orangenbäumen entlanggingen. Um ihr den Weg freizumachen, bog der Schah die Äste zur Seite. Dann blieb er stehen und schaute sie im Licht der untergehenden Sonne zärtlich an.

»Dein Name passt nicht zu dir«, murmelte er.

Verwirrt runzelte sie die Stirn. »Mein Name? Warum nicht?«

»Es ist zu wenig.«

Sie begriff immer noch nicht.

Da legte er ihr zärtlich zwei Finger an die Wange. »In deinen smaragdgrünen Augen finde ich nicht nur das Siebengestirn, denn dies bedeutet Soraya.«

»Ich weiß«, erwiderte sie. Dachte er etwa, dass sie die Herkunft ihres eigenen Namens nicht kannte?

»Sieben sind zu wenig«, sagte er. »Ich sehe in deinen Augen das gesamte Sternenzelt.«

Die Knie wurden ihr weich, und sie hielt sich an ihm fest.

Mohammad Reza senkte den Kopf und küsste sie zart auf die Lippen. Der Duft der reifen Orangen mischte sich mit dem salzigen Geruch des Meeres, und während Soraya seinen Kuss erwiderte, fragte sie sich wieder einmal, wie bloß alles so weit hatte kommen können. Noch zu Beginn dieses Jahres war sie eine junge Schülerin in der Schweiz gewesen, und nun würde sie bald den Schah von Persien heiraten.

Wieder schloss Soraya die Lider. Und als sie sie erneut öffnete, stand sie noch immer im Orangengarten und küsste den Mann, der die Liebe ihres Lebens werden sollte.

Teil I

Neue Wege

1. Kapitel

Berlin, Februar 1950

Soraya kniff die Augen zu schmalen Schlitzen zusammen und drückte das Kinn gegen die Brust. Gegen den feinen Wüstensand konnte sie trotzdem nichts ausrichten. Er kroch unter ihr luftiges Leinenkleid, setzte sich unter dem Strohhut in ihren Haaren fest, fand Schlupflöcher im weißen Seidenschal, den sie ums Gesicht geschlungen hatte, und sammelte sich in ihren Ohren.

Die Sonne schien hoch und heiß vom Firmament, Sorayas Mund war staubtrocken, der Durst beinahe übermächtig. Aber sie juchzte vor Freude und presste die nackten Beine fester an die Flanken ihres weißen Araberhengstes. Der Schimmel flog über die Wüste und schien kaum noch den Boden zu berühren. Gemeinsam waren sie frei, und aller Kummer blieb hinter ihnen zurück.

Ein durchdringender Pfiff ertönte, aber Soraya hörte nicht hin. Dann gab es einen plötzlichen Ruck – so als wäre der Hengst aus vollem Galopp schlagartig stehen geblieben. Was unmöglich war.

Noch ein Ruck, und auf einmal verschwand die Hitze der Wüste, und die Kälte einer europäischen Februardämmerung kroch ihr in die Glieder.

Soraya rieb sich über die Augen.

Wo bin ich?, fragte sie sich verwirrt.

Die Handschuhe aus grober Wolle reizten ihre empfindliche Haut, und sie spürte die Berührung wie einen schmerzhaften Schlag. Schnell ließ sie die Hände sinken, öffnete die Lider und seufzte verhalten.

Warum hatte der Zug plötzlich gehalten? Sie wäre so gern noch eine Weile weitergeritten. Die nächste Düne hinauf und wieder hinab, mit dem Wind um die Wette. Oder bis zu einer Oase, wo Dattelpalmen erholsamen Schatten spendeten, wo ein Bach kühles Wasser führte, wo Fladenbrot auf heißen Steinen gebacken und zusammen mit gewürztem Joghurt gereicht wurde.

Sie hätte nicht so erbärmlich gefroren, und ihr Magen hätte nicht so laut geknurrt.

»Mannomann! Hörst dich an wie ein Bär nach dem Winterschlaf.«

Soraya fuhr zusammen und riss die Augen auf. Sie blickte direkt in das spitze Gesicht eines etwa gleichaltrigen Mädchens. Es hatte blondes Haar, eine kleine Stupsnase und einen herzförmigen Mund, der sich jetzt zu einem breiten Grinsen verzog.

»Keine Angst. Ich fresse dich schon nicht.«

Das Mädchen griff in die Tasche seines riesigen Männermantels und brachte ein Päckchen zutage. Im Abteil roch es auf einmal verführerisch nach Leberwurst.

Rasch schaute Soraya sich um. Sie waren allein, nur draußen am Gang gingen träge ein paar Leute vorbei.

»Nun nimm schon«, sagte das Mädchen. »Ich habe genug zu essen.«

So sieht sie eigentlich nicht aus, dachte Soraya, aber sie konnte nicht widerstehen.

Mit spitzen Fingern nahm sie dankbar das Brot entgegen, wickelte es aus dem Wachspapier und biss hinein. Es schmeckte köstlich. Sie wusste nicht viel vom Hunger in Deutschland nach dem Krieg, aber sie ahnte, dass dies hier etwas Besonderes war. Gleichzeitig schämte sie sich entsetzlich.

Warum hatte sie sich bloß nicht etwas Proviant mitgenommen? Sie hatte doch gewusst, dass die Zugfahrt von Zürich über München bis Berlin mindestens eine Nacht und einen ganzen Tag in Anspruch nehmen würde. Aber als sie gestern Abend die Reise angetreten hatte, war ihr nicht in den Sinn gekommen, an ihr leibliches Wohl zu denken.

War sie so weltfremd, dass sie die einfachsten Dinge vergaß?

Als sie vorhin den Schaffner nach einem Speisewagen gefragt hatte, war der Mann nur in Gelächter ausgebrochen. Dies sei ein Interzonenzug und kein schickes Restaurant. Aber sie könne sich ja an den Bahnhöfen bis zur Grenze ans Fenster stellen und hoffen, dass ein paar geschäftstüchtige Leute belegte Semmeln verkauften. Das Mädchen hatte zu der Zeit fest geschlafen.

Als der Zug dann tatsächlich ein paarmal gehalten hatte, war Soraya zu scheu gewesen, um sich wie andere Fahrgäste aus dem Fenster zu lehnen und laut nach Essen und Trinken zu rufen.

»Ist es gut?«

Soraya nickte mit vollem Mund. Tatsächlich brachte der Geschmack dieser groben Leberwurst eine Flut von Erinnerungen mit sich. Sie sah sich am Esstisch bei ihrem Großvater im Grunewald sitzen, ein kleines Kind mit dunklem, welligem Haar und riesengroßen smaragdgrünen Augen. Die Brote, die die Zugehfrau geschmiert hatte, schmeckten fremd und zugleich lecker, und ihre Mutter, die schöne blonde Eva, ermunterte sie, noch mehr zu probieren: »So etwas Feines bekommst du in Persien nicht.«

»Persien?«, fragte das Mädchen ihr gegenüber. »Wo ist das denn?«

Soraya erschrak. Sie hatte nicht gemerkt, dass sie laut geredet hatte.

»Ich … habe mich nur an einen Film erinnert, den ich mal gesehen habe.«

»Sag bloß. In deinem Film muss es aber mächtig viel zu futtern gegeben haben, so, wie du gelächelt hast. Ich bin übrigens Lieselotte Reinecke. Aber alle nennen mich Lotte.«

Sie reichte Soraya eine schmale, zerbrechliche Hand.

»Sonja Karl.«

Warum log sie? Warum nannte sie den Mädchennamen ihrer Mutter und verriet auch nicht ihren richtigen Vornamen?

Weil ich mich sonst vor Fragen nicht retten könnte, gab sie sich selbst die Antwort. Und sie wollte nicht gestehen, wer sie wirklich war: die Tochter eines persischen Fürsten, die seit bald achtzehn Jahren ein privilegiertes Leben führte. Sie hatte weder den Krieg erlebt noch jemals Hunger gelitten. Vielmehr war sie stets gut beschützt worden in ihrem großen goldenen Käfig in Isfahan.

Ja, Käfig, dachte Soraya und biss ein weiteres Stück von dem Brot ab. *Ein goldener zwar, aber immer noch ein Käfig.*

Sie lebte teils in Deutschland, teils in Persien und zuletzt im Mädchenpensionat in der Schweiz – doch stets wurde jeder ihrer Schritte überwacht. Und nirgends war sie jemals wirklich heimisch. Den Deutschen war sie zu fremdartig, den Persern zu europäisch.

Ihre deutsche Mutter Eva drängte stets darauf, dass Soraya und ihr fünf Jahre jüngerer Bruder Bijan die westliche Lebensweise kennenlernten. Ihr Vater, Fürst Khalil Esfandiary-Bakhtiary, wollte sie beide zu guten Iranern erziehen, die die traditionsreiche Geschichte der Familie ehrten und fortführten. So besuchten sie auch in Isfahan eine deutsche Schule – zusammen mit den Kindern von Technikern und Ingenieuren, die der Iran zur Modernisierung seiner Fabriken ins Land geholt hatte. Nachmittags wurden sie dann in Farsi unterrichtet, der Sprache ihres Vaters.

Das Gefühl der Zerrissenheit begleitete Soraya schon ihr ganzes Leben lang, und oftmals fragte sie sich, ob das für immer so bleiben würde.

Sie schaute nach draußen.

Zum ersten Mal, seit sie denken konnte, lehnte sie sich gegen ihre Familie auf, und sie hatte keine Ahnung, wie das enden würde.

Nicht besonders gut, wahrscheinlich. Sie war ja offensichtlich noch nicht mal in der Lage, für sich selbst zu sorgen.

Erneut ging ein kräftiger Ruck durch den Zug. Soraya verschluckte sich an ihrem Bissen Brot und musste husten.

Lotte kam auf ihre Seite des Abteils gehüpft und schlug ihr kräftig zwischen die Schulterblätter.

»Geht's wieder?«, fragte sie dann.

Soraya nickte, räusperte sich umständlich und lächelte schließlich. »Vielen Dank, das war außerordentlich freundlich von Ihnen.«

»Immer gern, Fräulein Hochgestochen«, erwiderte Lotte und kehrte kichernd zu ihrem Platz zurück. Aus den Tiefen eines Pappkoffers zauberte sie eine blecherne Thermoskanne hervor. Sie goss etwas dunkle Flüssigkeit in den Becher und reichte ihn Soraya.

»Das … kann ich nicht annehmen.«

»Klar kannste. Siehst so durchgefroren aus wie 'n Ferkel inner Schneewehe.«

Soraya war noch nie mit einem Ferkel verglichen worden, und sie überlegte, ob sie beleidigt sein sollte. Dann entschied sie sich dagegen. Dieses junge Mädchen hier war ihre Lebensretterin. Mit ihr wollte sie es sich lieber nicht verscherzen. Außerdem war der Vergleich lustig, genau wie vorhin der mit dem Bären.

Also lachte sie zögernd, nahm den dampfenden Becher, trank etwas von der Flüssigkeit, die wie Kaffee aussah, und hätte sie fast wieder ausgespuckt.

»Der beste Muckefuck von ganz Bayern, kannste mir

glauben«, sagte Lotte mit Stolz in der Stimme. »Den habe ich nämlich höchstpersönlich aus geröstetem Roggen gekocht.«

Soraya hatte noch nie Ersatzkaffee getrunken, und einen Moment lang sehnte sie sich nach dem köstlichen persischen Kaffee, an den sie gewöhnt war. In einer Mokkakanne wurde Wasser mit Zucker aufgekocht, dann kamen Kaffee und Kardamom hinzu. Das Ganze musste zehn Minuten köcheln, und fertig war das belebende Heißgetränk.

»Schmeckt dir wohl nicht?«, fragte das Mädchen mit gerunzelter Stirn.

»Ähm … doch. Er wärmt schön.«

Warum duzte diese Lotte sie bloß die ganze Zeit? Soraya war ein solches Verhalten fremd und auch ein wenig unheimlich.

»Gut lügen kannste nicht. Aber macht nix. Ich bin da nich' so empfindlich. Bist eben was Besseres. Kommste aus der schicken Schweiz?«

Soraya nickte langsam. »Sieht man mir das an?«

Lotte kicherte schon wieder. Sie schien eine Frohnatur zu sein. »Ist 'n piekfeiner Mantel, den du da anhast.«

Soraya schluckte. Sie hatte sich extra für den einfachsten Wollmantel entschieden, den sie besaß, aber es hatte offenbar nicht viel genutzt.

»Und dein Hut ist aus echtem Pelz, möchte ich wetten«, fuhr Lotte fort. »Sieht kuschelig warm aus.«

Am liebsten hätte Soraya sich selbst geohrfeigt. Auf die herrliche Nerzmütze hatte sie nicht verzichten wollen. Schön dumm.

»Pass bloß gut auf die auf«, riet ihr Lotte. »Sonst ist die

schneller von deinem edlen Haupt verschwunden, als du bis drei zählen kannst.«

Soraya erschrak, ließ sich aber nichts anmerken. »Möchten Sie … möchten Sie sie vielleicht haben?«

Die Frage kostete sie einige Überwindung, aber sie fand, sie war dem Mädchen etwas schuldig.

Lotte hob abwehrend die Hände. »Ich? Nee! Viel zu gefährlich.«

»Gefährlich?«, fragte Soraya. Nun wurde ihr wirklich mulmig zumute.

»Na, am Ende schneidet mir noch einer den Kopf ab, bloß, um die schöne Mütze zu kriegen.«

Offenbar war sie kreidebleich geworden, denn Lotte sagte schnell: »Mensch, ich mach doch bloß Spaß. Warum sollte jemand gleich den ganzen Kopf abschneiden? Der wäre ja schön blöd. Es reicht doch, wenn er sich bloß die Mütze schnappt.«

Sonderlich beruhigt war Soraya nicht, aber sie lächelte schwach.

»Deine Haare sind gepflegt«, fuhr Lotte fort. »Ich wette, du gehst regelmäßig zum Friseur. Und so schön kurz sind sie! Ganz modern! Ich will meine auch abschneiden lassen. Oh ja! Das mache ich als Erstes, wenn ich wieder in Berlin bin.«

Unwillig zog sie an ihren langen Zöpfen, die zu Affenschaukeln hochgebunden waren. Dann fuhr sie mit der Begutachtung ihrer Reisegefährtin fort: »Und die Nägel lässt du dir auch machen. Außerdem sind deine Hände so zart. Schon mal Holz gehackt?«

»Nein«, gab Soraya zu.

Lotte nickte zufrieden. »Ich ja. Und ich bin ziemlich gut darin. Habe nämlich fast ein Jahr bei meinem Onkel aufm Bauernhof geschuftet. Ich kann auch melken, den Stall ausmisten und Obst einwecken. Aber jetzt fahre ich endlich heim nach Berlin.«

»Haben Sie Familie dort?«, fragte Soraya in der Hoffnung, von sich selbst abzulenken.

»Meine Mutti. Vati ist in Stalingrad geblieben, und meine kleine Schwester Lenchen ist im Hungerwinter eingegangen wie 'ne Primel.«

Soraya hatte damals davon gelesen. Der Winter nach dem Krieg war der bis dahin kälteste in Deutschland im 20. Jahrhundert gewesen, und viele Menschen waren elendig verhungert oder erfroren.

Ihr Magen revoltierte auf einmal. Angesichts eines solchen Elends, vorgetragen mit dem Gleichmut eines tapferen Mädchens, fühlte sie sich schrecklich verwöhnt und nutzlos.

»Wehe, du spuckst mein schönes Brot wieder aus!«, rief Lotte. »Das verzeihe ich dir nie!«

Schnell presste Soraya eine Hand vor den Mund. Auf einmal kam ihr ihre strenge Erziehung zugute. Haltung bewahren in jeder Lebenslage. Sie drückte den Rücken durch, hob das Kinn, nahm die Hand herunter und lächelte schwach.

»Schon besser«, sagte Lotte zufrieden. »Bist ganz in Ordnung. So, und jetzt verrate mir mal, warum du mich vorhin angelogen hast.«

»Ich verstehe nicht …«

»Dein Name. Du heißt nicht Sonja Karl.«

»Woher wollen Sie das wissen?«

»Kannste mal mit dem blöden Gesieze aufhören? Wir sind hier nicht beim Nachmittagstee bei Familie von und zu Großkotz.«

»Verzeihung.«

»Schon gut. Also, du hast dabei gezögert, das habe ich genau gemerkt.«

Diesem Mädchen konnte sie nichts vormachen, erkannte Soraya. Es war hundertmal aufgeweckter als sie selbst. Also verriet sie ihren richtigen Namen und wunderte sich, weil Lotte bloß mit den mageren Schultern unter dem dicken Männermantel zuckte.

Im nächsten Moment hätte sie am liebsten über sich selbst gelacht. Klar, in gewissen Kreisen war ihre Familie bekannt, aber ihre Reisegefährtin hier im Zweite-Klasse-Abteil hatte offensichtlich noch nie von dem persischen Fürsten und seiner Familie gehört.

Lotte interessierte sich für ganz andere Dinge. »Hast du einen Freund?«

Soraya schüttelte den Kopf. »Natürlich nicht, ich werde erst im Juni achtzehn.«

»Na und? Ich bin sechzehn. Mir sagen alle, ich sehe jünger aus. Schert mich aber nicht. Dem Josef habe ich immerhin das Herz gebrochen.« Sie strahlte dabei nur so vor lauter Stolz.

»Josef?«

»Der Junge vom Nachbarhof. Er hat nicht fassen können, dass ich wirklich wieder wegwollte und ihn deshalb verlassen musste.«

Lotte seufzte tief und dramatisch. »Aber ich habe ihm verklickert, dass ich mehr vom Leben will als bloß Schweineställe ausmisten und Kühe melken. Das hat er nicht verstanden. Er meinte, ich würde als Bäuerin immer satt werden. Na ja, da wäre ich fast schwach geworden. Aber dann bin ich doch los.«

Sie stand auf, trat ans Abteilfenster und blickte in den nebligen frühen Februarmorgen. »Wieso dauert das so lange?«

Soraya sah, dass sie einen alten umgefärbten Militärmantel trug. Lotte schien darin regelrecht zu verschwinden. Trotzdem strahlte sie Stärke und Zuversicht aus.

»Wo sind wir?«, fragte Soraya.

Lotte setzte sich wieder. »Ludwigsstadt. Hier ist die Grenze zur DDR. Auf der anderen Seite ist Probstzella. Da werden die Kontrollen noch mal ewig und drei Tage dauern.«

Soraya erschrak. Was, wenn sie hier wirklich auf unbestimmte Zeit festsaßen? Wie sollte sie zurechtkommen? Auf keinen Fall würde sie von Lotte noch mehr Brote annehmen.

Das Mädchen grinste schon wieder. »Fährst wohl das erste Mal mitm Interzonenzug?«

»Ja«, gestand Soraya. »Ich wusste nicht, dass es so kompliziert ist.«

»Ist es nicht. Dauert bloß. Hauptsache, die Russen machen nicht wieder alles dicht. Aber dann würden die Amis bestimmt wieder den Berlinern helfen.«

Soraya nickte. Zwei Jahre zuvor, im Juni 1948, hatte die sowjetische Besatzungsmacht sämtliche Verbindungen nach Westberlin gekappt. Dazu hatte sie die Währungsreform in der Bundesrepublik zum Anlass genommen, die auch in Westberlin durchgeführt werden sollte. Der gesamte Güter- und Personenverkehr auf Straßen, Schienen und auf dem Wasser wurde unterbrochen. Keine Lebensmittel, kein Heizmaterial, keine Medikamente – nichts konnte mehr geliefert werden.

Die Westalliierten richteten eine Luftbrücke ein, die Berlin fast ein Jahr lang versorgte. Im Minutentakt brachten die »Rosinenbomber« alles Lebensnotwendige in die Stadt, bis die Sowjets die Blockade schließlich aufgaben.

»Warst du damals in Berlin?«, fragte sie Lotte.

»Ja. Und gleich danach hat Mutti mich weggeschickt. Sie wollte nicht auch noch ihr zweites Kind verlieren, hat sie gesagt. Berlin wär einfach viel zu unsicher in diesen Zeiten. Und viel mehr zu essen würde ich bei dem Onkel auch kriegen.«

»Das war bestimmt schwer«, sagte Soraya und erinnerte sich daran, wie ihre eigene Mutter um den Großvater gebangt hatte. »Ich weiß nicht, ob er zurechtkommt«, hatte Eva damals immer wieder gesagt. Seine Frau Alma war schon 1920 gestorben. Seitdem musste Franz Karl allein sein Leben meistern. Nur seine Zugehfrau half ihm zweimal in der Woche mit dem Nötigsten.

Aber dann hatten sie Nachricht von ihm erhalten. Es gehe ihm gut, er werde versorgt. Nur einsam sei er, und er vermisse seine Lieblingsenkelin Soraya.

»Na ja, ist jetzt Gott sei Dank alles vorbei«, sagte Lotte seufzend. Ihre Augen leuchteten auf. »Ich fahre wirklich nach Hause! Muss mich ständig kneifen, weil ich's nicht glauben kann. Da, guck! Habe schon blaue Flecke. Und genützt hat das fette Essen beim Onkel nüscht. Ich bin und bleibe ein mageres Huhn.«

Soraya nickte ihr freundschaftlich zu. »Du bist sehr hübsch.«

»Quatsch mit Soße. Interessiert mich auch nicht. Ich will sowieso nie heiraten. Dem Herrn und Gebieter die dreckige Wäsche waschen? Nee, ist nüscht für mich. Weißt du, dass ich schon eine Arbeit habe? Inner Strumpffabrik. Mutti ist da auch, und zusammen werden wir genug verdienen, um uns ein prima Leben zu leisten. Ich sehe uns schon übern Ku'damm bummeln und später zwei riesige Stücke Sahnetorte verdrücken.«

»Das klingt … schön«, erwiderte Soraya.

»Und du? Was machst du?«

Soraya überlegte, ob sie sich diesem fremden Mädchen wirklich anvertrauen sollte.

Ach, dachte sie. *Warum eigentlich nicht? Was kann es schon schaden?*

»Ich möchte sehr gern Schauspielerin werden«, gestand sie.

»Oh, toll. Du bist so schön mit deinen dunklen Haaren und den grünen Augen. Bestimmt wirst du riesigen Erfolg haben. Und wenn du dann berühmt bist, wirst du die kleine Lotte schnell vergessen haben.«

»Das glaube ich kaum«, erwiderte Soraya schmunzelnd. »Ich habe dich gerade erst kennengelernt, aber du bist etwas Besonderes. Lass uns in Verbindung bleiben. Bitte.«

Lotte hob kurz die Schultern. »Gerne, aber du wirst

schon sehen, eines Tages kommst du wieder nach Berlin, und ich werde bloß in der Menschenmenge stehen, die dir zujubelt.«

»So ein Unsinn«, erwiderte Soraya. »Mein Vater erlaubt mir sowieso kein Schauspielstudium. Es ist nur ein dummer Traum von mir.«

»Berühmt wirst du trotzdem«, beharrte Lotte. »Darauf verwette ich glatt die beiden Mettwürste in meinem Pappkoffer.«

Soraya zeigte ihr einen Vogel, und auf einmal vergaßen sie alle Standesunterschiede und lachten miteinander wie zwei Freundinnen, die sich seit Jahren kannten.

Lotte kramte in einer der Manteltaschen und brachte ein weiteres duftendes Päckchen zum Vorschein. »Hier. Geräucherter Speck. Willste etwas?«

Soraya schüttelte den Kopf. Ihre Familie war nicht allzu streng muslimisch, aber Schweinefleisch wurde dennoch eher verschmäht. Der Leberwurst hatte sie nicht widerstehen können, doch die verband sie ja auch mit einer schönen Kindheitserinnerung, und sie hoffte, das wäre schon in Ordnung. »Bestimmt bringst du die leckeren Sachen deiner Mutter mit.«

»Ach was, ein klitzekleines Scheibchen wird gar nicht auffallen.«

»Nein, lieber nicht. Nimm du dir etwas.«

»Nee, igitt. Ich kann mein Leben lang nüscht Geräuchertes mehr essen. Beim Onkel bekam ich immer die Stücke von ganz unten aus dem Räucherfass. Die rochen schon sauer.« Lotte schüttelte sich und verzog angeekelt das Gesicht. »Ich halt mich lieber an die zweite Leberwurststulle. Und hör mal, bevor jetzt die DDR-Grenzer durch den Zug kommen: Heb du mal lieber die Sachen auf. Mir werden sie nur weggenommen.«

Also verbarg Soraya Würste und Speck unter ihrem Wollmantel und in ihrem kleinen Lederkoffer und setzte eine hochmütige Miene auf, als ihr Abteil kontrolliert wurde. Lottes Koffer wurde gründlich durchsucht, und die Männer schnupperten in die Luft, aber an Soraya traute sich niemand heran.

Als sie fort waren, lachten die beiden Mädchen über ihren gelungenen Streich und freuten sich, als der Interzonenzug endlich wieder anfuhr.

2. Kapitel

Planmäßige Ankunft am Bahnhof Zoo wäre um acht Uhr abends gewesen. Soraya hätte sich ein Taxi nehmen und raus nach Spandau fahren können, wo ihr Großvater seit Kriegsende wohnte. So weit hatte sie bei ihrem überstürzten Aufbruch immerhin gedacht. Zum Glück hatte sie auch genügend Geld mitgenommen, und in Zürich hatte sie ihre Schweizer Franken noch in D-Mark umgetauscht.

Als der Zug jedoch endlich einfuhr, war es zwei Uhr nachts. Um diese Zeit konnte sie ihren Großvater unmöglich aus dem Bett klingeln.

Ratlos und müde rieb sich Soraya über das Gesicht. Die Nacht hatte sie Arm in Arm mit Lotte verbracht. Ihnen beiden war so kalt geworden, dass sie sich auf Sorayas Seite eng aneinandergekuschelt hatten. Trotzdem hatten sie um die Wette mit den Zähnen geklappert.

Lotte streckte sich und gähnte ausgiebig. »Mensch, bin ich müde! Zu Hause werde ich wohl erst mal ins Bett hüpfen. Zum Glück ist morgen Sonntag. Oder nee, warte mal. Ist ja schon heute. Na, egal. Mit der Arbeit fange ich erst am Montag an. Ich kann mich also einen ganzen Tag lang ausruhen.«

»Wunderbar«, erwiderte Soraya schwach. Ihr Magen knurrte wieder, aber sie hoffte, ihre Reisegefährtin würde es überhören. Auf keinen Fall wollte sie diesem tapferen Mädchen noch mehr wegessen.

Außerdem sehnte sie sich nach einer Dusche, oder, besser noch: nach einem Schaumbad. Und anschließend ein reichhaltiges Frühstück mit starkem Kaffee, kleinen Küchlein und vielleicht sogar etwas Halva aus Sesam und Honig, ihrer geliebten Süßigkeit.

Das Wasser lief ihr im Mund zusammen, und sie dachte lieber schnell an etwas anderes.

»Holt deine Mutter dich ab?«, fragte sie Lotte.

»Biste verrückt? Nee, ich habe ihr mit Absicht nicht verraten, welchen Zug ich nehme. Die soll sich nicht aufm kalten Bahnsteig die Beine in den Bauch stehen. Sie denkt, ich komme erst morgen.« Sie legte den Kopf schief. »Und du? Wie willste zu deinem Opa? Wo wohnt er überhaupt?«

»In Spandau«, gab Soraya bereitwillig Auskunft. »Ihm gehört da ein Häuschen und sogar ein kleiner Garten. Es hat den Krieg unbeschadet überstanden. Das war sein Glück.«

Sie erzählte nichts von der Villa im Grunewald. Die war den Bomben der Alliierten zum Opfer gefallen – aber im Gegensatz zu Millionen anderer Menschen war Franz Karl nicht obdachlos geworden. Seine Laube bot ihm Schutz und war sogar beheizbar. Soraya bewunderte ihren Großvater sehr. In Russland war er ein wichtiger Handelsvertreter für deutsche Chemie- und Elektronikwerke gewesen. Als die Familie im Ersten Weltkrieg nach Sibirien verbannt wurde, schaffte er es, für sich, seine Frau und seine Kinder die Flucht zu organisieren. In Berlin baute er sich dann eine neue Existenz als Handelsvertreter auf und wurde damit sehr erfolgreich. Sorayas Mutter Eva hatte einmal erzählt, dass der kluge Franz noch vor Ausbruch des Zweiten Weltkrieges ein Bankkonto in der Schweiz eröffnet hatte. Schließlich hatte er schon einmal erlebt, was es bedeutete, alles zu verlieren.

Lotte riss sie aus ihren Gedanken: »Fein. Aber Spandau ist ziemlich weit draußen. Wie kommste um diese Zeit dahin?«

Soraya begriff, dass sie möglicherweise in Schwierigkeiten steckte. Sie war einfach davon ausgegangen, dass der Interzonenzug pünktlich sein würde. »Soll das heißen, dass nachts keine Taxis fahren?«

»Taxis?« Lottes Augen waren groß geworden. »Du musst ja im Geld schwimmen.«

Soraya senkte den Blick. Beinahe schämte sie sich für den Reichtum ihrer Familie. Sie und Lotte kamen wirklich aus zwei verschiedenen Welten.

»Ich denke, ich warte sowieso lieber bis zum Morgen«, fügte sie schnell hinzu, um ihre neue Freundin von dem Thema abzulenken. »Sonst bekommt mein Großvater einen Schrecken.«

»Der fällt schon nicht gleich tot um«, meinte Lotte trocken, korrigierte sich dann jedoch: »Hast recht. Die älteren Leutchen kriegen es leicht mit der Angst zu tun. Kein Wunder, nach den ganzen Bomben.«

Soraya nickte nur.

»Aber sag mal, wo willste denn warten? Etwa hier am

Bahnhof? Keine gute Idee. Hier treibt sich viel Gesindel rum.«

Soraya erschrak. »Es wird doch bestimmt einen Wartesaal für Damen geben.«

»Glaube ich nicht.« Der Zug hielt jetzt, und Lotte stand auf. »Du kommst einfach mit zu uns.«

»Das kann ich nicht annehmen.«

»Klar kannste. Wir fahren mit der U-Bahn. Mutti wohnt in Kreuzberg. Unser Haus hat nicht ganz so viel Glück gehabt, aber zwei Zimmer unserer Wohnung sind noch tipptopp.«

Weil Soraya absolut kein anderer Ausweg einfallen wollte, fügte sie sich und folgte Lotte zur U-Bahn-Station. Sie mussten lange auf dem eisigen Bahnsteig warten, aber dann fuhr zu ihrer großen Freude doch noch eine U-Bahn ein und brachte sie nach Kreuzberg. Am Kottbusser Tor stiegen sie aus und gingen die Reichenberger Straße entlang.

Als sie um die Ecke bogen, sagte Lotte: »Es sieht schlimmer aus, als es ist.«

Soraya blieb stehen. Selbst im trüben Licht der Lampen sah die Straße verwundet aus. Die einstmals zwar nicht schönen, aber doch stolzen und soliden Mietshäuser waren an manchen Stellen vollkommen verschwunden, an anderen wie in der Mitte durchgeschnitten. Es lagen keine Schuttberge mehr herum, doch von einem Wiederaufbau konnte hier noch lange keine Rede sein.

Sie versuchte, ihre Bestürzung zu verbergen, aber es gelang ihr nicht.

Lotte klopfte ihr aufmunternd auf die Schultern. »Krieg

dich man wieder ein. War schon mal alles viel schlimmer. Guck mal, da vorn sind sogarn paar junge Bäume gepflanzt worden.«

»Aber wäre es nicht wichtiger, die Häuser wieder herzurichten?«

»Klar. Aber andere Bezirke von Berlin sind wichtiger. Hier wohnen ja nur die kleinen Leute. So, und jetzt komm weiter. Wir sind gleich da.«

Sie erreichten ein vierstöckiges Wohnhaus, das offenbar einen schweren Treffer abbekommen hatte und wie durch ein Wunder noch stand.

Das oberste Stockwerk war abrasiert, das Treppenhaus lag im Freien, und die Wohnungen zur Linken waren ebenfalls zerstört. Rechts jedoch standen die Außenmauern noch. Die beiden unteren Wohnungen hatten neue Fensterschreiben bekommen, in der oberen waren die Rahmen nur mit dicker Pappe und durchsichtigen Planen abgedeckt.

»Das ist unsere«, erklärte Lotte. Sie wirkte auf einmal beschämt und wollte nicht weitergehen. »Hoffentlich ist es dir gut genug. Von meinem ersten Gehalt werde ich Glasscheiben kaufen.«

Soraya lächelte, obwohl sie sich ein wenig fürchtete. Die Treppe sah alles andere als stabil aus, überhaupt wirkte das halbe Haus wenig vertrauenerweckend.

»Ich bin dir wirklich sehr dankbar«, sagte sie freundlich. »Hauptsache, ich habe für heute Nacht ein Dach über dem Kopf.«

»Durch das es aber manchmal reinregnet«, entgegnete Lotte prompt.

Soraya schaute angestrengt hoch zum Nachthimmel. »Ich kann die Sterne sehen, also wird das wohl nicht passieren.«

Sie entdeckte das Sternbild des Kleinen Wagens. An seinem äußeren Ende leuchtete der Polarstern – jener Stern, der die Liebenden und die Nomaden leitete. Ihre iranischen Vorfahren waren einst ein stolzes Wandervolk gewesen. Sie hielt es für ein gutes Zeichen. Als würden ihr die Ahnen Mut zusprechen.

Lotte zögerte immer noch, aber schließlich gab sie sich einen Ruck und ging voran. »Nicht am Geländer festhalten. Das ist brüchig.«

Im dritten Stock angekommen, dankte Soraya ihrem Schöpfer, dass sie es heil hinaufgeschafft hatte.

Lotte fischte einen Schlüssel aus einer offen liegenden Mauerritze, steckte ihn ins Schloss und öffnete die Wohnungstür.

»Das Zimmer hinten raus können wir nicht benutzen. Hat keine Wand mehr. Aber Wohnzimmer und Küche sind in Ordnung. Dann ist da noch eine winzige Kammer, in der Lenchen geschlafen hat. Die … benutzen wir aber nicht mehr.«

Soraya sah, dass Lotte auf einmal Tränen in den Augen hatte. Sie stellte sich vor, ihr geliebter jüngerer Bruder wäre eines Tages nicht mehr da, und musste selbst hart schlucken.

»Und wo schlaft ihr?«, fragte sie schnell.

»Natürlich im Wohnzimmer, du Dummchen. Oder glaubst du, wir könnten uns einen Salon nur für besondere Anlässe leisten?«

»Entschuldigung.«

»Kannst ja nichts dafür. Im Winter schleppen wir unsere Matratzen am liebsten in die Küche. Da steht der Kohleherd, und es ist schön warm.«

»Und … wo ist das Bad?«

Lotte hatte ihre Verlegenheit vergessen und grinste schon wieder. »Das Klo ist auf halber Treppe, und waschen tun wir uns am Spülstein in der Küche.«

»Ach so.«

Sie hatten im Flüsterton gesprochen, aber trotzdem flammte plötzlich eine einzelne Birne im kurzen Flur auf, und eine Frau erschien.

Sie hielt einen schweren Gegenstand über dem Kopf. Soraya brauchte einen Moment, um zu erkennen, dass es sich um eine gusseiserne Bratpfanne handelte.

»Wer zum Teufel … Lotte!«

Die Frau ließ die Bratpfanne sinken und stürzte auf ihre Tochter zu. »Um Himmels willen! Wie kannst du mich bloß so erschrecken! Ich dachte schon, ich hätte Einbrecher im Haus!«

Lotte kicherte. »Ach, Mutti. Was sollen die wohl bei uns klauen?«

Daraufhin brach die Frau in Gelächter aus. »Recht haste, mein Kind!«

Die beiden umarmten sich innig, und Soraya verspürte auf einmal eine unbändige Sehnsucht nach ihrer eigenen Mutter. Seit Monaten hatten sie sich nicht mehr gesehen, und sie fehlte ihr schrecklich.

»Mutti, das istne Freundin von mir. Soraya. Sie weiß nicht, wohin.«

Da erst löste sich die Frau von ihrer Tochter, wandte sich um und streckte ihre Hand aus. »Herzlich willkommen. Ich bin Elfriede Reinecke.«

Sie ergriff die Hand und stellte sich ebenfalls vor – mit ihrem richtigen Namen. »Sehr angenehm. Ich bin Soraya Esfandiary-Bakhtiary.«

»Klingt ein bisschen kompliziert«, sagte Elfriede Reinecke. »Wo kommen Sie her?«

Lotte hob eine Hand. »Das kann sie dir später erzählen, Mutti.«

Sie zog Soraya am Mantelärmel in die Küche. »So. Setz dich an den Tisch, und ruhe dich aus.«

Soraya blieb zögernd stehen und sah staunend zu, wie Mutter und Tochter so flink zusammenarbeiteten, als wären sie nie getrennt gewesen.

Lotte holte ihre Schätze aus dem Pappkoffer. Soraya hatte ihr alles schon vor der Einfahrt in den Bahnhof Zoo wiedergegeben. Elfriedes Augen wurden größer und größer. Die Würste und der Speck kamen in einen Leinenbeutel, und Lotte verschwand kurz damit nach draußen.

»Was macht sie denn mit den Sachen?«, fragte Soraya neugierig.

Elfriede Reinecke lächelte ihr verschwörerisch zu. »Sie hängt den Beutel ganz oben unter die Treppe. Da kommt keiner ran, und alles bleibt schön frisch.«

Natürlich, überlegte Soraya. *Einen Eisschrank besitzen die Reineckes nicht.*

Voller Bewunderung über den Erfindungsreichtum dieser Frauen nahm sie Platz und betrachtete den riesigen Kohleherd, an dem sich Elfriede Reinecke nun zu schaffen machte. Dazu riss sie eine Seite von einer Zeitung ab, entzündete sie und warf sie zu den Kohlestücken hinein. Dann füllte sie einen Teekessel mit Wasser und setzte ihn auf.

Als Lotte wieder da war, sagte sie: »Gib mir mal die Kartoffeln rüber. Ihr habt bestimmt Hunger. Ich mache euch ein paar Puffer.«

»Haben wir auch Apfelmus?«

»Müsste noch was da sein.«

Während Soraya die Augen zufielen und sie den Kopf auf ihre verschränkten Arme bettete, hörte sie die Reineckes fleißig hantieren, und bald erfüllte ein köstlicher Duft die Küche.

Sie war halb eingeschlafen, aber nun war sie wieder hellwach.

Lotte forderte sie auf, ordentlich zuzulangen, und als ein knuspriger Kartoffelpuffer mit einem Klecks Apfelmus vor ihr lag, konnte sie nicht widerstehen.

»Ganz köstlich«, sagte sie schwärmerisch. »So etwas Gutes habe ich seit Jahren nicht mehr gegessen.«

»Dabei ist sie so was Ähnliches wiene Prinzessin ausm Morgenland«, sagte Lotte zu ihrer Mutter.

Soraya erschrak. Woher wusste Lotte das? Sie durfte sich tatsächlich Prinzessin nennen. Doch in ihrer Familie wurde nicht viel Wert auf Titel gelegt, und so vergaß sie meist selbst ihre vornehme Herkunft.

»Wirklich?«, fragte Elfriede Reinecke erstaunt.

»Möchte ich wetten«, gab Lotte zurück. »Siehst du nicht, wie nobel sie ist? Und dann guck dir bloß mal die Pelzmütze an.«

Die schon wieder!, dachte Soraya. Sie hatte die Mütze längst abgenommen. Nun lag sie auf einem Hocker.

»Sieht aus wie ein zusammengerolltes Kätzchen«, bemerkte Elfriede Reinecke.

»Oder wie ein langhaariges Kaninchen«, meinte Lotte.

Beide lachten, aber Soraya merkte, dass es nicht böse gemeint war.

»Woher stammen Sie?«, fragte Elfriede, und da Soraya nicht bloß Neugierde, sondern aufrichtiges Interesse an ihr wahrnahm, gab sie gern Auskunft.

»Meine Mutter ist Deutsche. Sie wurde in Russland geboren, kam dann aber mit ihren Eltern nach Berlin. Hier lernte sie meinen Vater kennen, der aus Persien stammt und zum Studium in Deutschland war.«

»Persien«, sagte Elfriede beeindruckt. »Ich habe darüber im ›Tagesspiegel‹ gelesen.« Sie kratzte sich am Kopf, sprang dann plötzlich auf und ging zum Kohleherd. Mit der halb zerrissenen Zeitung kam sie wieder. »Ha! Sehen Sie? Noch mal Glück gehabt. Er ist nicht im Ofen gelandet.«

»Wer?«, fragte Soraya irritiert.

»Ihr Kaiser. Oder Schah, wie es wohl richtig heißt. Da ist ein Foto von ihm. Es heißt, er ist seit seiner Scheidung ein ziemlicher Frauenheld geworden.«

Soraya kannte die Fakten. Schah Mohammad Reza Pahlavi und seine Frau Fausia, Prinzessin von Ägypten, waren seit zwei Jahren geschieden. Fausia hatte ihren Mann schon im Juni 1945 verlassen und war nach Ägypten zurückgekehrt. Offiziell hatte es geheißen, er habe sich von ihr getrennt, weil sie ihm nur eine Tochter, Schahnaz, geboren hatte, und für die Thronfolge brauchte er einen Sohn. Hinter vorgehaltener Hand wurde im Iran jedoch gemunkelt, die verwöhnte Königstochter habe sich in Teheran zu Tode gelangweilt.

Soraya vermutete, dass von beidem etwas stimmte, aber sie hatte bisher kein großes Interesse am Schah gehegt und sich nicht weiter darum gekümmert.

Nun betrachtete sie die Schwarz-Weiß-Aufnahme und das bekannte Gesicht mit der etwas zu langen Nase, dem markanten Kinn und den vollen zurückgekämmten Haaren. Er wirkte reifer, als sie ihn in Erinnerung hatte. Kein Wunder, inzwischen musste er um die dreißig sein, also zwölf oder dreizehn Jahre älter als sie selbst.

Lotte trat hinter sie, schaute über ihre Schulter und stieß einen leisen Pfiff aus.

»Er sieht aus wie ein Märchenprinz«, sagte sie schwärmerisch. »Und diese Uniform steht ihm so toll. Ach, würde dieser Scheich mich doch nur bitten, mit ihm auszugehen. Ich würde …«

» … sang- und klanglos in seinem Harem verschwinden«, beendete Elfriede an ihrer Stelle den Satz. »Untersteh dich, dir solche Flausen in den Kopf zu setzen!«

»Er ist Schah und kein Scheich«, bemerkte Soraya spitz. »Und er hat keinen Harem. Wir leben im Iran nicht mehr im Mittelalter.«

Wohlweislich verschwieg sie, dass ihr eigener persischer

Großvater sieben Ehefrauen gehabt hatte, eine für jeden Wochentag.

»Verzeihung«, sagte Elfriede schnell. »Und? Kennen Sie ihn persönlich?«

»Nein. Unsere Familien sind … nicht miteinander befreundet.«

Auch dass die Pahlavis und die Esfandiary-Bakhtiarys über Generationen hinweg verfeindet waren, gehörte nicht in diese Berliner Küche.

Noch einmal betrachtete sie das Zeitungsfoto. Ja, Mohammad Reza sah einfach unverschämt gut aus. Sie verspürte ein leises Ziehen in der Magengegend, aber das hatte sicher nichts mit dem Schah zu tun. Wahrscheinlich vertrug sie die fettigen Kartoffelpuffer nicht.

»Und haben Sie noch Verwandte in Berlin?«, fragte Elfriede weiter.

»Ihren Großvater«, antwortete Lotte an Sorayas Stelle. »Aber der wohnt draußen in Spandau. Deswegen fährt sie erst morgen hin.«

Elfriede nickte.

»Ich habe meine frühe Kindheit in Berlin verbracht«, erzählte Soraya. »Ich weiß noch, dass Opa Franz mich immer mit in den Zoo genommen hat. Das war schön. Später habe ich ihn nur noch sehr selten gesehen, aber ich mache mir Sorgen. Deshalb bin ich hergekommen.«

»Aus der Schweiz«, sagte Lotte bedeutungsvoll. Es bereitete ihr offensichtlich Freude, bei ihrer Mutter mit der exotischen Freundin anzugeben.

»Oh«, machte Elfriede dann auch beeindruckt. »Die

Schweiz muss wunderschön sein. So gar nicht zerstört und mit den schneebedeckten Berggipfeln.«

»Das stimmt«, sagte Soraya. »Aber ich habe nicht viel vom Land gesehen. Ich war in Mädchenpensionaten. Erst in Montreux und dann in Lausanne. Ich sollte mein Französisch perfektionieren und mir auch gute Umgangsformen aneignen. Demnächst ziehe ich nach London, um Englisch zu lernen.«

Sie begriff, dass sie einen Fehler begangen hatte, als sie in die fassungslosen Gesichter von Lotte und ihrer Mutter schaute. Genauso gut hätte sie erzählen können, sie wäre letzte Woche auf dem Mond spazieren gegangen.

Elfriede Reinecke fing sich als Erste.

»Und zwischen der Schweiz und England machen Sie einen kurzen Abstecher nach Berlin?«

»Hm.«

»Mutti«, sagte Lotte. »Ich habe dir doch gesagt, sie will ihren Opa sehen.«

»Scheint mir aber keine sonderlich gut geplante Reise zu sein«, erwiderte Elfriede ungerührt. Sie deutete auf Sorayas eleganten kleinen Lederkoffer. »Viel mehr als ein, zwei Kleider und ein bisschen Wäsche zum Wechseln passt da nicht rein.«

»Ich … bin ziemlich kurzfristig abgereist.«

»So?« Es klang äußerst misstrauisch.

»Nu lass sie doch mal in Ruhe«, mischte sich Lotte wieder ein. »Sie ist schon groß.«

»Aber gewiss nicht volljährig. Wissen Ihre Eltern, wo Sie sind?«

Soraya fühlte sich ertappt. Fieberhaft suchte sie nach einer möglichst glaubhaften Ausrede, doch ihr wollte partout keine einfallen. Ihr wurde klar, dass Elfriede Reinecke sie längst durchschaut hatte.

»Nein«, gestand sie mit leiser Stimme. »Sie hätten es nicht gutgeheißen. In ihren Augen ist Deutschland derzeit kein Land, in das man reisen sollte. Das gilt insbesondere für eine Stadt, die von der Ostzone eingeschlossen ist.«

Lotte funkelte sie wütend über den Tisch hinweg an. »Was glauben die denn? Dass wir hier nachm Krieg wieder auf den Bäumen sitzen?«

Soraya spürte, wie sie rot wurde. »Ich bin nicht der Meinung meiner Eltern«, betonte sie.

»Denn ist ja gut.«

»Aber Ihre Mutter wird sich Sorgen machen«, wandte Elfriede ein.

»Erst in drei Tagen. Offiziell bin ich mit meiner Klasse zu Besuch in Zürich.«

»Und da haste dich einfach abgesetzt und bist in den nächsten Zug nach München gesprungen.«

»So ungefähr«, gab Soraya zu.

»Toll!«

Kurz sonnte sie sich in Lottes Bewunderung, aber Elfriedes strenger Blick brachte sie wieder auf den Boden der Tatsachen.

»Sie müssen Ihre Eltern anrufen. Gleich morgen.«

»Das … werde ich tun«, versprach Soraya. »Wenn ich bei meinem Großvater bin.«

Bis sie bei Opa Franz wäre, hätte sie sich dem Einfluss

von Elfriede Reinecke entzogen, sagte sie sich. Dann konnte sie immer noch entscheiden, was zu tun war.

»Gut.« Elfriede stand auf. »Höchste Zeit fürs Bett. Lotte, du räumst den Tisch ab. Stell das Geschirr nur in den Spülstein. Ich kümmere mich morgen darum. Ihr Mädchen könnt hier in der Küche schlafen. Wir holen deine Matratze hinzu.«

»Und du, Mutti?«

Elfriede Reinecke lächelte ihre Tochter zärtlich an. »Es ist bald Morgen. Ich könnte jetzt sowieso keinen Schlaf mehr finden. Gute Nacht, Kinder.«

Soraya bemerkte, wie sie noch einen langen Blick auf die Pelzmütze warf, bevor sie die Küche verließ.

Kaum hatten sich die Mädchen hingelegt, waren sie auch schon fest eingeschlafen.

Am nächsten Morgen verabschiedete sich Soraya von den Reineckes und versprach, bald zu schreiben.

Da sie es sich nicht zutraute, allein kreuz und quer durch Berlin zu fahren, nahm sie sich am Kottbusser Tor ein Taxi und gab die Adresse ihres Großvaters an. Während der Fahrt griff sie sich ein paarmal nachdenklich ins Haar. Sie würde sich gleich morgen eine Wollmütze kaufen. Ein Lächeln schlich sich in ihre Mundwinkel. Was Elfriede Reinecke wohl sagen würde, wenn sie an der Garderobe, gut versteckt unter einem Kopftuch, die Nerzmütze entdecken würde?

Hoffentlich würde sie sich darüber freuen.

Soraya fand, sie konnte Mutter und Tochter gar nicht genug für ihre Gastfreundschaft danken.

3. Kapitel

Erschüttert blickte Soraya aus dem Fenster des Taxis. Es war eine Sache, von den Zerstörungen des Krieges in der Zeitung zu lesen, und eine ganz andere, das Ausmaß der Vernichtung mit eigenen Augen zu sehen. Auf der Fahrt von Kreuzberg nach Spandau reihte sich ein Trümmergrundstück an das andere. Wo einst Wohnhäuser, Bürogebäude, Geschäfte oder Kirchen gestanden hatten, herrschte heute gähnende Leere. Auch entdeckte Soraya keinen einzigen Baum. Alles war in den eisigen Wintern abgeholzt und verfeuert worden.

Auf den Straßen ging es gemächlich zu. Nur wenige Berliner konnten sich schon wieder ein eigenes Auto leisten, ein paar mehr Menschen ein Motorrad. Stattdessen wurde noch immer auf die eigene Muskelkraft oder die der Pferde gesetzt.

Soraya entdeckte einen Kohlenwagen mit einem mageren Klepper davor. Offenbar musste der Händler auch am Sonntag arbeiten.

Eine junge Familie begnügte sich mit einem einzigen Fahrrad. Der Vater saß auf dem Sattel und strampelte, die Mutter balancierte auf der Stange, und auf dem Gepäckträger hielt sich ein etwa fünfjähriger Junge fest und grinste über das ganze Gesicht.

Ein alter Mann, dem ein Bein fehlte, zog mühsam einen Leiterwagen, während ein paar Kirchgänger ihm geschickt auswichen, um nicht mit den Lumpen auf seinem Karren in Berührung zu kommen.

Trotz der Kälte sah sie auch Kinder draußen spielen. Sie turnten auf den Trümmergrundstücken herum, gruben hie und da nach Schätzen, stoben auseinander, weil sie vielleicht auf einen Blindgänger gestoßen waren oder weil ein Wachtmeister angelaufen kam, um sie zu verscheuchen.

Soraya runzelte die Stirn. Spielten diese Kinder wirklich? Das Taxi war zu schnell vorbei, um sich ein klares Bild zu machen, und doch hatte sie den Eindruck, dass diese Jungen und Mädchen mit ernsten kleinen Gesichtern einer Beschäftigung nachgingen.

Spielen – das bedeutete doch Seil springen, Murmeln schnippen oder »Himmel und Hölle« hüpfen – lachend, singend und juchzend. Hier jedoch war kein Laut zu hören. Es gab nur dieses stille Abgehen eines inzwischen überwucherten Grundstücks.

Soraya begriff, dass diese Kinder sich auf Schatzsuche begeben hatten. Allerdings war das kein Spiel. Sie hofften, etwas Wertvolles zu finden, das sie beim Pfandleiher für ein paar Groschen versetzen konnten. Eine verlorene Uhr vielleicht, ein Schmuckstück oder auch nur einen heil gebliebenen Topf.

Wo waren ihre Eltern? Kümmerten sie sich nicht, oder

schickten sie die Kleinen sogar selbst los, weil sie nicht genug hatten, um über die Runden zu kommen?

Beklommenheit erfüllte sie, und irgendetwas sagte ihr, dass sie diese Kinder nicht zufällig entdeckt hatte.

Eine halbe Stunde später erreichte Soraya endlich ihr Ziel, bezahlte den Taxifahrer und ging auf dem schmalen Gartenweg auf das Häuschen zu. Es war ganz aus Holz gebaut und hatte in früheren, glücklichen Zeiten als Wochenenddomizil gedient. In unmittelbarer Nähe befand sich ein kleiner See. In ihrer Erinnerung sah sie sich wieder in ihm planschen, streng beaufsichtigt von einer hilfsbereiten Nachbarin, die ihr nicht erlaubte, mehr als zwei Schritte weit ins Wasser zu gehen. Später gab es saftigen Kirschkuchen, den die kleine Soraya mit stolzgeschwellter Brust verschlang. Schließlich hatte sie Opa Franz geholfen, die Früchte vom eigenen Kirschbaum zu pflücken.

Wenn sie Glück hatte, las der Großvater ihr zur Schlafenszeit noch etwas vor. Soraya liebte die Streiche von Max und Moritz von Wilhelm Busch und fürchtete sich vor den Märchen der Gebrüder Grimm. Aber sie ließ sich nie anmerken, wenn ihr Puls raste, weil ein böser Wolf ein Mädchen fressen wollte oder zwei Geschwister sich im Wald verirrten. Großvater mochte keine Angsthasen, und es war schon vorgekommen, dass er Soraya von der Flucht der Familie vor der kommunistischen Revolution in Russland erzählt hatte – und daraufhin hatte Soraya in der Nacht kein Auge zugetan. Dann doch lieber gruselige Märchen.

Trotzdem war sie froh, wenn er ihr danach auch noch

eine lustige Tiergeschichte aus dem Zoo erzählte. Sie wusste nie, ob die Geschichten stimmten, aber der Opa versprach ihr, in der kommenden Woche mit ihr dorthin zu gehen. Dann würde sie schon sehen, dass der Elefant mit seiner langen, langen Nase riechen konnte, ob Soraya zum Frühstück ein ganzes Honigbrötchen gegessen hatte.

Ihre Mutter blieb an diesen Sommerwochenenden stets in der Stadt. Das Häuschen sei zu klein für sie drei, erklärte sie. Außerdem habe sie wichtige Dinge zu erledigen. Zu diesen Dingen gehörten Nachmittage mit Freundinnen im Café oder im Kino und, wenn Sorayas Vater ebenfalls anwesend war, der Besuch einer Tanzveranstaltung.

Dem kleinen Mädchen machte es nichts aus, zwei Tage von den Eltern getrennt zu sein. So gern war sie gar nicht mehr in der Stadt. Da marschierten immer viele Soldaten durch die Straßen, brüllten laut und knallten die Stiefel auf den Asphalt, dass einem angst und bange werden konnte. Und andere Leute sahen so niedergedrückt aus, dass Soraya gar nicht hinschauen mochte. Dafür liebte sie den Sommer in Spandau. Nur wenn ihr Vater montags dann schimpfte, weil sie viel zu braun geworden war, bekam sie ein schlechtes Gewissen und wusste nicht recht, warum.

Sie hatte die Tür zur Laube noch nicht erreicht, da wurde sie von innen aufgerissen.

»Soraya! Bist du es? Bist du es wirklich? Du lieber Gott!«

Ein gebeugter alter Mann machte zwei zögerliche Schritte auf sie zu und starrte sie aus hellen trüben Augen an.

Soraya erschrak. Das sollte ihr Opa Franz sein? Der

große, starke Mann, auf dessen Schultern sie gesessen und der sie vor allem Kummer beschützt hatte?

Unmöglich!

Sie wollte zurückweichen, zwang sich aber, stehen zu bleiben. Sogar ein Lächeln zauberte sie auf ihre Lippen. Erneut machte sich ihre strenge Erziehung bezahlt.

In ihrem Blick jedoch musste sich ihr Entsetzen widergespiegelt haben, denn Franz Karl verharrte und verschränkte die Arme vor der Brust.

»Hab keine Angst, mein Schneewittchen. Ich bin immer noch dein Opa. Aber es sind viele Jahre vergangen. Damals warst du klein und ich groß. Heute ist es umgekehrt.« Er lachte dazu ein meckerndes Lachen, und in seinen Augen blitzte der Schalk auf.

Schneewittchen. Das war früher sein Kosename für sie gewesen. Weil ihre Haut so weiß und ihr Haar so schwarz war. Soraya hat ihn völlig vergessen.

Sofort entspannte sie sich. Wie dumm sie doch war! Natürlich hatte sich Opa Franz verändert. Nicht nur war er inzwischen fast achtzig Jahre alt, auch der Krieg hatte ihn gezeichnet.

»Verzeih mir«, bat sie.

»Da gibt es nichts zu verzeihen. Wo ist Eva? Ist sie nicht bei dir?«

Sie schüttelte den Kopf und schimpfte im Stillen mit sich selbst, weil ihr nicht klar gewesen war, dass er natürlich am liebsten seine Tochter wiedergesehen hätte.

»Mutti … konnte nicht mitfahren«, meinte sie.

Der Schalk in seinen Augen verschwand, aber er streckte

nun liebevoll die Arme aus. »Du kannst mir später von ihr erzählen. Wie ist es, bekomme ich eine schöne große Umarmung?«

Schon wollte Soraya den letzten Meter zwischen ihnen überwinden, da wurde sie plötzlich angerempelt und musste um ihr Gleichgewicht kämpfen.

War das ein Kind?, fragte sie sich und hielt sich an der Gartenbank fest, die vor dem Häuschen stand. *Oder ein großer Hund?*

Es war so schnell gegangen, dass sie gar nicht wusste, wie ihr geschah.

»Harald!«, brüllte Opa Franz so laut, dass ihr die Ohren klingelten. »Komm sofort zurück!«

Ein Junge also. Ein Junge, der aus der Laube herausgeschossen war und sie beinahe umgerannt hätte.

»Hörst du nicht?«, rief Franz. »Auf der Stelle kehrst du um und entschuldigst dich!«

Der Junge dachte offenbar gar nicht daran, dem Befehl zu folgen, denn er blieb verschwunden.

»Dummer Bengel«, schimpfte Franz, diesmal zum Glück schon etwas leiser. »Jetzt wird er sich den ganzen Tag am See verstecken, weil er Angst hat, dass sie ihn holen kommen.«

»Wer?«, fragte Soraya völlig verwirrt. »Und wer ist das überhaupt?«

»Komm erst mal herein. Ich koche uns einen Kaffee.«

Zehn Minuten später saßen sie in der winzigen Küche, die nur durch einen Vorhang vom restlichen Raum abgetrennt war, und Soraya nippte dankbar an einer Tasse echten Bohnenkaffees.

»Köstlich«, murmelte sie und rührte noch einen dritten Löffel Zucker hinein.

Opa Franz lächelte. »Du bist zwar eine bildschöne junge Frau geworden, aber deine Schwäche für Süßes hast du dir bewahrt.«

Sie nickte. »Daran sind meine persischen Kindermädchen schuld. Die haben mich immer mit Halva und kandierten Früchten gefüttert. Die Folge waren einige sehr unangenehme Sitzungen beim Zahnarzt.«

»Deiner Figur schadet es nicht«, stellte Franz fest.

»Jetzt ist aber mal Schluss«, sagte Soraya energisch. »Ich will nicht über mich reden, sondern über diesen wilden Jungen. Eigentlich bin ich hier, um nach dir zu sehen, aber jetzt interessiert es mich doch, was du mit so einem Lausebengel zu schaffen hast und wer ihn holen will.«

»In Ordnung, mein hübsches Schneewittchen. Ich erzähle dir ja schon alles. Den Harald habe ich schon im Herbst gefunden. Im Kirschbaum.«

Soraya hob die Augenbrauen. »Was hat er denn da gemacht?«

»Sich versteckt.«

»Vor wem?«

»Einem Schupo.«

»Opa! Bitte! Lass dir nicht alles aus der Nase ziehen. Was hat ein Kind von der Polizei zu befürchten? Er ist doch höchsten acht oder neun Jahre alt.«

»Harald ist zehn. Aber wegen der Mangelernährung ist er klein geblieben.«

Soraya funkelte ihn ungeduldig an, und er hob eine Hand. »Schon gut. Ich erzähle dir ja alles. Also, der Harald ist eins von Tausenden Straßenkindern in Berlin. Sie haben ihre Väter auf den Schlachtfeldern und ihre Mütter bei den Bombenangriffen verloren. Oder sie kommen aus dem Osten und sind auf den Flüchtlingstrecks von ihren Familien getrennt worden. Sie schlagen sich durch, so gut es geht. Manchmal rotten sie sich zu Banden zusammen, manchmal bleiben sie lieber allein.«

Er machte eine Pause, um einen Schluck Kaffee zu trinken.

»Ich glaube, ich habe vorhin solche Kinder gesehen«, warf Soraya ein. »Sie haben die Trümmergrundstücke abgesucht.«

Franz verzog sorgenvoll das Gesicht. »Ja, Harald hat mir davon erzählt. Er hat das auch eine Weile gemacht, aber er wollte nicht verstümmelt werden. Sein bester Freund hat sich mit einer Handgranate den halben Arm abgerissen. Deshalb ist er lieber raus nach Spandau gekommen und hat sich von dem ernährt, was die Gärten zu bieten hatten. Und als es nachts kühler wurde, ist er in eine Hütte in der Nachbarschaft eingebrochen, um da zu schlafen. Dort hat ihn der Polizist aufgespürt.«

»Und was geschah dann?«, fragte Soraya gespannt.

»Nun, ich habe so getan, als hätte ich ihn im Kirschbaum nicht gesehen, und als der Schupo kam und nach ihm fragte, habe ich ihn nicht verpfiffen.«

»Bestimmt war er dir sehr dankbar.«

Der alte Mann lachte auf. »Von wegen! Er ist abgehauen, kaum, dass die Luft rein war, und in den folgenden Tagen hat er ständig was bei mir geklaut. Mal ein paar Kartoffeln, mal ein Hemd von der Wäscheleine, und einmal sogar zwei Eier, die mir eine Nachbarin vorbeigebracht hatte.«

»Oh, das ist wirklich undankbar.«

»Ganz deiner Meinung. Aber ich war ihm nicht böse. Der Junge tat mir leid.«

Je länger er sprach, desto mehr erkannte Soraya in ihm ihren Opa mit dem goldenen Herzen wieder.

»Dann ist mir eine Idee gekommen«, fuhr Franz ruhig fort. »Ich habe angefangen, ein bisschen Essen auf die Gartenbank zu stellen. Etwas Brot, Obst. Sogar mal eine halbe Wurst.«

»Du bist mit ihm umgegangen wie mit einem schreckhaften wilden Tier.«

»Ganz genau. Und es hat funktioniert. Nach zwei oder drei Wochen war er so zutraulich geworden, dass er sich das Essen nicht mehr schnappte und davonlief, sondern an Ort und Stelle verzehrte. Und bald durfte ich dabei neben ihm sitzen.«

»Erstaunlich.«

»Mir kam es vor, als müsse er sich erst wieder an ein menschliches und soziales Verhalten gewöhnen. Wie der kluge Bertolt Brecht schon damals in seiner ›Dreigroschenoper‹ schrieb: ›Erst kommt das Fressen, dann kommt die Moral.‹«

»Das hast du gut gemacht«, sagte Soraya voller Bewunderung für ihren Opa.

Franz Karl winkte ab. »Keine große Sache. Als der Herbst in den Winter überging, hat er sich angewöhnt, drinnen zu schlafen.«

»In meinem Kinderbett?« Soraya spürte einen kleinen dummen Stich der Eifersucht. Ihr Bettchen hatte damals im einzigen Schlafzimmer am Fußende von Opas Bett gestanden. Wenn sie nachts mal wach wurde, hörte sie eine Weile dabei zu, wie Franz schnarchte und manchmal auch auf eine komische Art durch die Nase pfiff. Daraufhin schlief sie beruhigt wieder ein.

Franz schaute sie bedauernd an. »Ach, Schneewittchen. Das habe ich verfeuern müssen. Ebenso wie mein eigenes.«

Soraya blickte sich um. Erst jetzt fiel ihr auf, dass es fast gar keine Möbel mehr in der Laube gab. Wo früher zwei gemütliche Sessel und ein niedriger Tisch gestanden hatten, lagen jetzt nur einige dicke Kissen auf dem Boden.

Ihr Opa deutete aus dem Sprossenfenster nach draußen. »Ist dir nicht aufgefallen, dass im Garten nur noch der Kirschbaum steht? Die anderen haben dran glauben müssen. Der Apfelbaum, der Birnbaum und der Pflaumenbaum.«

»Und warum nicht die Kirsche?«

»Ich habe es nicht übers Herz gebracht. Es war dein Lieblingsbaum.«

Sie legte ihre Hand auf seine und fühlte die ledrige Haut unter den Fingerspitzen. »Danke.«

Sein Blick wurde zärtlich. »Da habe ich lieber ein bisschen mehr gefroren.«

»Aber …«

»Nichts da!«, sagte er energisch. »Das war's mir wert. Inzwischen bekomme ich regelmäßig Kohle geliefert. Mit dem Kanonenofen wird es schön kuschelig hier drinnen. Außerdem war es Schicksal.«

»Inwiefern?«

»Ohne den Kirschbaum hätte Harald kein Versteck gefunden, und dann wären wir zwei nie Freunde geworden.« Er lachte kurz und trocken auf. »Na ja, Freunde vielleicht nicht gerade. Aber so etwas wie Gefährten. Wobei er mir immer noch nicht so ganz über den Weg traut. Stell dir vor: Er legt sich abends eine Strohmatte auf den Boden und schläft direkt neben der Eingangstür. Damit er jederzeit verduften kann.«

Mitgefühl strömte in ihr Herz. »Er muss Schlimmes durchgemacht haben.«

»Ja. Aber so langsam frage ich mich, ob ich ihm eine große Hilfe bin. Vielleicht habe ich nicht mehr die Kraft für diesen Bengel. Nur: Was soll dann aus ihm werden? Er hat furchtbare Angst davor, in ein Kinderheim gesteckt zu werden. Er ist schon einmal in einem solchen Haus gewesen. Gleich nach dem Krieg. Da war er noch keine fünf Jahre alt, und es muss schrecklich gewesen sein. Nie gab es genug zu essen, die Kinder froren, wurden gezüchtigt, und die wenigen Pflegerinnen waren in dem überfüllten Heim anscheinend vollkommen überfordert. Deswegen rennt er jedes Mal weg, wenn jemand Fremdes auftaucht. Er hat Angst, das Jugendamt könnte ihn schnappen und zurückschicken.«

Soraya nickte bekümmert. Wie sehr musste dieser Junge

gelitten haben! Sie selbst war behütet aufgewachsen, hatte niemals Not gekannt. Ihr wurde bewusst, wie dankbar sie für ihr Schicksal sein sollte.

»Kennst du seine Geschichte?«, fragte sie.

»Nein. Er kann sich selbst an fast nichts erinnern. Nur an eine große Kälte, an einen hohen Wagen und an plötzlich fremde Gesichter. Ich schätze mal, er kam im Winter '45 mit einem der vielen Flüchtlingstrecks aus dem Osten. Vielleicht mit Mutter und Geschwistern. Aber irgendwie muss er von ihnen getrennt worden sein und fand sich bei anderen Leuten wieder, die ihn aus lauter Erbarmen weiter mitgenommen haben. Dann ist er im Kinderheim in Brandenburg gelandet. Und im vergangenen Jahr ist er zusammen mit seinem Freund getürmt und nach Berlin gekommen. Seit sein Freund die Hand verloren hat, wohnt der wieder im Heim, und Harald schlägt sich allein durch.«

»Der arme Junge«, stieß Soraya aus und wusste selbst nicht, wen sie damit meinte. Harald oder seinen verstümmelten Freund. Wahrscheinlich beide. »Aber auf Dauer kann es so nicht weitergehen«, fügte sie sanft hinzu.

»Ich weiß.«

»Harald … Ist das überhaupt sein Name?«

»Wahrscheinlich nicht. Auch daran kann er sich nicht erinnern.«

»Verstehe. Wie auch immer. Er braucht doch eine richtige Existenz. Er muss irgendwo gemeldet werden und auch zur Schule gehen. Was soll er denn sonst für eine Zukunft haben?«

»Ich weiß, ich weiß«, entgegnete ihr Großvater müde.

»Darüber zerbreche ich mir auch schon lange den Kopf. Aber ich dachte mir: Schön einen Schritt nach dem anderen. Er ist wirklich scheu wie ein junger Rehbock. Du hast ihn ja erlebt. Und außerdem …«

»Was?«, fragte Soraya, obwohl sie die Antwort schon ahnte. Als ihr Opa schwieg, sagte sie an seiner Stelle: »Du traust es dir nicht zu, ihn zu fördern, wenn er zur Schule geht.«

»Ja. Ich habe jetzt schon so meine Schwierigkeiten mit ihm. Aber ich glaube, ich wäre wirklich überfordert, wenn ich auch noch dafür sorgen müsste, dass er morgens pünktlich losgeht, dass er seine Hausaufgaben anständig erledigt – all diese Dinge halt.«

»Im Grunde weißt du also, dass du ihn wieder abgeben musst. Es fällt dir bloß ziemlich schwer.«

»Er ist ein wilder Lausebengel, aber er leistet mir Gesellschaft.«

Noch immer lag ihre Hand auf seiner, und nun drückte Soraya sie sanft. »Du musst furchtbar einsam gewesen sein.«

Kurz zuckten seine Schultern, und sie fürchtete schon, er würde in Tränen ausbrechen. Doch dann richtete er sich auf und schaute sie mit festem Blick an.

»Es ist gut, dass du hier bist. Du hast mir die Augen geöffnet. Der Junge braucht ein geregeltes Leben. Ich darf nicht so egoistisch sein.«

»Und da ist noch etwas«, sagte Soraya. »Seit Jahren gibt es doch diesen Suchdienst beim Deutschen Roten Kreuz. Ich habe eine Sendung im Radio darüber gehört. So haben schon viele Kinder ihre Familien wiedergefunden. Sie werden sogar in den Wochenschauen gezeigt. Harald müsste unbedingt dort angemeldet werden. Wer weiß, vielleicht finden sich ja noch Angehörige.«

Bevor Franz dazu etwas sagen konnte, erklang von der Tür her eine wütende Jungenstimme: »Ich will nicht zum Roten Kreuz! Ich will nicht ins Heim! Und auch nicht zur Schule! Außerdem heiße ich Harry, nicht Harald!«

Er sprach den Namen *Härri* aus und klang, als würde er Kaugummi kauen.

»Seit Neuestem schwärmt er für alles Amerikanische«, raunte Franz seiner Enkelin zu.

Soraya, die mit dem Rücken zur Tür gesessen hatte, drehte sich nun langsam um. Dort stand der Junge, die kleinen Fäuste fest in die Hüften gestemmt, das Kinn angriffslustig vorgeschoben. Er hatte dunkles Haar, helle Augen und regelmäßige Gesichtszüge. Eines Tages würde er ein sehr attraktiver Mann sein.

»Wie lange hast du uns schon belauscht?«, fragte sie gelassen.

Er fiel ein klein wenig in sich zusammen, hielt ihrem Blick aber stand. »Lange genug.«

Soraya unterdrückte ein Lächeln. Sie hatte die Flegeljahre ihres Bruders ausgehalten, indem sie streng zu ihm gewesen war. Dies schien bei diesem Jungen ebenfalls die richtige Taktik zu sein.

»Und was hast du im Leben vor? Willst du immer in dieser Hütte leben?«

»Natürlich nicht! Ich gehe nach Amerika. Sobald ich groß genug dafür bin.«

»Aha. Und wie?«

»Was wie?«, fragte Harald, und seine Stimme klang nun unsicher.

»Wie willst du nach Amerika kommen?«

Er lachte ein etwas zu helles Lachen. »Na, wie schon. Mit dem Schiff natürlich. Ich bin ja nicht blöd. Oder mit dem Flugzeug. Dann bin ich ruckzuck drüben und werde ein richtiger Ami.«

»Nicht ohne Pass und Visum«, sagte Soraya ruhig.

Franz mischte sich nicht ein. Er nickte seiner Enkelin nur unmerklich zu.

»Hä?«, machte Harald. »Wat isn dat?«

Sein Blick schoss zu Franz, und er wurde rot. Offenbar übte der alte Mann mit ihm seit Monaten eine angemessene Ausdrucksweise, und nun war der Junge in der Aufregung rückfällig geworden.

Soraya lächelte ihn an. »Der Pass ist ein Ausweispapier. Den braucht jeder Mensch, um in ein anderes Land zu reisen. Und manche Staaten, wie zum Beispiel Amerika, fordern zusätzlich einen Vermerk darauf, dass man einreisen darf.«

»Dann besorge ich mir eben diese Papiere.«

»Das ist nicht so einfach. Dazu musst du ein gemeldeter Bürger sein. Erst dann kannst du Pass und Visum beantragen.«

Dem Jungen stiegen auf einmal die Tränen in die Augen, und sie merkte, dass sie ihn überfordert hatte.

»Wir können ein andermal darüber reden. Weißt du, dass ich aus Persien stamme? Soll ich dir die Geschichte von Aladin und seiner Wunderlampe erzählen?«

»Kenne ich schon«, sagte der Junge mürrisch, aber dann trat er doch näher.

»Mach die Tür zu«, sagte Franz. »Hier zieht's wie Hechtsuppe.«

Da musste Soraya lachen, denn sie erinnerte sich daran, dass dies schon immer einer der Lieblingssprüche ihres Opas gewesen war.

Harald zögerte, aber schließlich lachte er auch, kam näher und wärmte sich die Hände am Kanonenofen.

»Kriege ich einen Kakao?«, fragte er hoffnungsvoll über die Schulter.

»Natürlich«, erwiderte Opa Franz. »Sobald du dich bei meiner Enkelin dafür entschuldigt hast, dass du sie vorhin fast umgerannt hättest.«

»Verzeihung«, murmelte Harald.

»Schon gut«, erwiderte Soraya. »Mein Bruder Bijan ist früher auch nicht sehr sanft mit mir umgegangen.«

»Bijan? Was ist das denn für ein komischer Name?«

»Ein persischer. Genau wie meiner. Soraya.«

Harald kicherte, kam an den kleinen Tisch und schien alle Scheu verloren zu haben. »Der hört sich genauso komisch an.«

Franz stellte einen dampfenden Becher vor ihn hin, und während Soraya von Aladin erzählte, nahm er kleine Schlucke, hörte gespannt zu und sah auf einmal aus wie ein ganz normales Kind.

Nach einer Weile bemerkte Soraya, dass ihm die Augen zufielen. Sie wechselte einen Blick mit ihrem Großvater, der daraufhin aufstand, den Jungen hochhob und nach nebenan ins Schlafzimmer brachte.

»Mitten am Vormittag ist er noch nie eingeschlafen«, sagte er, als er zurückkam und sich wieder setzte. »Nachts kommt er kaum zur Ruhe, so groß ist seine Angst, die Polizei würde ihn abholen. Das ist wirklich kein Zustand mehr.«

Soraya musste gähnen und hielt sich schnell die Hand vor den Mund.

»Du siehst auch nicht aus, als hättest du die letzten Nächte gut geschlafen«, bemerkte Franz. »Noch Kaffee?«

»Sehr gern, danke.«

Er goss ihr aus der Kanne nach, und sie rührte Zucker hinein. Der Kaffee war inzwischen abgekühlt, tat aber trotzdem seine Wirkung.

Franz schaute sie aufmerksam an. »Jetzt verrate mir mal, warum du hier bist und wie du überhaupt hergekommen bist.«

Soraya zögerte einen Moment, doch sie wusste, dass sie bei ihrem Großvater nur mit der Wahrheit weiterkam. Sie gestand, dass sie sich in Zürich von den anderen Mädchen des Pensionats abgesetzt und sich mit dem Zug auf den Weg zu ihm gemacht habe.

»Das klingt ganz schön abenteuerlich.«

»War es auch. Ohne Lotte wäre ich ziemlich hilflos gewesen.«

»Lotte?«

Also berichtete sie ihm auch von ihrer Reisegefährtin und von der vergangenen Nacht, die sie auf einer Matratze in Kreuzberg verbracht hatte.

»Soso«, sagte Franz nachdenklich, als sie geendet hatte. »Und deine Eltern wissen nichts davon?«

»Nein. Ich hatte Angst, sie würden es mir nicht erlauben, aber ich wollte dich unbedingt sehen.«

Er lächelte dankbar, doch gleich darauf setzte er wieder ein strenges Gesicht auf. »Wir müssen ihnen Bescheid geben. Wo sind sie zurzeit?«

»In Rom«, gab Soraya Auskunft. »Wir wollen uns in ein paar Wochen in London treffen.«

»Hast du eine Telefonnummer?«

Sie nickte.

»Gut. Dann machen wir beide jetzt einen Spaziergang zu Peters Klause. Da steht ein Apparat.«

»In Ordnung«, gab Soraya nach.

In der Kneipe dauerte es eine geschlagene Stunde, bis eine Verbindung nach Italien zustande kam, und als Soraya endlich mit ihrer Mutter sprach, fiel diese aus allen Wolken. Der Direktor des Pensionats hatte die Eltern noch nicht informiert – wohl in der Hoffnung, das Mädchen wäre noch in Zürich und würde von selbst zurückkehren.

Franz schaffte es schließlich, seine Tochter zu beruhigen. Er nahm Soraya den Hörer aus der Hand und erklärte, sie sei bei ihm gut aufgehoben, und er werde sie demnächst höchstpersönlich in ein Flugzeug zurück in die Schweiz setzen.

»Du darfst vorerst bleiben«, sagte er, als er aufgelegt hatte.

Vor lauter Erleichterung stieß sie einen tiefen Seufzer aus.

»Lass uns zurückgehen«, sagte sie dann. »Ich muss ständig an Harald denken. Und an die anderen Kinder.«

In ihrem Kopf formte sich eine Idee. Noch war sie vage, steckte voller Stolperfallen, aber Soraya blieb für den Rest des Abends still und war froh, als ihr Großvater ebenfalls schwieg.

4. Kapitel

Berlin, April 1950

Zwei Monate vergingen, ehe Soraya sich das nächste Mal auf den Weg nach Kreuzberg machte. An diesem Nachmittag des Gründonnerstags Anfang April herrschten plötzlich wieder eisige Temperaturen. Der März war frühlingshaft gewesen, aber zu Ostern kehrte der Winter noch einmal mit voller Kraft zurück.

Trotzdem nahm sie sich kein Taxi, sondern fuhr erst mit der S-Bahn und dann mit der U-Bahn. Sie war fest entschlossen, ihr Geld nicht mehr unnötig für ihre eigene Bequemlichkeit auszugeben, und ignorierte die Tatsache, dass sie ihre Füße nach einer guten Stunde Fahrt und langem Anstehen an Haltestellen und auf Bahnsteigen kaum mehr spürte. In ihren viel zu dünnen Lederstiefeln waren sie wahrscheinlich eingefroren, und Soraya fürchtete sich bereits vor dem Moment, an dem das Gefühl mit einem heftigen Kribbeln und Stechen zurückkehren würde.

Sie saß auf einer harten Holzbank in der U-Bahn und blickte nachdenklich auf ihre Hände. Ein paar Nägel waren abgebrochen, auf dem linken Handrücken zog sich eine hässliche rote Schramme entlang. Wenn man dem Großvater beim Kohleschleppen half und hinter einem wieder mal flüchtigen Harald herhetzte, blieben solche Narben wohl nicht aus.

Ihr dunkles Haar war nur mit Kernseife gewaschen worden und klebte ihr formlos am Kopf, ihre Augenbrauen mussten dringend gezupft werden, und die Haut in ihrem Gesicht spannte, weil die einzige Pflegecreme, die sie aus der Schweiz mitgebracht hatte, längst zur Neige gegangen war.

Trotzdem fühlte sich Soraya so lebendig und schön wie nie in ihrem Leben, und sie wusste auch, warum: weil sie zum ersten Mal das Gefühl hatte, etwas Sinnvolles zu tun. Noch war es nur ein Plan, den sie mit ihrem Großvater ausarbeitete und für den sie bei den Behörden immerhin ein offenes Ohr gefunden hatte, aber heute, so hoffte sie, würde er in die Tat umgesetzt werden.

Alles hing von Elfriede Reinecke ab.

»Geld ist kein Problem«, hatte Franz Karl gesagt, als sie ihm zwei Tage nach ihrer Ankunft von ihrer Idee erzählt hatte. »Ich habe ein kleines Vermögen in der Schweiz liegen, das ich sowieso nie mehr ausgeben werde. Nächste Woche werde ich veranlassen, dass das Geld auf mein Konto hier in Berlin überwiesen wird. Mit Verwaltung und Organisation komme ich zurecht, aber als Erzieher eigne ich mich nicht mehr.«

Soraya hatte ihm widersprechen wollen. Was er bei dem wilden Harald geleistet hatte, kam einen Wunder gleich. Kein anderer hätte diesen Jungen vermutlich halbwegs zähmen können. Doch sie hatte geschwiegen und nur genickt. Immerhin konnte sie sicher sein, dass Franz Karl auch in Zukunft nicht vereinsamen würde. Selbst wenn er sich nicht mehr selbst um ein Kind kümmerte, so würde er als Leiter des Projekts doch mit vielen Leuten zusammenkommen und vielleicht sogar neue Freunde finden.

Ihre Idee war einfach. Sie wollte eine Organisation gründen, die sich jener Kinder annahm, die bisher durch jedes Raster gefallen waren. Einen Namen hatte Soraya schnell gefunden: »Trümmerkinder«.

Helferinnen und Helfer sollten die obdachlosen Mädchen und Jungen ansprechen und ihnen ein Zuhause anbieten. Dafür bekämen die Pflegeeltern ein angemessenes Gehalt. Die Kinder müssten auf diese Weise nicht in ein Heim, sondern würden in einer neuen Familie leben. Sie würden ordentlich gemeldete kleine Bürger sein und vielleicht nach all den Jahren mithilfe des Roten Kreuzes doch noch ihre richtigen Verwandten finden. Aus diesem Grund war eine Adoption auch ausgeschlossen.

Wochenlang hatte Soraya in den Fluren verschiedener Behörden gesessen, bis sie ihre Genehmigungen zusammenhatte oder zumindest vorläufig grünes Licht bekam. Letztlich war man wohl froh, diese eigensinnige persische Prinzessin loszuwerden. Zudem wuchsen sich die heimatlosen Kinder in den Westsektoren zu einem immer größeren Problem aus: Es hieß, viele der Mädchen und Jungen kämen aus dem Osten über die Zonengrenze herüber, denn in der DDR würden sie ohne viel Federlesens wie streunende Hunde eingefangen und in zuchthausähnliche Heime gesteckt. Dennoch kündigte das Jugendamt an, es werde die Familien überprüfen, die hier in Westberlin Kinder aufnahmen.

Dagegen hatte Soraya absolut nichts einzuwenden. Im Gegenteil. Sie war sogar froh, wenn ihr Großvater nicht ganz allein die Verantwortung tragen musste.

Endlich war so weit alles geregelt, und es galt, die erste Familie für ihr Projekt zu gewinnen. Elfriede und Lotte Reinecke.

Auf die Idee war Soraya gekommen, als sie an die kleine ungenutzte Kammer in der halben Wohnung dachte. Nun jedoch, als sich die Hochbahn Kreuzberg näherte, regten sich Zweifel. Was, wenn die Reineckes ablehnten? Wenn sie es nicht übers Herz brachten, ein anderes Kind anstelle des verstorbenen Lenchens aufzunehmen?

Schon in vier Tagen musste Soraya Berlin wieder verlassen. Ihre Eltern hatten ihr einen Flug direkt nach London gebucht, wo sie sich treffen würden. Während ihres letzten Telefongesprächs hatte ihre Mutter angedeutet, jemand Wichtiges wolle sie dort kennenlernen. Allerdings hatte sie ihr keinen Namen verraten.

Absagen konnte Soraya also nicht, wollte sie ihre Eltern nicht endgültig gegen sich aufbringen. Eva und Khalil hatten ohnehin eine Engelsgeduld bewiesen, weil sie ihre Tochter zwei Monate lang in Berlin gelassen hatten. Soraya hatte versprochen, dass sie die verlorene Schulzeit nachholen und ein erstklassiges Abitur vorlegen würde.

Wenn sie nun aber bis Montag keinen konkreten Anfang gemacht hatte, konnte das ganze Vorhaben noch scheitern. Sie biss sich auf die Innenseite ihrer Wangen. War sie zu blauäugig gewesen? Hatte sie sich von ihrer eigenen Begeisterung mitreißen lassen, ohne daran zu denken, was die Leute von ihrem Projekt halten würden, auf die es ankam?

Sie war beinahe dankbar, als eine korpulente Frau um die fünfzig sie aus ihren Grübeleien riss, indem sie sich neben sie auf die Bank quetschte.

»Tut mir leid, Kindchen. Ich brauche ein bisschen mehr Platz.«

Soraya lächelte schmal. Auf ein Gespräch hatte sie trotz der willkommenen Ablenkung keine Lust.

»Ich kann einfach nicht anders«, fuhr die Frau ungeachtet ihres Schweigens fort. »Ich muss alles in mich reinstopfen, was ich kriegen kann. Es ist wie ein Zwang. Können Sie sich vorstellen, dass ich vor drei Jahren keine fünfzig Kilo gewogen habe? Ich glaube, jetzt ist es das Doppelte.«

Sie lachte stolz auf, aber als Soraya immer noch nicht antwortete, zuckte sie nur die runden Schultern, griff in ihre Handtasche und holte eine Zeitschrift heraus.

Soraya kannte die »Constanze«. Sie blätterte selbst gern darin, aber die neueste Ausgabe hatte sie noch nicht gelesen.

Unauffällig linste sie auf die Seiten, die ihre Banknachbarin aufschlug, und es traf sie wie ein Blitz, als plötzlich der Schah von Persien sie streng ansah. Diesmal war sein Porträt großformatig, und er strahlte Macht und Glanz aus.

Sorayas Mund war auf einmal trocken, und sie musste schlucken. Wie kam es, dass sie nach Monaten ausgerechnet heute wieder auf den Herrscher des Iran stieß? War das etwa ein Wink des Schicksals?

Ihre Kinderfrau in Isfahan war äußerst abergläubisch gewesen, und sosehr Sorayas Mutter auch dagegen angekämpft hatte – das kleine Mädchen hatte unbewusst einiges davon übernommen.

Ihre Banknachbarin hatte inzwischen weitergeblättert.

Soraya räusperte sich. »Entschuldigung.«

»Ja, Kindchen?«

»Darf ich einmal in die Zeitschrift schauen?«

»Nanu?«

»Ich … könnte sie Ihnen auch abkaufen.«

»Nicht nötig. Hier. Ich muss sowieso eine Kleinigkeit zu mir nehmen.«

Sie gab Soraya die »Constanze«, griff erneut in ihre Handtasche und holte eine angebrochene Tafel Milchschokolade heraus, die sie mit drei großen Bissen verschlang.

Soraya achtete nicht weiter auf sie. Sie hatte das Foto von Mohammad Reza wiedergefunden und vertiefte sich darin. Wie gut er aussah! Nur mit Mühe unterdrückte sie ein Seufzen. Es gab keinen Artikel zu dem Bild, nur ein paar Zeilen darunter, in denen stand, der Schah von Persien habe sich nun ernsthaft auf Brautschau begeben, um dem Herrscherhaus endlich den ersehnten männlichen Thronfolger zu verschaffen.

»Bisschen dünn«, meinte die Frau, die nun ihrerseits Soraya über die Schultern schaute. »Aber ansonsten ein sehr schicker Mann. Und so schön groß. Was meinen Sie?«

Soraya hätte es unhöflich gefunden, nun wieder zu schweigen, also sagte sie: »Das täuscht.«

»Wat?«

»Die Größe. Er wurde von unten nach oben fotografiert. In Wahrheit ist der Schah nur mittelgroß.«

»Woher wollen Sie das denn wissen?«

Soraya war versucht, ihre Banknachbarin über die Bekanntschaft ihrer Familie mit den Pahlavis zu informieren. Und jedes Kind in Persien wusste schließlich, dass Mohammad Reza kein Hüne war. Aber dann sah sie ihr eigenes Spiegelbild im Fenster, als die Hochbahn durch eine enge und dunkle Straßenschlucht fuhr, und sie wusste, sie würde wie eine Verrückte klingen. Ein ungepflegtes Mädchen, das behauptete, einen Herrscher zu kennen? Das konnte nur ein Witz sein!

»Ich … habe das mal gelesen«, meinte sie daher ausweichend.

»Soso. Kann ich meine ›Constanze‹ jetzt wiederhaben?«

»Natürlich.«

Aus Gründen, die sie absolut nicht verstand, musste sie sich regelrecht dazu zwingen, die Zeitschrift samt dem schönen Foto von Mohammad Reza ihrer Besitzerin zurückzugeben.

Kurz darauf erreichte sie die Station Kottbusser Tor, befreite sich mit einiger Mühe von der Sitzbank und verließ im Laufschritt die U-Bahn.

Als Soraya in die Straße einbog, an der die Reineckes wohnten, hoffte sie, es wäre schon jemand zu Hause.

Dann machte sie sich Sorgen, ob sie wohl freundlich empfangen werden würde. In den vergangenen zwei Monaten hatte sie sich nicht bei Lotte gemeldet, und nun schämte sie sich dafür. Gut, sie war von früh bis spät beschäftigt gewesen, aber auf ihren häufigen Fahrten zu den verschiedenen Ämtern in den Westsektoren Berlins hätte sie schon mal eine Stunde ihrer Zeit opfern können, um nach ihr zu sehen. Sie redete sich ein, sie hätte Lotte angerufen, wenn die Familie ein Telefon besessen hätte, aber womöglich machte sie sich da auch nur etwas vor. Erst jetzt merkte sie, dass ihre Reisegefährtin ihr gefehlt hatte.

Zögernd stieg sie die Treppe nach oben, sorgsam darauf bedacht, nicht das morsche Geländer zu berühren.

Oben angekommen, suchte sie nach einer Klingel, fand keine und klopfte zögernd an die Tür.

»Haste deinen Schlüssel verloren?«, erklang von drinnen Lottes helle Stimme.

Soraya wusste nicht, was sie antworten sollte.

»Mutti?«

Die Tür wurde geöffnet. Lotte stutzte, riss dann die Augen auf und stieß einen kleinen Schrei aus.

»Soraya! Menschenskind! Is ja ein Ding! Ich dachte, du bist längst wieder in deinem schicken Persien und knabberst an Datteln rum.« Dann lachte sie los und flog in ihre Arme. Soraya konnte gar nicht anders, sie lachte mit.

»Datteln?«

»Esst ihr so was da nicht?«

»Doch, schon.«

Sie hielt Lotte noch eine Weile fest und trat dann einen halben Schritt zurück.

»Tut mir leid, dass ich mich nicht gemeldet habe. Ich hatte furchtbar viel zu tun, weil …«

»Ja, ja, kannst mir gleich alles erzählen. Komm erst mal rein.«

Soraya folgte ihr in die Wohnung und nahm auf demselben Stuhl am Küchentisch Platz, auf dem sie auch schon im Februar gesessen hatte.

»Ist deine Mutter noch in der Fabrik?«, fragte sie.

»Nee, die ist kurz einkaufen gegangen. Sie will ein Viertelpfund Quark besorgen und frischen Schnittlauch. Dann gibt's die ollen Pellkartoffeln heute nicht wieder bloß mit Leinöl.«

Während Lotte erzählte, setzte sie den Wasserkessel auf. »Tee?«

»Sehr gern«, erwiderte Soraya. Ihre Füße begannen zu kribbeln, aber sie ließ sich nichts anmerken. Etwas war anders an Lotte. Es dauerte einen Moment, bis Soraya darauf kam.

»Du warst beim Friseur!«, rief sie dann aus. »Deine Affenschaukeln sind weg.«

Tatsächlich trug ihre Reisegefährtin jetzt einen flotten Kurzhaarschnitt. Über der Stirn hing ein frecher Pony, im Nacken kräuselten sich die Locken.

Lotte lächelte stolz. »Sieht doch toll aus, nicht wahr?«

»Ja. Wirklich.«

»Jetzt bin ich so gut wie erwachsen. Nächste Woche kann ich mir wahrscheinlich auch ein neues Kleid kaufen. So ein ganz modernes, wadenlang und mit engem Rock. Das macht mich älter. Dann werden die Männer Stielaugen kriegen, wenn ich übern Ku'damm stolziere. Natürlich in Schuhen mit Pfennigabsätzen. Auf die muss ich noch ein bisschen sparen. Ojemine …« Sie legte ihr glatte Stirn unter dem Pony in angestrengte Falten. »Vielleicht warte ich lieber bis Mai. Fürn schicken Mantel und Hut reicht es nicht auch noch.«

Dann beäugte sie Soraya kritisch. »Du hast schon mal besser ausgesehen.« Im nächsten Moment schlug sie sich eine Hand vor den Mund »Oh, Mist! Entschuldige!«

»Macht nichts. Du hast ja recht.« Soraya zupfte unglücklich an ihrem strähnigen Haar. »Ich hatte einfach für nichts mehr Zeit.«

»Oh, und deine schönen Nägel! Haste am Ende etwa Holz gehackt?«

»Nein, aber Kohle geschippt, den Garten umgegraben und Wäsche im Zuber gewaschen.«

Lotte kam zu ihr und klopfte ihr auf die Schultern. »Gut gemacht! Aus dir kann doch noch was werden!«

Daraufhin brachen sie beide erneut in Gelächter aus, und sie lachten noch, als Elfriede Reinecke hereinkam.

Kaum erblickte sie Soraya, nahm sie auch schon die Nerzmütze vom Kopf und hielt sie ihr hin.

»Die haben Sie letztes Mal hier vergessen.«

»Nein«, entgegnete Soraya fest. »Die Mütze war ein Dankeschön für Ihre Gastfreundschaft.«

»Das kann ich nicht annehmen.«

»Sie müssen.«

»Mensch, Leute!«, mischte sich Lotte ein. »Schluss mit dem Theater. Soraya, was hast du? Du bibberst wien frisch geschorenes Schaf.«

»Das sind nur meine Füße«, gestand sie.

Lotte tauschte einen wissenden Blick mit ihrer Mutter.

Dann holte sie eine große Schüssel aus Blech, füllte sie zur Hälfte mit kaltem Wasser und stellte sie vor Soraya auf den Fußboden.

»Stiefel und Strümpfe ausziehen, Füße reinhalten«, befahl sie.

»Aber das Wasser ist kalt.«

»Vertrau mir.«

Also tat Soraya, wie ihr geheißen. Das Kribbeln und Stechen ließ in dem kalten Wasser nach, aber nun schlugen ihre Zähne aufeinander.

Lotte ging zum Herd und kam mit dem dampfenden Kessel zurück. Sie hockte sich hin und goss vorsichtig etwas heißes Wasser in die Schüssel. Dann wartete sie eine halbe Minute und goss nach. Das wiederholte sie, bis der Kessel leer war. Inzwischen wurde das Wasser in der Blechschüssel so langsam erwärmt, dass Sorayas Füße Zeit hatten, sich an die steigende Temperatur zu gewöhnen.

Sie verspürte nur Wohlbehagen und blickte ihre Freundin dankbar an.

»So kriegste auch keine Frostbeulen«, erklärte Lotte bescheiden. »Das weiß doch jeder.«

»Ich nicht.«

»Du bist ja auch nicht jeder. Du bist eine Prinzessin aus dem fernen Morgenland, die es in das unwirtliche Berlin verschlagen hat. Scheint dir nicht gut zu bekommen.« Sie musterte Sorayas Gesicht und ihre Hände, dann stand sie auf und stellte die Blechschüssel mit dem Wasser neben der Spüle ab.

Elfriede Reinecke nickte anerkennend. In diesem Haushalt wurde nichts verschwendet. Später würde sie mit dem Wasser abwaschen.

Lotte verschwand kurz nach nebenan und kam mit einem schmucklosen Tiegel wieder.

»Für dich. Jeden Abend dick einschmieren.«

»Was ist das?«, fragte Soraya, schraubte den Deckel auf und besah sich die gelbliche Paste darin.

»Melkfett. Habe ich aus Bayern mitgebracht. Ist gut für die Haut.«

Zweifelnd verrieb Soraya eine haselnussgroße Menge auf dem Handrücken. Dann staunte sie. »Es fühlt sich weich an.«

»Ich sage doch, ist das Beste. Mutti, sind die Kartoffeln gar? Ich sterbe vor Hunger.«

»Gleich, Liebes.« Elfriede Reinecke hackte Schnittlauch und mischte ihn zusammen mit Salz und Pfeffer unter den Quark. Dann nahm sie einen Topf vom Herd, der Soraya irgendwie an einen Stahlhelm erinnerte, goss die Kartoffeln ab und stellte sie auf den Tisch.

»Sie bleiben zum Essen«, sagte sie zu Soraya. Es war keine Frage, also wagte sie nicht zu widersprechen.

Allerdings nahm sie sich lediglich einen Klecks von dem Quark, der nur für zwei Personen gekauft worden war, und behauptete, sie möge viel lieber Leinöl dazu, weil es sie an ihre Kindheit in Berlin erinnere.

»Esst ihr immer so früh zu Abend?«, fragte sie nach einer Weile. »Es ist ja noch nicht einmal sechs Uhr.«

»Wir stehen an den Arbeitstagen um vier auf«, gab Lotte zurück. »Mutti und ich sind dauerhaft für die Frühschicht in der Strumpffabrik eingeteilt worden. Mir macht das nichts aus, aber Mutti kommt morgens kaum aus dem Bett.«

»Ich schaffe das schon«, erklärte Elfriede. »Ich bin hart im Nehmen.«

Soraya jedoch entdeckte dunkle Ringe unter ihren Augen. Für ein junges Mädchen mochten solche Uhrzeiten kein Problem sein, doch für eine Frau Ende dreißig war es bestimmt hart.

»Ich sage ihr ja ständig, sie soll früher schlafen gehen«, fuhr Lotte fort. »Aber sie findet immer noch irgendwas zu tun. Socken stopfen, Knöpfe annähen, Wäsche waschen, bügeln …«

»Ich bin das so gewohnt«, unterbrach Elfriede ihre Tochter. »Man geht erst ins Bett, wenn alles in Ordnung ist.«

In Soraya keimte Hoffnung auf. Vielleicht würden die Reineckes ihrem Vorschlag ja doch zustimmen. Ein Pflegekind war sicherlich anstrengend, doch zumindest würde Elfriede nicht zu unchristlicher Zeit aufstehen müssen.

Lotte seufzte. »Wirst schon sehen, Mutti, bald werde ich zur Vorarbeiterin befördert, und dann verdiene ich genug für uns beide.«

Elfriedes Gesichtsausdruck verriet Soraya, dass sie nicht so recht daran glaubte, aber sie lächelte ihre Tochter liebevoll an. »Ich halte schon noch eine Weile durch.«

Lotte wandte sich an Soraya. »Haste schon gesehen? Wir haben jetzt richtige Fensterscheiben.«

»Oh, nein. Das ist mir noch gar nicht aufgefallen. Wie wunderbar.«

Lotte warf sich in die Brust. »Hab doch gesagt, die kaufe ich als Erstes.«

»Das stimmt.«

Stille entstand und dehnte sich aus. Soraya bemerkte, dass Mutter und Tochter sie immer mal wieder unauffällig anschauten.

Also suchte sie nach den richtigen Worten, um ihren Vorschlag zu unterbreiten, aber das Herz klopfte ihr bis zum Hals, und sie brachte keinen Ton heraus.

»Mensch!«, rief endlich Lotte aus. »Jetzt is aber mal gut. Du bist nich' aus lauter Höflichkeit hier aufgetaucht. Was willste von uns?«

»Lotte«, mahnte Elfriede leise.

»Ist doch wahr, Mutti. Ich platze gleich vor Neugierde. Los, Soraya, spuck's aus. Haste vielleicht eine andere Arbeit für uns? Sollen wir etwa am Königshof in Persien Datteln ernten?«

Sie grinste breit, und endlich fand Soraya den Mut zu sprechen. Erst zögernd, dann immer flüssiger erzählte sie von ihren Eindrücken in Berlin, von ihrem Großvater, von Harald und von ihrer Idee.

Als sie geendet hatte, kehrte die Stille zurück, und diesmal war sie drückend wie eine schwarze Regenwolkendecke.

Endlich sprach Elfriede. »Du möchtest, dass wir ein solches Kind aufnehmen? Und es soll wohl in Lenchens Kammer schlafen?«

Der Schmerz in ihren Augen war kaum auszuhalten, trotzdem nickte Soraya vorsichtig.

Lotte sagte gar nichts. Starrte nur von einer zur anderen.

Es kam selten vor, dass es ihr die Sprache verschlug, aber sie saß tatsächlich bloß mit offenem Mund da.

Soraya legte die Hände in den Schoß und ballte sie unter dem Tisch zu Fäusten. Womöglich hatte sie alles falsch gemacht, doch so leicht würde sie nicht aufgeben. Wenn die Reineckes ablehnten, dann musste sie eben andere Familien finden.

Schließlich sagte Elfriede leise: »Unserem Lenchen hätte das gefallen. Sie hat immer anderen Leuten geholfen. Der alten Frau Richter von nebenan hat sie jeden Tag den Einkauf hochgetragen …«

Eine Weile schien sie sich in ihren Erinnerungen zu verlieren, aber dann kehrte ihr Blick zu Soraya zurück. »Es tut mir leid, ich weiß nicht, wie ich das neben der Arbeit in der Fabrik schaffen soll.«

»Oh!«, stieß Soraya aus. »Entschuldigung. Ich habe ganz vergessen zu sagen, dass es natürlich ein angemessenes Gehalt gibt. Uns ist klar, dass niemand diese Arbeit umsonst leisten kann.«

»Und … wie hoch ist dieses Gehalt?«

Soraya nannte eine Summe, die sie zusammen mit ihrem Großvater ausgerechnet hatte. »Wir denken, das müsste reichen. Aber natürlich können wir nach den ersten Monaten erneut darüber sprechen.«

»Das … ist mehr als genug«, sagte Elfriede. »Es ist fast so viel, wie ich in der Fabrik verdiene.«

Endlich fand auch Lotte ihre Sprache wieder.

»Soraya!«, rief sie aus. »Das ist ja irre!«

»Wie … meinst du das?«

Lotte strahlte sie an. »Was Besseres könnte uns gar nicht passieren. Mutti muss nicht mehr so früh aufstehen und sich zehn Stunden die Beine in den Bauch stehen. Sie darf wieder Hausfrau sein, und dazu noch eine Pflegemutti. Es ist ein Wunder!«

Soraya hob abwehrend die Hände. »So einfach ist es nicht. Glaub mir. Diese Kinder haben Schlimmes durchgemacht. Sie sind ziemlich verwildert und bestimmt nicht sehr gehorsam.«

»Damit werde ich schon fertig«, erklärte Elfriede. »Die armen Würmchen brauchen ein Zuhause. Schade, dass wir nicht mehr Platz haben.«

»Würden Sie es sich denn zutrauen, mehr als ein Kind zu betreuen?«, fragte Soraya überrascht.

»Natürlich. Aber hier ist es unmöglich.«

Auf einmal wurde Soraya bewusst, dass in dieser halben Wohnung niemals ein Besuch des Jugendamts stattfinden durfte. Allein die Treppe war ja schon lebensgefährlich. Ein Pflegekind würde auf der Stelle ins Waisenheim gesteckt werden.

»Wenn wir vielleicht eine andere Wohnung für Sie finden«, sagte sie nachdenklich, »könnte das möglich sein. Natürlich würde Ihr Gehalt dann angehoben.«

Lottes Augen leuchteten inzwischen vor Begeisterung, während Elfriedes Blick eher skeptisch war. »Eine bessere Wohnung. Das ist ziemlich utopisch.«

»Ich spreche mal mit meinem Großvater. Der hat noch viele Beziehungen. Vielleicht fällt ihm etwas ein.«

Elfriede nickte. »Eine Bedingung habe ich aber noch.«

»Welche?« fragte Soraya und hielt den Atem an.

»Für den Anfang möchte ich einen Jungen aufnehmen. Kein Mädchen.«

»Das verstehe ich. Tatsächlich habe ich an Harald gedacht. Er ist ein guter kleiner Kerl, aber mein Großvater ist mit ihm überfordert.«

»Gut«, erwiderte Elfriede. »Versuchen wir es mit ihm.«

Vor lauter Erleichterung sprang Soraya auf und umarmte sie.

Am nächsten Tag war Karfreitag, daher mussten die Reineckes nicht in die Fabrik, und sie verabredeten, dass sie sich in Spandau treffen würden. Harald sollte sie in seiner vertrauten Umgebung kennenlernen.

Wenig später verabschiedete sich Soraya und fuhr leichten Herzens zurück zu ihrem Großvater.

Als sie endlich bei ihm angekommen war, erzählte sie ihm im Flüsterton die guten Neuigkeiten. Harald schlief bereits nebenan. Seit Soraya bei ihnen übernachtete, legte er seine Strohmatte im Schlafzimmer aus. Er könne nicht mit einer Frau im selben Raum schlafen, hatte er behauptet. Tatsächlich hatte Franz Karl für seine Enkelin ein Feldbett organisiert und es dort aufgestellt, wo früher die Sessel gestanden hatten.

Jetzt blickte er zweifelnd zur dünnen Schlafzimmertür.

»Du meinst, er wird das hinkriegen?«, fragte Franz zweifelnd. »Einfach so zu fremden Leuten ziehen?«

»Ich hoffe es«, gab sie unsicher zurück. »Elfriede ist eine

großartige Frau. Wenn jemand außer dir es schafft, sein Vertrauen zu gewinnen, dann ist sie das.«

Franz nickte bedächtig. »Immerhin hat er seinen Schlafplatz an der Tür aufgegeben.«

»War das nicht nur meinetwegen?«

»Nein. Das ist ein weiterer großer Fortschritt. Er will bloß kein Aufheben darum machen.«

Die Reineckes trafen am nächsten Nachmittag ein, und das Erste, was Harald tat, war weglaufen. Zumindest versuchte er es. An Elfriede flitzte er noch vorbei, aber Lotte bekam ihn an seinem Pulli zu fassen und hielt ihn eisern fest, obwohl er wild um sich schlug und sie sogar kratzte.

Sie lachte nur unbeeindruckt. »Gib dir man keine Mühe, Bürschchen. Ich habe schon wildere Hühner eingefangen als dich. Eins wollte mir mal ein Auge auspicken, da habe ich ihm den Hals umgedreht.«

Entsetzt wohnte Soraya der Szene bei. Gleich würde der Junge in Panik geraten, und alles wäre verloren. Elfriede war bereits Franz' Einladung nach drinnen gefolgt. Von den beiden war keine Hilfe zu erwarten.

Zu ihrer Überraschung jedoch starrte Harald Lotte erst groß an und fing dann ebenfalls an zu lachen.

»Von wegen! Nie im Leben hast du ein Huhn gefangen. Du bist viel zu schick dazu!«

Lottes Augen glitzerten. »Ich habe auch mal eine Kuh umgeschubst und ein riesiges Schwein unten am Bauch gekrault.«

»Wirklich? 'ne richtige große Kuh?«

»Na ja, war vielleicht noch ein Kalb. Aber das Schwein war ausgewachsen. Ich schwöre.«

»Aber du bist so schön.« Echte Bewunderung lag in der Stimme des Jungen. An Flucht schien er nicht mehr zu denken.

Tatsächlich ließ Lotte ihn los und betrat neugierig die Laube. »Wennde willst, erzähle ich dir auch von dem Esel, der mich mal in die Wade gebissen hat.«

Harald lief ihr vollkommen fasziniert hinterher, und Soraya folgte ihnen kopfschüttelnd.

Drinnen saßen bereits Elfriede und Franz in der winzigen Küche. Der Vorhang war aufgezogen. Harald hockte sich neben Lotte auf das Feldbett und forderte sie auf, von dem Esel zu erzählen.

Soraya setzte sich im Schneidersitz auf ein Kissen, nahm von ihrem Großvater dankend eine Tasse Kaffee entgegen und wartete erst mal ab.

Die erste Hürde war genommen. Sie saßen alle zusammen im Häuschen, und der Junge schien sich wohlzufühlen.

Elfriede und Franz sprachen über Köstlichkeiten wie Würstchen und Kartoffelsalat.

»Ich tue immer einen klein geschnittenen Hering mit in den Salat«, erklärte Elfriede gerade. »Das hat schon meine Großmutter so gemacht.«

Soraya lief das Wasser im Mund zusammen.

»Interessant«, sagte Franz. »Ich kann leider nicht besonders gut kochen.«

»Und wie sind Sie bisher zurechtgekommen?«

»Er wirft immer alles in einen Topf«, meldete sich Harald

zu Wort. »Gemüse, Kartoffeln, auch mal Reis und Wurstzipfel. Dann gießt er Wasser drüber und wartet, bis irgendwann alles gar ist. Die Pampe schmeckt meistens nicht besonders gut.«

Franz Karl errötete leicht. »Ich gebe mein Bestes. Früher hatte ich eine Zugehfrau, die auch gekocht hat. Aber seit dem Krieg muss ich allein zurechtkommen.«

Elfriede nickte, sagte aber: »Für einen alten Mann mag das reichen, aber ein Junge im Wachstum braucht gesunde Nahrung.«

Soraya sah, wie Harald sich anspannte. Lotte erzählte gerade ein weiteres Abenteuer aus ihrer Zeit auf dem bayerischen Bauernhof, aber er hörte nicht mehr hin.

»Bei mir bekommt er morgens Haferbrei mit Zucker und Milch, mittags einen anständigen Eintopf und abends selbst gebackenes Brot, Aufschnitt und danach ein Stück Obst.«

»Das klingt gut«, meinte Franz.

Harald sprang auf. Lotte war fast genauso schnell auf den Beinen, doch sie musste ihn nicht festhalten, denn er stand da wie erstarrt.

Sein Blick war auf seinen Beschützer gerichtet. »Du willst mich loswerden.«

»Unsinn. Aber Elfriede hat recht. Ich bin alt. Ich kann mich nicht vernünftig um dich kümmern.«

»Ich will aber nicht ins Heim!«

»Rede keinen Blödsinn!«, mischte sich Lotte ein. »Mutti und ich leben nicht in einem Heim, sondern in einer Wohnung. Ist nüscht Besonderes, aber wir sind eine Familie.«

»Familie«, wiederholte Harald. »Das … verstehe ich nicht.«

Elfriede warf Soraya einen fragenden Blick zu, und als sie ihr mit einem Nicken ihr Einverständnis gab, stand sie auf, kam zu Harald und legte ihm eine Hand auf die magere Schulter.

»Es ist ganz einfach, mein Junge. Du wirst bei mir und Lotte leben, und ich kümmere mich um dich. Wie eine richtige Mutter.«

»Glaube ich nicht.«

Lotte puffte ihn in die Seite. »Menschenskind! Sei nicht so stur! Willste nun mit zu uns oder nicht? Ich habe nicht mehr den ganzen Tag Zeit. Nachher bin ich noch verabredet.«

»Mit wem denn?«, fragte Soraya neugierig dazwischen.

»Mit dem Willi. Der ist Maschinenmechaniker in der Fabrik. Kann alles reparieren. Er führt mich in ein Café aus.« Sie wollte Soraya wohl ein geziertes Lächeln schenken, aber es wurde ein breites Grinsen daraus.

Harald stampfte mit dem Fuß auf. »Was soll ich bei euch, wenn du sowieso nicht da bist?«

Offenbar hatte er bereits einen Narren an Lotte gefressen und wollte sie mit niemandem teilen.

»Blödmann! Wir nehmen dich sowieso nicht gleich mit. Wir müssen erst ein paarmal darüber schlafen, ob wir dich überhaupt wollen. Besonders nett biste nämlich nich'!«

Da traten Tränen in seine Augen, und erst, als Elfriede sanft seine Schulter drückte, schluckte er sie hinunter.

»Es wird alles gut«, sagte sie zu ihm. »Und du darfst auch zur Schule gehen, wenn du bei uns lebst.«

Sein Gesicht leuchtete auf. »Wie ein ganz normaler Junge?«

»Ja.«

»Und ich bekomme einen Schulranzen?«

»Natürlich.«

»Ich kann schon lesen und schreiben«, erklärte er stolz. »Opa Franz hat es mir beigebracht. Aber mit dem Rechnen klappt es noch nicht so richtig.«

Soraya konnte nur noch staunen. Ein Kind, das noch im Herbst wie ein kleines Wildtier gelebt hatte, verwandelte sich in einen wissbegierigen Schüler.

Es war ein Wunder.

Ihr Großvater trat zu ihr. »Das ist dein Verdienst«, raunte er ihr zu.

»Nein, unser aller.«

»Aber du hattest die Idee.«

Sie winkte ab. Es war ihr nicht wichtig, die Lorbeeren zu ernten. Sie hoffte nur, dass sie noch mehr Kindern würden helfen können.

Elfriede und Lotte verabschiedeten sich und luden Soraya, Harald und Franz zum Essen am Ostersonntag ein. Unausgesprochen blieb der Vorschlag, dass der Junge dann gleich in Kreuzberg bleiben würde.

»Jetzt aber los, Mutti«, sagte Lotte. »Der Willi wartet nicht gern. Hoffentlich hat er mir Schokolade gekauft.«

Teil II

Wie im Märchen

5. Kapitel

Teheran, September 1950

Ein Zittern erfasste Soraya, als die Maschine ihre Reiseflughöhe verließ. Der Nachtflug neigte sich seinem Ende zu, ihr Leben sollte an diesem Tag neu beginnen. Sie schaute aus dem Fenster und entdeckte in der Ferne die schneebedeckten Ausläufer des Elburs-Gebirges. Es war der letzte Freitag im September, und der Winter würde noch eine Weile auf sich warten lassen. Dennoch nahm das Zittern zu. Natürlich wusste Soraya, dass es nichts mit dem Wetter zu tun hatte. Außerdem war es im Flugzeug angenehm warm. Ihr Körper reagierte auf das, was ihr bevorstand. Er signalisierte ihr, dass er nicht bereit war.

Eine Hand schob sich in ihre. »Habe keine Angst, meine Große.«

Soraya wandte den Kopf und lächelte ihrer Mutter schwach zu. »Es ist alles so schnell gegangen. Ich habe das Gefühl, ich sitze auf einem Kettenkarussell, das nicht mehr anhalten kann.«

Eva Esfandiary-Bakhtiary erwiderte ihr Lächeln liebevoll, sagte aber auch mit einer gewissen Schärfe in der Stimme: »Du hast sechs Monate Zeit gehabt, um dich an den Gedanken zu gewöhnen. So schnell ist das nun auch wieder nicht.«

»Sicher, aber …«

»Das schaffst du schon. Außerdem wird es nicht immer so weitergehen.«

Für Soraya war das kein Trost. »Ich wünschte …« Sie wusste nicht weiter. Tat sie nicht genau das, was sie sich gewünscht hatte? Oder lief sie offenen Auges in eine Katastrophe?

Was wollte sie wirklich? Sie kannte sich kaum noch selbst.

Um sich zu beruhigen, dachte sie an Berlin zurück. Ein knappes halbes Jahr war vergangen, seit sie dort gewesen war. Die Zeit mit ihrem Großvater, mit Lotte, Elfriede und Harald schien ihr nicht mehr real zu sein. Zu viel war seitdem passiert. Und doch hörte das Zittern auf, als sie sich daran erinnerte, wie die Reineckes den Jungen dazu gebracht hatten, sich ihnen anzuvertrauen.

Inzwischen, so schrieb Lotte in ihren Briefen, hatte er sich gut eingewöhnt und war nur ganz am Anfang zweimal fortgelaufen, um bis nach Spandau zu seinem Beschützer zu fahren. Sie habe ihn jedes Mal zurückgeholt und ihn nicht dafür bestraft. Seit Mai gehe er zur Schule und mache riesige Fortschritte.

Lottes Briefe waren voller Rechtschreibfehler, doch aus ihnen sprachen pure Hoffnung und Lebensfreude, besonders wenn sie abschweifte und von ihrem Willi erzählte, mit dem sie nun regelmäßige Rendezvous hatte. Immerhin erfuhr Soraya aber auch, dass Elfriede eine gute Freundin überredet hatte, ebenfalls ein Kind aufzunehmen. Ein Mädchen, ungefähr in Haralds Alter, das kaum sprach und völlig abgemagert war.

Diese Freundin wiederum hatte eine Familie gekannt, die ein weiteres Kind versorgen konnte – und so war es mit der Mundpropaganda weitergegangen. Fast zwei Dutzend Trümmerkinder waren inzwischen untergebracht worden.

Darüber schrieb ihr auch Großvater Franz. »Es geht voran. Elfriede und ich arbeiten Hand in Hand. Ich bin jeden Sonntag zum Essen bei der Familie, und wir besprechen alle anstehenden Fragen.«

Im letzten Brief hatte er noch hinzugefügt: »Die Reineckes sind umgezogen, in ein wiederaufgebautes Mietshaus nur zwei Straßen von ihrem ehemaligen Zuhause entfernt. Die Wohnung verfügt über zweieinhalb Zimmer und ein Schlauchbad, was Lotte als unverschämten Luxus bezeichnet. Harald hat ein eigenes kleines Reich, und es ist nicht mehr lebensgefährlich, die Familie zu besuchen. Im Oktober ist eine kleine Wohnung im Parterre einzugsbereit. Die bekomme ich. Dann lebe ich ebenfalls in Kreuzberg, und wir sind direkte Nachbarn. Die Laube behalte ich aber. Wenigstens am Wochenende muss der Mensch schließlich ein bisschen Grün um sich herum haben.«

Soraya freute sich über die Entwicklung. Was anfangs nur eine Idee gewesen war, mauserte sich zu einem wertvollen Hilfsprojekt. Und als Nebeneffekt musste sie sich nicht mehr um ihren Opa sorgen. Sie wusste, Elfriede würde sich um Franz kümmern, wenn er gebrechlich werden sollte. Gleichzeitig akzeptierte sie, dass Elfriede doch kein zweites Kind aufnehmen wollte. Auch darüber hatte ihr Opa Franz geschrieben. Elfriede sei der Meinung, Harald brauche ihre ganze Aufmerksamkeit. Wenn der Junge eines Tages eigene Wege ginge, könne man ja noch einmal darüber nachdenken, falls es dann noch obdachlose Kinder geben sollte.

Soraya hielt das für eine kluge Entscheidung.

Sie selbst hatte nur noch wenig beitragen können. Sie war ja von den Ereignissen in ihrem Leben vollkommen überrollt worden. Dennoch wusste sie, dass die Zeit in Berlin für sie wertvoll gewesen war. Sie war erwachsen geworden in diesem Frühjahr, und sie hatte Erfahrungen gesammelt, die ihr vielleicht eines Tages nützlich sein würden.

Ihrem Aussehen hatten die zwei Monate bei ihrem Großvater allerdings eher geschadet. Unwillkürlich kicherte Soraya vor sich hin.

»Was ist?«, fragte ihre Mutter.

»Weißt du noch, wie entsetzt du warst, als du mich in London wiedergesehen hast?«

»Und ob!«, entgegnete Eva. »Du sahst aus wie eine Landstreicherin.«

»Jetzt übertreibst du aber.«

Eva stieß einen tiefen Seufzer aus. »Siebzehn Jahre deines Lebens habe ich mich bemüht, aus dir eine schöne, elegante und weltgewandte Prinzessin zu machen. Als Kind warst du ein Wirbelwind und bist am liebsten auf deinem Araberhengst in die Wüste geritten. Aber zu guter Letzt bist du dann doch noch ein zivilisierter Mensch geworden. Den letzten Schliff hast du in der Schweiz bekommen, und dann stand einem Leben in der besseren Gesellschaft nichts mehr im Wege.«

Soraya wurde wieder ernst. Ihre Mutter betonte nicht ausdrücklich, dass sie sich für ihre Tochter eine vorteilhafte Heirat erhoffte, doch spätestens nach den jüngsten Ereignissen in London hatte Soraya das ohnehin verstanden. Dabei war Eva Esfandiary-Bakhtiary eine frei denkende und selbstständige Frau, was in ihrer Generation Seltenheitswert besaß. Und sie selbst hatte einzig und allein aus Liebe geheiratet. Soraya fragte sich, wie groß der Einfluss ihres Vaters auf ihre Mutter wirklich war. Hatte sich Eva, ohne es selbst zu bemerken, in eine fügsame Gattin verwandelt, die ihrem Ehemann blind folgte? Nein, das passte nicht zu ihr.

Und doch …

Ihre Mutter schien nicht zu erraten, was in Soraya vorging, denn sie redete ungerührt weiter. »Und dann entscheidest du praktisch über Nacht, dass du dein Leben in der Ostzone aufs Spiel setzen willst.«

»So war das gar nicht«, protestierte Soraya leise, wusste aber, dass sie damit nichts erreichen würde. Sie hatten diese Diskussion in den vergangenen Monaten schon mehr als einmal geführt, und Eva hatte auf ihrer Meinung beharrt. Was auch daran liegen mochte, dass sie selbst als Kind mit ihren Eltern erst nach Sibirien verbannt worden war und dann eine monatelange Flucht wie durch ein Wunder überlebt hatte. Für sie waren die Russen kaltherzige und brutale Wesen, die nichts Menschliches an sich hatten. Ihre Tochter in deren Nähe zu wissen hatte sie unzählige schlaflose Nächte gekostet.

Mit einer Handbewegung wischte sie Sorayas Bemerkung beiseite. »Dir hätte Schlimmes passieren können. Schon auf dieser unsäglichen Zugreise.«

»Ich hatte Lotte.«

Erneut wurde sie überhört.

»Und dann hast du wochenlang in einer Holzhütte campiert.«

»Es war sehr gemütlich bei Opa Franz.«

Evas Ton wurde etwas weicher, als sie fortfuhr: »Ich bin dir ja auch dankbar, dass du dich um deinen Großvater gekümmert hast. Aber musstest du gleich zwei Monate bleiben? Ich weiß bis heute nicht so recht, wie ihr beiden es geschafft habt, Khalil und mich dazu zu überreden.«

Soraya schaute ihre Mutter kurz von der Seite an. »Vielleicht, weil ihr geahnt habt, dass ich nach dem behüteten Leben im Internat einmal die richtige Welt sehen muss?«

»Die gibt es auch an Orten, die nicht so gefährlich sind wie das geteilte Berlin«, entgegnete Eva. »Stell dir nur vor, die Sowjets hätten den Westteil wieder abgeriegelt. Dann wärst du dort gefangen gewesen.«

»Das ist aber nicht passiert. Die USA haben ihnen schon einmal die Stirn geboten und werden sich nichts mehr gefallen lassen.«

»Nein«, murmelte Eva. »Zur Not werfen sie einfach eine Atombombe über Moskau ab.«

»Mutti!«

»Ach, Kind. Ich hatte Angst um dich. Verstehst du das nicht?«

»Doch.«

Dennoch ahnte Soraya, dass sie nicht ganz unrecht hatte. Irgendeinen Grund mussten ihre Eltern schließlich gehabt haben, sie so lange bei Opa Franz zu lassen. Hätten sie ihr befohlen, Berlin auf der Stelle zu verlassen, so hätte sie gar keine andere Wahl gehabt. Schließlich war sie noch minderjährig und verfügte über kein eigenes Einkommen. Ob nun ihr Vater oder ihre Mutter – einer von beiden musste beschlossen haben, dass sie eigene Erfahrungen machen sollte. Soraya tippte auf ihren Vater.

Nachdenklich meinte sie nun: »Vielleicht habt ihr ja verstanden, dass ich eine Aufgabe zu erfüllen habe. Und ihr habt mir von klein auf beigebracht, dass der Mensch seiner Berufung folgen muss.«

»Ein paar Trümmerkinder können nicht deine Berufung sein!«, stieß Eva pikiert aus.

»Warum denn nicht? Ich habe viel gelernt, Mutti. Und ich glaube, dass ich in meinem Leben noch mehr Gutes tun kann.«

»Mehr als Schauspielerin werden?« Das kam spitz, und im Tonfall lag Evas ganze Abneigung gehen Sorayas Berufswunsch. Darin war sie sich mit ihrem Mann hundertprozentig einig. Und doch hatte Soraya es geschafft, ihren Eltern die Erlaubnis abzuringen, eine Schauspielschule zu besuchen, falls es mit dem Vorhaben in Teheran nicht klappen würde.

»Das war nicht nett«, sagte Soraya.

Eva warf ihr einen Blick zu, der mit viel gutem Willen als Bitte um Entschuldigung durchgehen konnte.

»Wie dem auch sei«, sagte sie abschließend. »Vor lauter Berufung hast du vollkommen vergessen, dich zu pflegen. Dein Haar war hoffnungslos verfilzt und strähnig, deine Haut rau und fleckig, und deine Hände waren die reinste Katastrophe.«

Soraya konnte nicht widersprechen. Lottes Melkfett hatte nicht mehr viel ausrichten können, und ihr Haar war von der Kernseife vollkommen ruiniert worden. Außerdem hatte sie gut fünf Kilo abgenommen – darauf hatte sie erst ihre Mutter in London aufmerksam gemacht. Ihr selbst war es gar nicht aufgefallen. Sie war der Meinung gewesen, sie hätte sich anständig ernährt. Aber alle Kleider, die ihr aus der Schweiz nachgeschickt worden waren, schlackerten auf einmal formlos an ihrem Körper. Das ohnehin schlanke Mädchen war regelrecht mager geworden.

Eva musterte sie nun von oben bis unten. »Zum Glück haben wir das ja ganz gut wieder hingekriegt.«

Ohne viel Federlesens hatte Eva ihre Tochter in einen Schönheitssalon geschleppt, wo sie drei Tage lang durchgehend und anschließend einmal in der Woche sämtlichen modernen Behandlungen unterzogen wurde. Ihr Haar wurde kurz geschnitten und mit nährenden Packungen behandelt, die Haut am gesamten Körper bekam mehrere Peelings und Cremebäder und Lotionen verpasst. Um ihre Hände und Füße kümmerten sich ebenfalls Fachleute, und ihr wurden sogar künstliche Fingernägel aufgeklebt, unter denen ihre eigenen nachwachsen konnten.

Große Mühe machte ihr Gesicht. Soraya hatte im kalten Berliner Winter und im sonnigen März viel Zeit im Freien verbracht. So wies ihre Haut zu allem Übel auch noch unzählige Sommersprossen auf, die sie zuletzt als Kind unter der heißen Sonne Persiens gehabt hatte.

Aber selbst daran wurde erfolgreich gearbeitet, und nach einiger Zeit sah sie wieder aus wie eine höhere Tochter, die im Leben noch keinen einzigen Sack Kohle geschleppt und keinen knüppelharten Frühlingsboden umgegraben hatte. Und ihr Haar war inzwischen schwarz und lockig nachgewachsen, sodass es schon wieder bis in den Nacken reichte.

Eva verpasste ihr eine spezielle »Diät«, die aus besonders süßen sowie fettigen Speisen bestand. Bereits nach zwei Wochen weigerte sich Soraya, weiter mitzumachen. Sie würde aufgehen wie ein Hefeteig, behauptete sie und kehrte zu einer gesunden Ernährung mit viel Obst und Gemüse, magerem Fleisch und Fisch zurück. Trotzdem nahm sie einige Kilo zu und sah inzwischen nicht mehr wie eine Hungerleiderin aus.

So verging der Sommer in London. Soraya verbesserte ihr Englisch, ihre Eltern schleppten sie zu verschiedenen offiziellen Anlässen in die persische Botschaft und gingen mit ihr ins Theater oder in die Oper. Im Theater erwachte Sorayas Wunsch, selbst Schauspielerin zu werden, neu, und sie träumte von einer Zukunft auf der Bühne.

Wenn sie es wagte, davon zu sprechen, erntete sie nur verständnislose Blicke, aber insgeheim hielt sie an ihrem Traum fest.

Zu ihrem achtzehnten Geburtstag im Juni wurde im gemieteten Stadthaus der Familie in Mayfair eine große Party gefeiert, zu der die bessergestellten Vertreter der persischen Gemeinde eingeladen worden waren. Soraya kannte kaum jemanden und war froh, als das rauschende Fest vorbei war.

Sie stand nicht gern im Mittelpunkt.

Längst hatte sie auch die geheimnisvolle Person getroffen, die ihr bereits zu Ostern angekündigt worden war. Zu Sorayas eigenem Erstaunen war die Begegnung sehr freundlich verlaufen, obwohl sie sich ein wenig davor gefürchtet hatte.

Gerade wollte sie etwas dazu sagen, als Eva ihr zuvorkam.

»Ich hoffe, du hast alle Verbindungen zu dieser unsäglichen Familie in Berlin gekappt.«

Sie war offenbar mit dem Thema noch nicht fertig. Vermutlich würde sie es niemals sein.

Soraya erwog, sich mit einer Notlüge herauszureden, entschied sich jedoch in Sekundenschnelle dagegen. Wenn sie nicht für ihr eigenes Projekt einstand, war sie es nicht wert, es aus der Ferne weiterhin zu begleiten.

»Nein, Mutti«, sagte sie daher. »Ich stehe mit Lotte in regelmäßigem Briefkontakt.«

»So«, erwiderte Eva knapp.

Etwas in Sorayas Augen hielt sie offenbar davon ab, mehr zu sagen. Womöglich entdeckte sie einen Ausdruck von Entschlossenheit, dessen sich ihre Tochter selbst noch gar nicht bewusst war.

Stille entstand, die nur vom Dröhnen der Propeller unterbrochen wurde. Nach einer Weile fügte Eva doch noch hinzu: »Du hättest krank werden können. Wenn ich mir nur vorstelle, was du alles hättest bekommen können, wird mir ganz anders.«

Aus ihr sprach reine mütterliche Sorge, und Soraya verspürte einen Anflug von schlechtem Gewissen.

»Es geht mir aber gut, Mutti.«

Bijan steckte von hinten seinen Kopf zwischen ihre Rückenlehnen. »Also, ich hätte diese Lotte wirklich mal gern getroffen. Muss ein tolles Mädchen sein.«

»Aber viel zu alt für dich«, sagte Soraya lachend und wuschelte ihrem dreizehnjährigen Bruder durch die dunklen Locken.

»Ich bin groß für mein Alter und sehr reif.«

Das mit der Größe stimmte. Im Winter und Frühjahr hatte er einen so kräftigen Wachstumsschub gehabt, dass Soraya bei ihrer Ankunft in London kurz überlegt hatte, wer wohl der gut aussehende junge Mann an der Seite ihrer Eltern sein mochte.

Die Sache mit der Reife hingegen war eine andere.

Bijan war noch immer ein Lausbub, wie er auch jetzt wieder unter Beweis stellte.

»Außerdem bin ich ein geheimnisvoller orientalischer Prinz. Sie hätte mir gar nicht widerstehen können. Zur Not hätte ich sie in den Osten entführt. Unsere roten Kameraden hätten sich gefreut und …«

Die Ohrfeige seiner Mutter kam so schnell, dass er den Kopf nicht mehr rechtzeitig zurückziehen konnte.

»Aua!«, rief er aus, während seine Wange knallrot aufflammte.

»Wage es nicht!«, sagte Eva scharf. »Wage es nicht, dich über das Leid deiner Familie lustig zu machen!«

»Was?«

Soraya war sich ziemlich sicher, dass Bijan ihre Mutter genau verstand, aber er schaffte es, ein so unschuldiges Gesicht zu machen, dass Eva kurz zu zweifeln schien.

»Wen meinst du mit ›roten Kameraden‹?«

Bijan wich zurück, bevor er grinsend antwortete: »Na ja, Ivan und Piotr aus Moskau natürlich. Wir drei schreiben uns oft und erzählen uns alles.«

Die nächste Ohrfeige fing er sich von seinem Vater ein.

»Noch ein Wort, und du wirst mit dem nächsten Flugzeug zurückgeschickt«, herrschte Khalil seinen Sohn an. »Dann stecke ich dich in das strengste englische Internat, das ich finden kann, und du wirst jahrelang nicht wieder herauskommen.«

Soraya sah, wie ihr Bruder in sich zusammensackte. Er war zu weit gegangen, das wusste er. Kurz überlegte sie, ob er vielleicht wirklich russische Freunde hatte. Auf den Internaten in der Schweiz tummelten sich die Sprösslinge reicher Familien aus der ganzen Welt. Aber Kinder von Sowjets? Eher unwahrscheinlich.

Obwohl er oft so frech war, tat er ihr leid. Sie ahnte, warum er sich so verhielt. Niemand hatte ihn gefragt, ob er mit der Familie in den Iran zurückkehren wollte. Seit die Eltern mit ihren Kindern drei Jahre zuvor in die Schweiz gezogen waren, hatte er sich an das Leben in Europa gewöhnt. Diese Jahre waren prägend für ihn gewesen, und bestimmt fürchtete er sich vor dem, was auf ihn zukam.

Auch Eva Esfandiary-Bakhtiary wirkte alles andere als glücklich. Sie war froh gewesen, als sie den Orient verlassen hatten. Einmal hatte sie ihrer Tochter gestanden, dass es ihr nie gelungen war, sich im Iran wirklich heimisch zu fühlen.

Der Einzige in der Familie, der es kaum abwarten konnte, wieder persischen Boden zu betreten, war Khalil. Seiner Frau zuliebe und für die bessere Ausbildung seiner Kinder hatte er dem Leben in der Schweiz zugestimmt, doch nun brachte ihn eine glückliche Wendung des Schicksals wieder nach Hause.

Soraya schaute an ihrer Mutter vorbei auf die andere Seite des Ganges, wo Prinzessin Shams saß. Die ältere Schwester von Mohammad Reza hatte Soraya in London besucht, kaum dass die Damen im Schönheitssalon die schlimmsten Spuren der Berliner Monate beseitigt hatten.

Shams war die Person, von der Soraya bereits am Telefon erfahren hatte. Und sie war mit einer geradezu unglaublichen Nachricht gekommen. Der Schah wollte Soraya kennenlernen!

Jemand hatte ihm ein Foto von der jungen Frau zugespielt, und er war von ihr so hingerissen gewesen, dass er am liebsten selbst nach Europa aufgebrochen wäre, um sie zu treffen. Die Staatsgeschäfte ließen eine solche Reise jedoch nicht zu. Persien war innenpolitisch instabil und befand sich zudem in einer schweren Krise mit Großbritannien. Es ging um den Anteil am Gewinn der Ölförderung. Persien verlangte eine höhere Beteiligung als die bisher zugestandenen achtzehn Prozent, die Briten waren dazu nicht bereit.

Früher oder später, so prophezeite Khalil, würde seinem Heimatland die verflixte Ölgeschichte noch um die Ohren fliegen.

Soraya hatte sich über die politische Lage informiert, gleichzeitig aber kaum den Kopf freigehabt für etwas anderes als die Frage, was aus ihr werden sollte. Etwa die zweite Ehefrau des Schahs? Und damit die Kaiserin von Persien? Das konnte doch nur ein Traum sein! Sie dachte daran, wie sie in Berlin zweimal auf ein Foto Mohammad Rezas gestoßen war und was der Anblick in ihrem Innern ausgelöst hatte.

Dennoch: Diese ganze Geschichte war viel zu surreal, um daran glauben zu können. Und wenn sie einander unsympathisch waren?

Oder, schlimmer noch, wenn sie den Schah in Wahrheit gar nicht mochte und gegen ihren Willen gezwungen wurde, ihn zu heiraten?

Ihr Vater hatte ihr zwar versprochen, das werde er nicht zulassen, doch beruhigt war sie dadurch nicht.

All dies ging ihr seitdem durch den Kopf, und nie hatte sie in den vergangenen Monaten ihre Zweifel vergessen können. Auch nicht, als Shams ihr versicherte, Mohammad Reza sei ein ganz reizender Mann. Auch nicht, als Shams sie mit nach Paris nahm, wo sie bergeweise die schönsten Kleider einkauften. Und schließlich auch nicht, als Shams und Soraya richtig gute Freundinnen wurden.

Es half alles nichts. Erst wenn sie Mohammad Reza persönlich gegenüberstand, würde sie in ihrem Herzen klarer sehen.

Soraya lehnte sich zurück und hörte, wie Khalil mit ihrem Bruder schimpfte. Dann beugte er sich vor und legte eine Hand auf die Schulter seiner Frau.

»Nimm es dir nicht zu Herzen, Liebes. Er ist nur ein dummer Junge. Eines Tages wird er begreifen, was du und deine Familie durchgemacht habt.«

Eva schmiegte ihre Wange an die Hand ihres Mannes und flüsterte: »Ich weiß.«

Auf einmal fühlte Soraya sich unwohl – als sei sie ein Störenfried in einem intimen Moment eines Paares, das sich innig zugetan war.

Sie schaute schnell aus dem kleinen runden Fenster und stellte fest, dass die Landebahn des Flughafens Merhabad bereits in Sicht war.

Es musste wundervoll sein, einander so sehr zu lieben. Fast verspürte sie Eifersucht auf ihre Eltern. Dann schalt sie sich selbst einen Dummkopf. Es war kindisch, anderen ihr Glück zu neiden. Doch es war menschlich, sich ein ähnliches Leben zu wünschen. So dachte sie ganz fest an die Begegnung, die bald erfolgen würde, und betete, alles würde gut gehen.

6. Kapitel

Teheran empfing die Familie mit schönstem Sonnenschein. Allerdings fegte vom Elburs-Gebirge ein scharfer, trockener Herbstwind auf das eintausendzweihundert Meter hoch gelegene Plateau herunter, auf dem sich die iranische Hauptstadt ausbreitete. Als sie die Gangway hinabstieg, knöpfte Soraya schnell ihren Mantel zu und hielt dann mit einer Hand ihren Hut fest.

Eine quälende Einreiseprozedur blieb den Esfandiary-Bakhtiarys erspart. Im Gefolge von Shams, einem Mitglied der kaiserlichen Familie, reisten sie mit Diplomatenstatus. Auf dem Rollfeld warteten bereits zwei schwarze Limousinen auf die Ankömmlinge. Trotzdem war es inzwischen Mittag, und alle waren müde.

Soraya bemerkte, dass ihrem Vater die Tränen in die Augen traten. Wie ein Kind sprang er die letzten Stufen der Gangway hinunter auf den Asphalt.

»Gleich kniet er sich hin und küsst den Boden«, flüsterte Bijan ihr zu.

Sie musste ein Kichern unterdrücken und war froh, als ihr Vater nichts dergleichen tat. Diesmal war es Eva, die ihrem Mann liebevoll eine Hand auf die Schulter legte. Obwohl ihr selbst die Rückkehr schwerfiel, so freute sie sich doch für ihn.

Zu viert stiegen sie in eine der Limousinen. Die Eltern saßen im Fond in Fahrtrichtung, Soraya und Bijan nahmen ihnen gegenüber Platz. Als sie die Ausläufer der Stadt erreichten, wies Khalil den Chauffeur an, nicht den schnellen und breiten Khayyam-Boulevard zu nehmen, sondern durch das Basarviertel zu fahren. So groß war seine Sehnsucht nach den Farben und Gerüchen des Orients, dass er keinen Moment länger darauf verzichten mochte.

Soraya sorgte sich. Am wichtigsten Tag ihres Lebens wollte sie pünktlich sein. Schließlich hatte es beim Abflug geheißen, sie würde noch am Tag ihrer Ankunft dem Schah vorgestellt werden.

Zu ihrem Entsetzen blieb die Limousine kurz darauf im Verkehr stecken. In den engen Gassen drängten sich altersschwache Autos, Ochsengespanne, Handwagen und Lastenträger.

Dann ging auf einmal gar nichts mehr. Weiter vorn war ein Eselskarren umgekippt. Der Händler brüllte, der Esel schrie, und Kinder kreischten vor Vergnügen, klaubten die herumliegenden Früchte auf und wurden dafür von ihren Müttern angekeift. Ein paar Männer versuchten, dem Händler zu helfen, richteten aber nur noch größeren Schaden an, weil sie sich nicht einig waren, wie sie vorgehen sollten. Der Karren rutschte in einen Dschub, einen der schmalen Kanäle, die parallel zu Teherans Straßen verliefen und mit eiskaltem Quellwasser aus dem Gebirge gespeist wurden, was die heißen Monate in der Stadt erträglicher machte. Soraya hatte sich aus dem Wagenfenster gebeugt und beobachtete das Geschehen mit wachsender Verzweiflung.

Hier kommen wir nie raus, dachte sie.

»Idioten! Allesamt!«, schimpfte Khalil und öffnete die Autotür.

»Nein!«, rief Eva erschrocken. »Bleib hier! Geh da nicht raus!«

Aber ihr Mann hatte sich bereits ein paar Schritte von der Limousine entfernt.

»So ein Dummkopf«, flüsterte Eva. Sie war ganz bleich vor Sorge.

Der Chauffeur schien unentschlossen, ob er seinem Fahrgast folgen sollte. Aber als Khalil ihm bedeutete, die Limousine nicht zu verlassen, atmete er erleichtert auf und blieb, wo er war.

Bijan machte Anstalten, sich ebenfalls ins Getümmel zu stürzen, wobei Soraya ihn in Verdacht hatte, er würde sich lieber mit den Kindern amüsieren, anstatt seinem Vater zu helfen, Ordnung ins Chaos zu bringen. Sie erwischte ihn in letzter Sekunde am Hemdsärmel und zog ihn mitleidslos zurück. Von ihrer Mutter erntete sie dafür einen dankbaren Blick, ihr Bruder kniff sie zur Strafe in den Oberarm.

Soraya unterdrückte ein Stöhnen und sah ihrem Vater nach.

Zunächst nahm niemand Notiz von ihm, alles schrie weiterhin durcheinander. Doch dann wurde der Fremde bemerkt, der wie ein Perser aussah, jedoch vornehme westliche Kleidung trug. Man machte ihm Platz, und als er das Kommando übernahm und die Männer auf die eine Seite des Karrens schickte, führten sie wie selbstverständlich seine Befehle aus. Er selbst nahm den Esel am Zaumzeug und kraulte ihn hinter den langen Ohren. Khalil hatte ein besonderes Händchen im Umgang mit Tieren, und der Esel beruhigte sich sofort.

Innerhalb von wenigen Minuten stand der Karren wieder auf der Straße. Das Obst war verloren, aber Khalil steckte dem Händler ein paar Geldscheine zu, die seinen Schaden mehr als ersetzen würden. Soraya erkannte das daran, wie das Gesicht des einfachen Mannes vor Überraschung und Freude aufleuchtete.

Dann kehrte Khalil zum Wagen zurück, nahm seelenruhig seinen Platz wieder ein und wies den Chauffeur an weiterzufahren.

»War das nötig?«, fragte Eva leise.

»Einer musste ja für Ordnung sorgen«, gab ihr Mann zurück.

»Wir hätten den direkten Weg nehmen sollen«, sagte Eva verstimmt. »Unsere Tochter wird einen sehr schlechten Eindruck machen, wenn sie gleich am ersten Tag zu spät kommt.«

»Das wird nicht passieren«, erwiderte Khalil ruhig. »Wir fahren nicht direkt zum Palast, sondern zu meinem Vetter Amir Hussein. In seinem Haus kann sich Soraya erholen. Morgen früh wird sie dann den Schah treffen.«

Soraya starrte ihren Vater an. »Davon wusste ich noch gar nichts.«

Enttäuschung machte sich in ihrem Innern breit. So

lange wartete sie nun schon auf die erste Begegnung mit Mohammad Reza, und nun sollte noch eine weitere Nacht vergehen. Zwar war sie nach der Reise müde, aber sie ahnte jetzt schon, sie würde vor lauter Aufregung keinen Schlaf finden.

Khalil lächelte ihr zu. »Prinzessin Shams hat mir im Flugzeug vorgeschlagen, dir noch ein wenig Ruhe zu gönnen. Ich war sofort ihrer Meinung. Das erste Treffen mit dem Schah wird entscheidend sein, und du siehst erschöpft aus.«

Soraya runzelte die Stirn. Und wieder einmal war über ihren Kopf hinweg entschieden worden. Wann würde das je aufhören?

»Zieh nicht so ein böses Gesicht«, mahnte ihr Vater. »Das macht dich hässlich.«

Ihr Zorn wurde nur noch größer. Wer war sie denn? Nur eine hübsche Puppe? Das Objekt eines Tauschhandels? Die schöne Tochter heiratete den Schah, dafür schlossen die Pahlavis mit ihrem Vater Frieden?

Seit Generation bekämpften sich nun schon die Familien. Es ging dabei um Landbesitz und wertvolle Ölquellen. Auf beiden Seiten hatte es Tote und Verletzte gegeben. All das sollte mit einem einzigen Jawort vergeben und vergessen sein.

»Hauptsache, du denkst an das, was du mir versprochen hast«, sagte Soraya kühl.

»Wie bitte?«

Nun legte auch Khalil die Stirn in Falten, und er sah dabei um einiges bedrohlicher aus als seine Tochter.

Sie blieb jedoch unbeeindruckt. »Wenn es nichts wird

mit dem Schah und mir, darf ich nach New York ziehen und auf die Schauspielschule gehen.«

Khalil hüstelte ein paarmal, nickte dann aber. »Ja, natürlich. Und ich stehe zu meinem Wort.«

»Und ich darf in England Jockey werden«, warf Bijan frech ein.

Sein Vater warf ihm einen strengen Blick zu. »Rede keinen Unsinn, Sohn. Jockeys sind klein und leicht.«

»Dann eben Polospieler.«

Vater und Sohn kabbelten sich noch eine Weile, und Soraya hatte den Eindruck, Khalil sei ganz froh darüber, weil er sich auf diese Weise nicht länger mit ihr auseinandersetzen musste.

Aber ich habe sein Wort, beruhigte sie sich selbst im Stillen. *Und mein Vater ist ein Ehrenmann.*

Sie schaute wieder nach draußen, während die Limousine sich endlich erneut in Bewegung setzte. Sie bemerkte die vielen Bettler in den Straßen. Abgemagerte Männer, die nur Fetzen auf dem Leib trugen, saßen apathisch in Hauseingängen. Mütter mit kleinen Kindern, deren Bäuche vom Hunger aufgequollen waren, hielten den Passanten die offenen Hände hin.

»Gab es früher auch so viele arme Leute?«, fragte sie ihren Vater. »Ich kann mich nicht daran erinnern, jemals so viele Bettler gesehen zu haben.«

Khalil schwieg eine Weile und meinte dann nachdenklich: »Du hast recht, Tochter. So schlimm war es noch nie. Mir scheint, mit dem Land geht es bergab.«

Betrübt schaute er nach draußen und schüttelte hilflos den Kopf.

Ihre Mutter mischte sich ein. »Das soll aber deine Sorge nicht sein, Soraya.«

Doch, dachte sie. *Sollte ich Kaiserin dieses Landes werden, wäre das durchaus meine Sorge.*

Aber sie schwieg, beobachtete nur weiterhin die vielen Not leidenden Menschen und empfand Mitleid mit ihnen. Gleichzeitig schämte sie sich, weil sie satt und gut gekleidet war und in einer Limousine herumkutschiert wurde. Am liebsten wäre sie ausgestiegen und hätte den bettelnden Müttern alles Geld geschenkt, das ihre Familie bei sich trug. Aber ihr war klar, sie hätte nur für einen Tumult gesorgt, und gewiss wäre dem Schah ihr unüberlegtes Handeln zu Ohren gekommen. Wer wusste schon, was er darüber denken würde? Also legte sie schweren Herzens die Hände in den Schoß und wandte den Blick ab.

Amir Hussein war ein entfernter Vetter Khalils. Als kleines Mädchen hatte Soraya ihn einmal getroffen, konnte sich aber kaum an ihn erinnern. Inzwischen war er ein ruhiger Mann mittleren Alters. Er hieß die Familie in seinem Haus willkommen und stellte ihr das gesamte obere Stockwerk zur Verfügung. Er selbst werde sich mit dem Erdgeschoss begnügen.

Soraya erhielt ein eigenes Zimmer, und eine Dienerin eilte ihr zu Hilfe. Doch kaum waren ihre Koffer ausgepackt und ein Bad eingelassen, als unten laut an die Eingangstür gehämmert wurde.

Amir Hussein kam nach oben gelaufen. Soraya hörte, wie er auf dem Flur mit ihrem Vater sprach. »Ein Bote aus dem Palast. Soraya soll sich in einer Stunde dort einfinden. Der Schah will nicht länger warten. Der Bote wird sie persönlich begleiten.«

Kurz glaubte sie, ihre Knie würden unter ihr nachgeben. Es war inzwischen später Nachmittag, und sie war wirklich müde. Aber dann fasste sie wieder Mut und hob stolz das Kinn.

»Schnell«, sagte sie zu der Dienerin. »Ich muss mich umziehen. Für ein Bad bleibt keine Zeit.«

Sie wählte ein wadenlanges, enges smaragdgrünes Seidenkleid, das die Farbe ihrer Augen betonte und sie ein wenig älter und erwachsener wirken ließ.

Die Haare konnte sie nur schnell durchbürsten, dann schlüpfte sie in flache Ballerinas, da sie sich gerade noch rechtzeitig daran erinnerte, dass Mohammad Reza nur wenig größer war als sie selbst.

Ihre Eltern standen im Flur, als sie heraustrat. Khalils Augen leuchteten vor Bewunderung für seine schöne Tochter auf, Eva hingegen rang nervös die Hände und lehnte sich Halt suchend an ihren Mann.

»Kommt ihr nicht mit?«, fragte Soraya, als sie bemerkte, dass beide noch ihre Reisekleidung trugen.

Eva schüttelte den Kopf. »Nein. Es wurde ausdrücklich nur nach dir geschickt.«

»Ich kann sie begleiten«, bot Bijan an. »Als Anstandswauwau. Und ich verspreche hoch und heilig, dass ich gut auf sie aufpasse.«

Einen Moment lang schien Khalil ernsthaft über das Angebot seines Sohnes nachzudenken. Er musterte ihn lange und gründlich und tauschte dann einen Blick mit seiner Frau. Schließlich jedoch entschied er offenbar, dass der Junge vermutlich nur Unheil stiften würde, und schickte ihn zurück auf sein Zimmer.

Bijan gehorchte nicht sofort. Er kam zu Soraya und schaute sie an.

»Du schaffst das schon, große Schwester«, sagte er mit ungewohnt ernster Stimme. »Für mich bist du jetzt schon die perfekte Kaiserin.«

»Danke«, erwiderte sie gerührt. Manchmal war ihr Bruder einfach nur ein Schatz.

»Und wenn es irgendein Problem gibt, lass nach mir schicken. Ich komme auf einem Schimmel geritten und rette dich.«

Und zugleich war er auch noch ein ziemliches Kind.

»In Ordnung«, versprach sie trotzdem.

Nur wenige Minuten später saß sie bereits wieder in einer Limousine und wurde durch Teheran gefahren. Ziel war der Golestanpalast im Herzen der Stadt, der auch Palast des Rosengartens genannt wurde. Er war vor mehr als fünfzig Jahren erbaut worden und galt neben dem Marmorpalast als einer der prächtigsten Bauten.

Soraya erinnerte sich nur verschwommen an die wundervolle Anlage. Solange sie noch in Persien gelebt hatte, war sie nur selten aus Isfahan herausgekommen, und bei den wenigen Besuchen der Familie in Teheran waren sie stets nur kurz geblieben.

Aber sie wusste noch, dass mehrere Gebäude zum Palast gehörten und dass er ein wahres Labyrinth war. Im Thronsaal stand auch der berühmte Pfauenthron, auf dem schon Reza Khan, der Vater des heutigen Schahs, gekrönt worden war.

Doch in ihrem bisherigen Leben hatte sich Soraya nie ausführlicher mit dem Palast und der Herrscherfamilie befasst. Wozu auch? In ihren kühnsten Fantasien hätte sie sich nicht vorstellen können, eines Tages hierher eingeladen zu werden.

Als die Limousine hielt, blickte sie nervös auf die orientalisch gestalteten, bunt gefliesten und kunstvoll angelegten Mosaiken auf den Fassaden.

Sie wunderte sich insgeheim, dass ihr erstes Treffen mit dem Schah hier stattfinden sollte. Immerhin wusste sie, dass der Palast normalerweise nur für offizielle Anlässe genutzt wurde.

Wollte Mohammad Reza sie beeindrucken? Oder was hatte er sonst im Sinn?

Als der Chauffeur ihre Tür öffnete und ihr beim Aussteigen half, fühlten sich ihre Knie erneut wie Gummi an. Soraya ließ sich jedoch nichts anmerken, streckte den Rücken durch und hielt den Kopf hoch. Gelernt war schließlich gelernt.

Ein älterer Diener kam ihr entgegen und bedeutete ihr stumm, ihm zu folgen. Er trug eine weite braune Pumphose, einen etwas helleren Kaftan darüber und an den Füßen Sandalen.

Soraya ging hinter ihm her durch die prachtvolle Empfangshalle. Auch hier gab es eindrucksvolle Mosaiken an den Wänden, und so viele goldene leuchtende Verzierungen, dass sie das Gefühl hatte, mitten durch eine riesige Schatztruhe zu laufen.

Was Lotte wohl von so viel Prunk halten würde?

Wahrscheinlich würde sie abfällig grinsen und behaupten, eine anständige Bratwurstbude wäre ihr lieber, dachte Soraya. Prompt knurrte ihr Magen.

Verflixt!

Ihr fiel ein, dass sie vor lauter Aufregung seit dem Abendessen vor dem gestrigen Abflug nichts mehr zu sich genommen hatte. Und da war sie nach einer Consommé und etwas geräuchertem Lachs auf Toast schon satt gewesen.

Warum musste sie auch ausgerechnet jetzt an Lotte denken?

Weil es mir hilft, gab sie sich selbst die Antwort.

Lotte war ein Mensch, der mit beiden Beinen fest im Leben stand, während Soraya mit einem Mal das Gefühl hatte, sie hätte sich in ein Märchen aus »Tausendundeiner Nacht« verirrt.

Der Diener ließ nicht erkennen, ob er ihr Magenknurren gehört hatte. Langsam schlurfte er durch die Halle und trat am anderen Ende wieder nach draußen.

Auf einmal fand sich Soraya in einer riesigen, wundervollen Gartenanlage wieder. Es roch intensiv nach Rosen, und überall entdeckte sie rote, weiße und gelbe Blüten. In großen Springbrunnen plätscherte das Wasser, hohe Palmen und ausladende Feigenbäume beschatteten gewundene Wege und flache Rasenstücke.

An heißen Sommertagen musste dies eine wundervoll erfrischende Oase sein. An diesem mittlerweile kühlen Abend jedoch fröstelte Soraya plötzlich und wünschte, sie hätte eine Stola mitgenommen.

Sie folgte dem Diener über einen Kiesweg und war froh, dass sie Ballerinas trug. In Pumps wäre sie heillos ins Stolpern geraten.

Endlich erreichten sie ihr Ziel. Der Diener schien sich in Luft aufzulösen, was Soraya erneut das Gefühl gab, die Realität verlassen zu haben.

Vor ihr erhob sich ein hölzerner Pavillon mit verspielt geschwungenem Dach. Von irgendwoher wehte leise orientalische Musik herüber.

Niemand war zu sehen.

Mutig trat sie vor und stieg zwei Stufen hinauf. Sie sah einen festlich gedeckten Tisch und zwei bequeme Stühle. Auf der Damastdecke standen Teller mit kaltem Brathuhn, Schalen mit scharf gewürztem Käse und andere mit Oliven und getrockneten Tomaten. Daneben entdeckte Soraya Schüsseln mit dampfenden Röstkartoffeln und Platten mit duftendem Fladenbrot. Außerdem gab es einen großen Korb mit Obst sowie Nüsse, süßes Gebäck und sogar ihr geliebtes Halva.

Prompt meldete sich ihr Magen erneut, und Soraya schämte sich entsetzlich.

Sie fragte sich, wo Mohammad Reza blieb. Dann fragte

sie sich, ob es ihm wohl auffallen würde, wenn sie sich schnell ein paar Oliven und ein Stück Brot nahm.

Sie entschied sich dagegen. Nicht auszudenken, was er von ihr halten würde, wenn bei ihrer ersten Begegnung ein Stück schwarze Olive in ihren Zähnen hing.

Der Gedanke brachte sie zum Kichern.

Gleichzeitig waren ihre Nerven zum Zerreißen gespannt, und sie wusste, sie würde es keine Minute länger aushalten, hier einfach nur herumzustehen und abzuwarten.

»Auf meinen Reisen habe ich auch wenig Appetit«, sagte plötzlich hinter ihr eine tiefe, melodische Stimme. »Meine Schwester Shams hat mir verraten, dass Sie kaum etwas gegessen haben. Da dachte ich, ein leichtes Dinner wäre genau richtig.«

Soraya wirbelte herum.

Vor ihr stand Schah Mohammad Reza Pahlavi. Er hatte die Hände hinter dem Rücken verschränkt und wirkte in seiner Generalsuniform der iranischen Armee ausgesprochen eindrucksvoll. Sein Gesicht war ernst, aber sie glaubte, in seinen Mundwinkeln ein winziges Lächeln zu entdecken.

Sie hoffte zumindest, dass ihr Eindruck sie nicht täuschte, denn in diesem lang ersehnten Moment vergaß sie ihre strenge Erziehung, vergaß sogar den Hofknicks, verpasste es, sittsam den Blick zu senken, sondern schaute ihm direkt in die dunkelbraunen Augen.

Er sieht jünger aus als auf den Fotos, schoss es ihr durch den Kopf. *Obwohl da ein paar graue Haare an den Schläfen sind.*

»Und irgendwie menschlicher.«

»Wie bitte?«

Oh Gott! Hatte sie etwa laut gesprochen?

Sie wünschte, sie könnte sich hinter den nächsten Rosenbusch verkriechen und müsste nie wieder hervorkommen.

»Ich … also …«, stotterte sie und verstummte.

Noch immer schauten sie einander in die Augen.

Ihr Herz raste los und schlug Purzelbäume in ihrem Brustkorb, ihre Knie gaben zum dritten Mal innerhalb weniger Stunden nach, und tausend Sterne tanzten vor ihrem Gesicht.

»Hoppla!«, rief er, sprang vor und fasste sie unter dem Ellenbogen.

Das half. Ihre Beine trugen sie wieder, die Sterne verblassten. Dafür stieg ihr jetzt sein Geruch nach herbem Aftershave und Tabak in die Nase und hätte beinahe den nächsten Schwindelanfall verursacht.

Ein Frösteln lief über ihren Arm, dort, wo seine kräftige Hand sie hielt.

»Ist Ihnen kalt?«

Eigentlich nicht mehr, dachte sie. *Mir ist auf einmal sehr heiß.*

So ganz genau wusste sie nicht, was gerade mit ihr geschah, aber sie ahnte, dass es etwas war, worüber sie schon in unzähligen Romanen gelesen hatte, was sie schon im Kino und im Theater gesehen hatte: Liebe auf den ersten Blick.

War das möglich?

Gehörte ihr Herz bereits diesem Mann, den sie erst seit ein paar Augenblicken kannte?

Oder ging ihre Fantasie mit ihr durch, nachdem sie sich

seit einem halben Jahr beinahe ununterbrochen mit seiner Person beschäftigt hatte?

»Moment«, sagte er, griff mit der freien Hand nach einem Glöckchen auf dem Tisch und klingelte damit.

Der Diener erschien, und Mohammad Reza befahl ihm in schnellem Farsi, einen warmen Schal und heißen Tee zu bringen.

»Das ist wirklich nicht nötig«, sagte Soraya und stellte erleichtert fest, dass sie wenigstens wieder normal sprechen konnte.

Er tat ihren Protest mit einer ungeduldigen Handbewegung ab. »Es wird Ihnen trotzdem guttun. Hier. Bitte setzen Sie sich.«

Zuvorkommend rückte er ihr den Stuhl zurecht, ging dann um den Tisch herum und nahm ihr gegenüber Platz.

Sie gewann ein wenig von ihrer Selbstsicherheit zurück, als nun ein gewisser Abstand herrschte. Auch die Tischplatte zwischen ihnen beruhigte sie.

Als sie jedoch bemerkte, dass er sie nun wieder unverhohlen anstarrte, wurde ihr erneut ziemlich mulmig zumute.

»Diese Augen!«, stieß er aus. »Keines der Fotos hat mich darauf vorbereitet, wie schön sie in Wirklichkeit sind. Grüner als der edelste Smaragd und klarer als ein See oben im Gebirge.«

Ihre Wangen fühlten sich heiß an, und Soraya überlegte ernsthaft, einfach unter den Tisch zu kriechen. Fort von der Intensität seines Blickes, fort von ihren eigenen überbordenden Gefühlen.

Erst in die Rosenbüsche, dann unter den Tisch. Das konnte ja heiter werden.

Sie wollte etwas erwidern, ahnte jedoch, es würde nur ein Krächzen herauskommen.

Mit seinen nächsten Worten weckte er jedoch ihren Widerspruchsgeist. »Und so jung sind Sie. Das schicke Kleid und die moderne Frisur können nicht darüber hinwegtäuschen, dass Sie im Grunde noch ein Mädchen sind.«

Soraya funkelte ihn an. »Nun, ich bin aber auch kein Kind mehr. Sonst wäre ich ja wohl kaum hier.«

Ihre Stimme klang sehr viel zorniger als beabsichtigt, aber es schien ihm zu gefallen, denn er lachte kurz und trocken auf.

»Gewiss nicht. Bitte verzeihen Sie mir. Es lag nicht in meiner Absicht, Sie zu verletzen. Wollen wir nicht etwas zu uns nehmen?«

Ihr Magen war zwar wie zugeschnürt, aber sie nickte. Wenn er aß, würde er hoffentlich aufhören, sie so anzustarren, und vielleicht konnte sie ihn unauffällig betrachten.

Mohammad Reza füllte einen Teller mit Huhn, Röstkartoffeln, Fladenbrot und Joghurt und reichte ihn ihr.

Wenn Lotte sehen könnte, dass mich der Schah von Persien bedient, würden ihr glatt die Augen aus dem Kopf fallen, dachte sie und unterdrückte mit größter Mühe das nächste Kichern.

Dann nahm sie Messer und Gabel zur Hand. Sie war sicher, dass sie keinen Bissen hinunterbringen würde, aber als sie dann ein Stückchen von dem Huhn kostete, schmeckte es himmlisch, und sie begann eifrig zu essen.

Erst nach einer Weile merkte sie, dass er selbst kaum etwas zu sich nahm, sondern nur von einem kräftigen Rotwein trank, den sie abgelehnt hatte.

Sein Blick war dabei mehr nach innen gerichtet, so konnte sie sich entspannen.

Überrascht stellte sie fest, dass sie sich in seiner Gesellschaft wohlfühlte. Sie hatte befürchtet, gleich seiner gesamten Familie begegnen zu müssen, wobei sie sich vermutlich wie eine Kamelstute auf einer Auktion gefühlt hätte. Nun, das würde sicherlich noch kommen, aber vorerst war sie ihm dankbar, dass ihr erstes Treffen so persönlich ablief.

Irgendwann schob Soraya ihren Teller beiseite und lehnte sich zurück.

»Das war köstlich.«

Mohammad Reza lächelte wieder, und sie stellte fest, wie viel sympathischer er wirkte, wenn er nicht so ernst wie auf den offiziellen Fotos aussah.

Sie lächelte zurück, während über ihnen das hohe Sternenzelt seine Pracht ausbreitete.

7. Kapitel

Soraya legte den Kopf in den Nacken und betrachtete den Abendhimmel.

»Wunderschön«, flüsterte sie. Nur in Persien schienen die Sterne in einer klaren Nacht zum Greifen nah zu sein. Nur hier war die Luft so rein, dass jedes einzelne Funkeln direkt auf die Erde traf.

»Nicht halb so schön wie Sie.«

Ihre Wangen wurden heiß, und sie wandte ihm wieder ihren Blick zu. Erneut war es, als würde sie in seinen Augen versinken, und auf einmal wünschte sie, der Abstand zwischen ihnen wäre nicht so groß. Nur mit Mühe unterdrückte sie ein Seufzen.

»Stimmt etwas nicht?«, fragte Mohammad Reza, der jede ihrer Stimmungen zu erahnen schien. »Bitte verzeihen Sie, falls ich Sie zu sehr bedränge.«

Soraya griff nach einer Serviette, tupfte sich die Mundwinkel ab und nahm einen Schluck von ihrem inzwischen abgekühlten Tee.

»Es ist alles so überwältigend«, gestand sie dann.

»Das kann ich verstehen.«

Er schwieg für einen Moment, schien zunächst etwas hinzufügen zu wollen, überlegte es sich aber anscheinend anders, denn sein eben noch so intensiver und durchdringender Blick wurde nun freundlich und unbefangen.

»Wie wär's, möchten Sie mir vielleicht ein wenig über sich erzählen, Soraya? Was haben Sie bisher im Leben gemacht?«

Sie lächelte amüsiert. »Wollen Sie mir weismachen, dass Sie nicht bereits bis ins kleinste Detail über mich informiert sind?«

Er besaß den Anstand, den Blick zu senken. »Sie müssen verstehen, dass meine Familie es nicht gutheißen würde, wenn ich ein x-beliebiges Mädchen hofierte.«

»Natürlich«, räumte sie friedfertig ein. »Aber was soll ich dann noch erzählen? Interessiert Sie wirklich das Internatsleben einer höheren Tochter?«

Einen Moment schien er angestrengt nachzudenken. Schließlich schlug er vor: »Verraten Sie mir Ihre Träume. Haben Sie einen Berufswunsch? Wie haben Sie sich Ihre Zukunft vorgestellt, bevor … Nun, Sie wissen schon. Bevor ich auf Sie aufmerksam wurde.«

Beinahe glaubte sie, er habe ein schlechtes Gewissen, weil er sie vielleicht ihrer Pläne beraubt hatte. Am liebsten wäre sie aufgesprungen, zu ihm gelaufen und hätte ihm versichert, dass sie nichts anderes wünschte, als den Rest ihres Lebens mit ihm zu verbringen.

Zum Glück sah sie wieder Lotte vor sich. Diesmal zeigte ihr die Freundin einen Vogel und verdrehte dazu die Augen.

Er wartete auf eine Antwort, aber sie wusste nicht, was

sie sagen sollte. Es schien ihr unvorstellbar, ihm ihren Traum von der Schauspielerei anzuvertrauen. Was würde er dazu sagen? In seinen Kreisen waren Darsteller gewiss nichts Besseres als mittellose Gaukler.

Nein, entschied sie. *Diesen Wunsch muss ich für mich behalten.*

Es schmerzte sie, dass so schnell schon ein Geheimnis zwischen ihnen stand, aber sie sah keinen anderen Ausweg.

Mohammad Reza half ihr aus der Misere. »Womöglich sind Ihre Träume zu privat, um sie mit jemandem zu teilen, den Sie gerade erst kennengelernt haben. Mögen Sie mir vielleicht stattdessen von Ihrer Zeit in Deutschland erzählen? Ich habe … ähm … keine Berichte von dort bekommen.«

Ihr Lächeln war schon fast ein Grinsen. »Der lange Arm der Pahlavis reicht also nicht bis nach Berlin?«

Sofort schlug sie sich die Hand vor den Mund, doch es war zu spät. Was sie da eben gesagt hatte, kam einer Majestätsbeleidigung gleich.

Aber Mohammad Reza nahm es mit Humor. »Lassen Sie das bloß nicht die Sowjets wissen. Die bilden sich sonst noch etwas darauf ein, dass sie mit ihrem Eisernen Vorhang sogar einen persischen Herrscher aufhalten können.«

Sie lachten beide, und Soraya entspannte sich. Er mochte der Schah sein, aber er war auch ein ganz normaler Mann, mit dem es sich auskommen ließ.

Dann herrschte Stille. Nur ein leiser Wind ließ die Palmenwedel flüstern.

Mohammad Reza lehnte sich zurück. Offensichtlich

wollte er sie nicht drängen, aber Soraya spürte dennoch seine Ungeduld.

Also erzählte sie. Angefangen von der Zugfahrt und ihrer Bekanntschaft mit Lotte über ihren Eindruck von den verwaisten Kindern bis hin zu ihrer Idee mit den Ersatzfamilien ließ sie nichts aus. Sie berichtete von ihrem Großvater und seinem Schützling Harald, sprach über Elfriede Reinecke, die den Jungen unter ihre Fittiche genommen hatte, und beschrieb ausführlich, wie der Verein funktionierte.

Soraya gab sich alle Mühe, nicht zu ausschweifend zu erzählen, aber Mohammad Reza unterbrach sie mehrmals, weil er etwas präziser wissen wollte. Wie genau lebten diese Kinder? Wo waren ihre Eltern? Wie konnte es sein, dass sich niemand sonst um sie kümmerte? Und wie fügten sie sich in die neuen Familien ein? Gingen sie zur Schule? Wurden sie sonst irgendwie gefördert?

Sie antwortete, so gut sie konnte, räumte aber ein, dass sie sich auf die regelmäßigen Berichte stützen musste, die aus Berlin eintrafen.

»Wären Sie lieber wieder vor Ort?«, fragte er sie daraufhin geradeheraus. »Sie haben diesen Verein ins Leben gerufen. Möchten Sie nicht persönlich dafür Sorge tragen, dass alles reibungslos abläuft?«

Soraya hatte sich selbst schon ein paarmal diese Frage gestellt, und sie konnte nun guten Gewissens verneinen.

»Ich verlasse mich auf Elfriede Reinecke und meinen Großvater. Außerdem gibt es seit Kurzem einen Buchhalter, der die finanzielle Seite regelt. Ich musste nur am Anfang die

Idee dazu haben, nun kümmern sich kompetente Leute um das Projekt.«

Mohammad Reza nickte. Dann beugte er sich vor, stützte die Ellenbogen auf den Tisch und bildete mit den Händen ein Dach.

»Sie sind eine außerordentlich bemerkenswerte junge Frau, Soraya. Nicht nur sind Sie wunderschön. Sie sind auch klug und besitzen echte Herzensgüte.«

Erneut spürte sie, wie sie rot wurde. Doch diesmal galt sein Kompliment ihrem ganzen Wesen, und so konnte sie es besser annehmen.

Mutig geworden, sagte sie: »Mir ist aufgefallen, dass es in Teheran viel mehr arme Menschen gibt als früher. Die Straßen sind gesäumt von Bettlern.«

»Nicht nur in der Hauptstadt sieht es so aus«, erwiderte der Schah düster. »Sondern im ganzen Land. Der Knebelvertrag mit der britischen Ölkompanie verweigert uns die Devisen, die wir bräuchten, um den Iran vorwärtszubringen. Zudem gab es aufgrund der anhaltenden Trockenheit zwei verheerende Missernten, die zu einer massenhaften Landflucht geführt haben. Und dann waren da auch noch die Erdbeben.«

»Erdbeben?«, echote Soraya erschrocken. »Wann?«

»Sie haben nichts davon gehört?«

»Nein, tut mir leid.«

»Für die internationale Presse war das vermutlich nicht einmal eine Meldung wert«, meinte er grimmig.

»Gab es viele Opfer?«, fragte sie vorsichtig.

»Die Schätzungen liegen bei tausend Toten und tausendfünfhundert Verletzten. Es waren drei schwere Erdbeben im Januar, kurz hintereinander im Süden des Landes. Rund zwanzig Städte und Dörfer wurden völlig zerstört.«

»Das ist so furchtbar«, murmelte Soraya. »Die armen Menschen.«

Mohammad Reza griff über den Tisch nach ihrer Hand. Sie überließ sie ihm ohne Gegenwehr, viel zu überrascht von der Geste.

»Verzeihen Sie, dass ich Sie traurig gestimmt habe«, sagte er. »Offenbar mache ich so einiges falsch an diesem Abend.«

»Überhaupt nicht«, protestierte sie und spürte, wie die Wärme seiner Haut auf ihre Hand überging. »Wir können nicht die Welt aussperren, nur weil wir beide …«

Sie brach ab.

»Weil wir beide … was?«, hakte er nach.

Sie räusperte sich umständlich. Ihre Wangen waren wahrscheinlich wieder flammend rot, aber es kümmerte sie nicht mehr.

»Weil wir beide einen schönen Moment erleben«, fügte sie hinzu.

»Dann finden Sie es also schön, mit mir zusammen zu sein?«

»Ja«, hauchte sie, nun vollends verlegen.

Er sagte nichts darauf, sondern stand auf, kam um den Tisch herum und zog sie sanft hoch. Dann legte er seine Arme um sie und gab ihr einen unendlich zärtlichen Kuss auf die Lippen.

Soraya schloss die Augen und sah doch noch immer den Sternenhimmel. Sie überließ sich diesem vollkommen neuen Gefühl von Glückseligkeit, und ohne recht zu wissen, wie ihr geschah, war sie bereit, die Lippen zu öffnen und sich ihm ganz hinzugeben.

Doch viel zu schnell löste sich Mohammad Reza wieder von ihr, trat einen halben Schritt zurück und setzte zum Sprechen an.

»Bitte nicht«, sagte sie schnell. »Entschuldigen Sie sich nicht für den Kuss!«

Ein Lächeln erschien in seinen Mundwinkeln. »Das hatte ich nicht vor.«

»Nein?«

»Nein. Ich wollte einen unserer großen Dichter zitieren. Kennen Sie Saadi?«

»Selbstverständlich«, erwiderte Soraya, die auf ihre östliche Bildung ebenso stolz war wie auf die westliche.

Mit leiser, einschmeichelnder Stimme zitierte Mohammad Reza: *»Ehe ich dir begegnete, wusste ich nichts vom Glück. Doch nun, da ich mit dir bin, fühle ich nur noch Freude.«*

Soraya kannte die Zeilen gut, und ihr Herz jubilierte. Also empfand auch er etwas für sie! Nicht sie allein war von ihrem Gegenüber hingerissen.

Hätte sie mehr Erfahrung im Umgang mit Männern gehabt – hätte sie überhaupt irgendeine Erfahrung auf diesem Gebiet gehabt –, so wäre sie schon vorher darauf gekommen. So aber hatte sie ein deutliches Signal gebraucht.

Der Schah nahm wieder ihre Hand. »Es waren die ersten Worte, die mir durch den Kopf gingen, als ich Sie vorhin hier im Pavillon stehen sah.«

Kurz war sie um eine Antwort verlegen, dann entgegnete

sie beherzt: »Ich hatte den Eindruck, dass Sie etwas sagen wollten, es dann aber doch nicht taten.«

Er zog leicht die Brauen zusammen. »Sie sind eine außerordentlich aufmerksame Beobachterin, Soraya. Nun, es stimmt, doch es schien mir noch nicht der richtige Moment zu sein.«

»Jetzt doch?«, fragte sie neckisch.

Statt einer Antwort küsste er sie erneut zart auf die Lippen. Diesmal dauerte der Kuss nicht so lang, und sie empfand es wie einen Verlust, als er sich mit einem Seufzer erneut von ihr löste.

Ihre Hand jedoch hielt er fest und fragte: »Wollen wir ein Stück gehen?«

»Sehr gern.«

Sie schlenderten über einen der Kieswege und kamen in einen Teil des Gartens, der von Orangen- und Zitronenbäumen dominiert wurde. Einige Meter weiter rankten rote und weiße Bougainvilleen an filigranen Holzspalieren hoch, Weinreben und Granatapfelbäume wurden von Fackeln erleuchtet, in den Springbrunnen plätscherte das Wasser.

»Es ist ein Paradies«, murmelte Soraya. Sie glaubte, sie wäre zu leise gewesen, als dass er sie gehört hätte, aber Mohammad Reza lächelte schmal.

»Ein Paradies für wenige Auserwählte«, erwiderte er. »Die meisten Iraner können von einem solchen Ort nur träumen.«

»Das sind ja schon fast sozialistische Gedanken«, sagte Soraya vorsichtig.

»Unsinn.« Er klang verärgert, fing sich aber schnell wieder und fuhr freundlich fort: »Ein Herrscher muss sich um sein Volk sorgen. Was wäre er sonst für ein Mann?«

Sie sah ihn von der Seite an. Im Fackelschein gab sein Gesicht nichts preis.

»Das war eine dumme Bemerkung von mir«, entschuldigte sie sich.

»Schon gut. Ich wünschte, ich könnte mehr für die darbenden Iraner tun.«

Ein bisschen was von seinem Reichtum könnte bestimmt einige Not lindern, überlegte Soraya, schalt sich aber sogleich eine Närrin. Der Schah mochte Macht besitzen, doch es wäre nicht einfach, seine Gelder unters Volk zu bringen. Jeder zweite Untertan würde sich vermutlich ungerecht behandelt fühlen. Es käme zu Neid und Missgunst. Allerdings könnte er eine karitative Institution ins Leben rufen, die die Ärmsten der Armen unterstützte.

»Vielleicht könnten Sie mir helfen«, unterbrach er ihre Gedanken.

»Ich? Inwiefern?« Sie war ehrlich überrascht.

»Nun, nach alldem, was Sie mir von Berlin erzählt haben, sind Sie erfindungsreich und hilfsbereit. Die Not der Menschen ist Ihnen nicht egal. Sie könnten im Land viel Gutes bewirken.«

Als was?, fragte sie sich aufs Äußerste gespannt. *Als seine Frau? Als die Schabana an der Seite des Schahs?*

Er wurde jedoch nicht deutlicher, also unterließ auch sie eine Bemerkung dazu. Sie würde abwarten müssen, ob er sie heiraten wollte.

Lange schwiegen sie beide, und Soraya spürte, wie sie zur

Ruhe kam. Alles, was sie im Augenblick wünschte, war, hier, an Mohammad Rezas Seite, zu gehen. Nichts zählte außer ihrem Beisammensein, und tief in ihrem Herzen wuchs die Hoffnung, dass sie mit diesem wunderbaren Mann glücklich sein könnte. Und vielleicht würde es ihnen tatsächlich gelingen, hin und wieder die Welt mit all ihren Problemen auszuschließen.

Irgendwann brach er das Schweigen. »Es ist schon spät. Ich werde Sie jetzt wohl besser zu Ihrer Familie zurückschicken. Es ziemt sich nicht, dass wir so lange allein miteinander sind.«

Es ziemt sich an diesem Abend so einiges nicht, dachte sie bei sich.

Laut sagte sie nur: »Einverstanden.«

Tatsächlich sehnte sie sich nicht so sehr nach ihrer Familie, die sie doch nur mit Fragen bombardieren würde, als danach, allein zu sein, um ihre Gefühle und Gedanken zu ordnen.

»Sie können es also kaum abwarten, mich loszuwerden?«, fragte Mohammad Reza sie mit einem neckenden Unterton in der Stimme.

»So war das nicht gemeint«, erwiderte sie rasch. Dann merkte sie, dass er sie nur auf den Arm nahm, und lachte erleichtert auf.

»Wenn ich es aber recht bedenke, so sind Sie doch ziemlich anstrengend«, fügte sie hinzu.

»Sie wagen es, den Schah von Persien als anstrengend zu bezeichnen?«, gab er, ebenfalls lachend, zurück.

»Nicht den Schah. Nur den Mann, der mich schon zweimal geküsst hat.«

»Demnach haben Ihnen die Küsse nicht gefallen? Das ist ein herber Schlag für meine männliche Eitelkeit.«

Sie presste die Lippen zusammen. Noch einmal würde sie sich nicht von ihm in die Ecke drängen und zu Geständnissen zwingen lassen, die sie noch nicht bereit war abzugeben.

Er grinste jetzt breit und sah dabei aus wie ein fünfzehnjähriger Schuljunge, dem ein außerordentlich frecher Streich gelungen war. »Sie lernen schnell dazu, Soraya. Alle Achtung.«

»Vielleicht sollten wir jetzt wirklich zurückgehen«, schlug sie vor. Sie spürte Kopfschmerzen herannahen, ließ sich jedoch nichts anmerken. Schließlich besaß sie jahrelange Übung darin, wie man sich trotz Migräne oder Übelkeit mit Grazie und aufrechter Haltung bewegte und sein Gegenüber niemals spüren ließ, dass es einem nicht gut ging.

»Wie Sie wünschen«, entgegnete er und klang dabei erneut sehr zärtlich.

Wenig später erreichten sie wieder den Pavillon, und Mohammad Reza klingelte nach dem Diener. Der Mann tauchte wie aus dem Nichts auf, und der Schah befahl ihm, die Limousine vorfahren zu lassen.

Diesmal führte er Soraya höchstpersönlich durch den Palast. Dabei bot er ihr den Arm an – als ob innerhalb der erhabenen Mauern ein Händchenhalten zu gewöhnlich gewesen wäre.

Sie nahmen nicht den direkten Weg zum Ausgang, sondern Mohammad Reza geleitete sie treppauf und treppab, um ihre die verschiedenen Teile des Palastes zu zeigen.

Soraya verlor schon bald die Orientierung, aber der Schah erwies sich als ortskundiger Führer.

»Dies hier ist das Badgir-Palais mit seinen vier Windtürmen«, sagte er zum Beispiel. »Die Stuckornamente im französischen Stil erinnern ein wenig an die Eingangshalle des Crillon in Paris, finden Sie nicht?«

Soraya nickte. Ihre Kopfschmerzen nahmen zu, aber sie ließ sich nach wie vor nichts anmerken.

Mohammad Reza hob kurz die Schultern. »Ich bin kein Freund von diesem zur Schau getragenen Prunk«, gestand er ihr. »Aber die Staatsgeschäfte erfordern es, Besucher zu beeindrucken. Kommen Sie, gehen wir weiter.«

Sie durchschritten das Atrium und warfen einen Blick in den Thronpalast von Karim Khan Zand mit seinem Thron aus gemeißeltem Marmor und kehrten wieder zur großen Eingangshalle zurück. Aus dem persischen Schulunterricht erinnerte sich Soraya daran, dass Karim Khan um 1750 die kurzlebige Zand-Dynastie gegründet hatte.

Wieder liefen sie Treppen hinauf und hinunter.

»Als Kind wollte ich unbedingt den Pfauenthron mit eigenen Augen sehen«, sagte Soraya, bevor sie sich bremsen konnte. »Ich glaube, davon träumt jeder Perser.«

»Nichts leichter als das«, erwiderte Mohammad Reza und änderte die Richtung.

»Aber … das ist doch nicht nötig.«

»Es dauert nicht lange.«

Also ging sie mit ihm und verlor innerhalb weniger Minuten erneut die Orientierung zwischen Spiegelmosaiken, Rundbögen, Scheinnischen und unzähligen Gängen.

»Ich würde mich hier immer nur verirren«, gestand sie nach ein paar Minuten.

Der Schah lächelte geduldig. »Wenn man erst einmal die kompositorische Idee durchschaut hat, findet man sich gut zurecht.«

»Und die wäre?«, fragte sie voller Zweifel.

»Alles hier hat seinen Grund, jedes Element erfüllt seinen Zweck und repräsentiert seine Epoche. Sogar das Herzstück des Lebens am Hof folgt genauen Regeln.«

Ihr Puls ging auf einmal schneller, denn sie ahnte, sie waren dem Pfauenthron jetzt sehr nahe. Nebeneinander standen sie vor einer großen zweiflügeligen Tür in der ersten Etage.

Mohammad Reza stieß mit einer ausladenden Bewegung die beiden Flügel auf.

»Bitte sehr!«

Im ersten Moment war Soraya wie geblendet. In Tausenden von Edelsteinen brach sich das Licht auf dem rechteckigen, von einem goldenen Rahmen umgebenen Thronsessel. Sie hatte gewusst, dass er mit rund fünfundzwanzigtausend Diamanten, Rubinen, Saphiren und Smaragden bestückt war, dazu mit unzähligen Perlen. Aber ihn mit eigenen Augen zu sehen war einfach überwältigend.

Ehrfürchtig näherte sie sich dem Pfauenthron und blieb schließlich mit offenem Mund vor dem Symbol der absoluten Macht stehen.

Der Schah trat neben sie. »Hoffentlich enttäuscht es Sie nicht zu erfahren, dass dies nur die Kopie ist. Das Original, das König Nadir Schah 1739 von seinem Indienfeldzug mitbrachte, ging Ende des achtzehnten Jahrhunderts verloren. Es wurde nie geklärt, wie das passieren konnte.«

»Auch dieser hier ist prächtig«, flüsterte Soraya, die natürlich die Geschichte des berühmten Pfauenthrons kannte.

Mohammad Reza lächelte. »Als Kind hegte ich einen ganz ähnlichen Wunsch wie Sie«, gestand er ihr. »Nur, dass ich den Thron nicht nur aus der Nähe sehen, sondern mich auch draufsetzen wollte. Also habe ich mich manchmal hergeschlichen und genau das getan. Ich hatte Glück. Ich bin nie erwischt worden. Mein Vater Reza Schah Pahlavi hätte mir mit Sicherheit höchstpersönlich den Hintern versohlt.«

»Oh«, machte sie nur beeindruckt.

Er nickte. »Und nun sind Sie dran.«

»Wie bitte?«, fragte Soraya erschrocken.

Er deutete einladend darauf. »Setzen Sie sich auf den Thron.«

»Nein! Das kann ich nicht!«

»Aber sicher, was ist schon dabei? Ich denke, Sie sind eine mutige junge Frau?«

Sie wusste, er wollte sie nur provozieren, aber es wirkte. Zögernd erklomm sie den Sockel, nahm mit zitternden Knien auf dem Pfauenthron Platz und sah auf den Schah hinab.

»Gefällt es Ihnen?«, fragte er.

»Ehrlich gesagt, nein«, erwiderte sie und rutschte auf dem kalten Marmor hin und her. »Dieser Thron gebührt den

Herrschenden, nicht einem beliebigen jungen Mädchen wie mir.«

»Aus Ihnen sprechen Weisheit und Bescheidenheit«, sagte der Schah.

Er reichte ihr seinen Arm. Erleichtert stand sie auf und ließ sich von ihm zurück in die Eingangshalle führen.

Durch das offen stehende Portal sah Soraya draußen die Limousine mit laufendem Motor warten.

Sie fragte sich, was Mohammad Reza nun tun würde. Sie zum Abschied noch einmal küssen? Ihr die Hand geben oder sich bloß förmlich kurz verbeugen? Und würde er sie um ein Wiedersehen bitten?

Obwohl die Schmerzen in ihrem Kopf jetzt beinahe unerträglich waren, wünschte sie, diesen Augenblick in die Länge ziehen zu können. Sie mochte sich nicht von ihm trennen, selbst wenn es zwischen ihren Schläfen hämmerte.

Am Ende überraschte er sie erneut. Er hielt ihr den Wagenschlag auf und zog sie für eine schnelle Umarmung an sich.

Bevor sie reagieren konnte, hatte er sie schon wieder losgelassen.

Die Limousine fuhr an, und Soraya zwang sich, keinen Blick zurückzuwerfen. Sie schloss die Augen. Vorn neben dem Fahrer saß derselbe Bote, der sie am frühen Abend im Haus ihres Verwandten abgeholt hatte. Erst jetzt wurde ihr klar, dass der Mann wohl in Wahrheit ein Leibwächter war.

Zu ihrer Erleichterung wartete nur ihre Mutter auf sie.

»Du siehst erschöpft aus«, sagte Eva.

»Ich habe bloß furchtbares Kopfweh.«

»Dann komm, leg dich in deinem Zimmer hin. Ich bringe Wasser und nasse Tücher.«

»Wunderbar.«

»Ich habe deinem Vater und deinem Bruder gesagt, dass sie morgen mit dir sprechen können. Ich dachte mir schon, dass du müde zurückkehrst.«

Wenig später genoss Soraya die Pflege ihrer Mutter. Eva stellte keine Fragen. Und sie war ihr dankbar dafür.

Fast schon war sie in den Schlaf hinübergedämmert, als irgendwo im Haus ein Telefon läutete.

»Das ist bestimmt für mich«, murmelte sie.

»Wie kommst du darauf?«

Schon klopfte es an die Tür, und ihr Vater trat ein.

Die Überraschung stand Khalil ins Gesicht geschrieben, als er sagte: »Du musst heute Abend großen Eindruck hinterlassen haben.«

»Warum?«, fragte Soraya, während ihr Herz wie wild klopfte. Aller Schmerz war vergessen.

»Das war der Privatsekretär des Schahs. Seine Majestät möchte sich mit dir verloben.«

»Herr im Himmel!«, rief Eva, sprang von der Bettkante auf und kippte dabei die Wasserschüssel um. Decke, Laken und Matratze wurden nass, was Eva nur noch mehr aufregte.

Soraya hingegen war auf einmal vollkommen ruhig. Sie stand auf und schaute ihren Vater an. »Wann soll die Verlobung stattfinden?«

»In ein paar Tagen!«, stieß Khalil aus. »Der Schah kann es anscheinend gar nicht abwarten!«

Aus seiner Stimme sprach väterlicher Stolz, aber auch Sorge um die noch so junge Tochter. Schnell trat er zu seiner Frau und nahm ihre Hand.

»So bald?«, fragte Soraya.

Da war es schon wieder vorbei mit ihrer Ruhe. Sie zitterte auf einmal und ließ sich widerstandslos von ihren Eltern umarmen.

Bijan, der einen sechsten Sinn für jede Aufregung in der Familie besaß, kam ins Zimmer gestürmt. »Was ist passiert? Wird jemand gesteinigt?«

»Du redest nur Unsinn, Sohn«, schalt ihn Khalil. »Ganz im Gegenteil. Der Schah von Persien hat um die Hand deiner Schwester angehalten.«

»Ihr veräppelt mich!«

»Über so etwas macht man keine Witze«, sagte Eva streng und hob drohend den Zeigefinger.

Vorübergehend war Bijan sprachlos, was bei ihm äußerst selten vorkam. Als er sich wieder gefangen hatte, fragte er: »Kriege ich als Schwager des Schahs einen Palast ganz für mich allein?«

8. Kapitel

Schon am nächsten Morgen erschien Sorayas Foto in allen Zeitungen. Ihre Mutter brachte einen ganzen Stapel in ihr Zimmer und zeigte ihr die Titelseiten.

»Und im Radio ist deine Verlobungsfeier für Dienstagabend angekündigt worden. Wahrscheinlich würde der Schah dich lieber schon an diesem Wochenende der Welt vorstellen, aber so schnell kann selbst er kein Fest organisieren lassen.«

Soraya rieb sich die Schläfen. Sie wünschte, sie hätte erst eine Tasse starken Kaffees trinken können, bevor die Neuigkeiten auf sie einprasselten.

Nur vage erinnerte sie sich daran, wie ihr Vater am Vorabend auf ihrer Antwort bestanden hatte. Sie habe die freie Wahl, aber sie müsse sich auf der Stelle entscheiden.

Da hatte sie auf ihr Herz gehört und zugestimmt. Mochten tausend Dinge dagegensprechen, dass sie sich mit einem Mann verlobte, den sie gerade mal einen Abend kannte: Sie wusste, was sie in seiner Nähe gefühlt hatte. Diese starke Anziehungskraft war mit nichts zu vergleichen, und sie war davon überzeugt, er war der richtige Mann für sie. Seine Stärke und Gelassenheit faszinierten sie, seine romantische Ader rührte sie, und seine Zärtlichkeit ließ sie dahinschmelzen.

Ja, sie war bereit, diesen Mann zu heiraten.

»Es wird eine Verlobung ohne großen Pomp geben«, sagte ihre Mutter und reichte ihr nach den Zeitungen nun ein Tablett mit Kaffee und Honig-Mandel-Küchlein.

Einerseits war Soraya froh über diese Neuigkeit, denn sie fürchtete sich jetzt schon vor ihren künftigen öffentlichen Auftritten. Andererseits fragte sie sich, welche Überlegung dieser Entscheidung wohl zugrunde lag.

»Woher weißt du das?«, fragte sie und nippte dankbar an ihrem Kaffee.

»Dein Vater hat schon ganz früh am Morgen telefoniert. Einige alte Bekannte haben ihn mit allen möglichen Informationen versorgt. So heißt es, dass der Iran in einer schweren Krise steckt.«

»Ich weiß«, warf Soraya ein.

»Unterbrich mich bitte nicht, sonst komme ich durcheinander. Also: Dem Generalstabsführer, General Hadsch Ali Razmara, sind vor einiger Zeit die Regierungsgeschäfte übertragen worden. Im Wettlauf um den iranischen Erdölmarkt zwischen den Engländern, Russen und Amerikanern spielt er aber nun alle Parteien gegeneinander aus. Sein maßloser Ehrgeiz spaltet bereits das Volk, und am Hofe befürchtet man Unruhen. Und deshalb möchte der Schah mit seiner Verlobung einerseits ein Zeichen der Beständigkeit setzen, andererseits jedoch niemanden gegen sich aufbringen, indem er vielleicht von seinen Feinden als verschwendungssüchtig bezeichnet werden könnte.« Eva seufzte. »Ich bin mir nicht sicher, ob ich das richtig zusammengefasst habe. Du solltest besser mit deinem Vater darüber reden.«

»In Ordnung.« Soraya dachte daran, dass auch der Schah am Vorabend von der Krise im Land gesprochen hatte. Nachdenklich schenkte sie sich eine zweite Tasse Kaffee ein.

Vielleicht sollte ich mich weniger um öffentliche Auftritte sorgen, überlegte sie, *als vielmehr darum, ob ich meinem Mann auch in Krisenzeiten eine gute Frau sein werde.* Sie schämte sich, weil sie sich um oberflächliche Dinge Gedanken gemacht hatte.

»Wenn du gefrühstückt hast, lasse ich deinen Vater hereinkommen«, sagte Eva.

Soraya nickte. Allerdings konnte Khalil mit keinen weiteren Informationen aufwarten, als er kurz darauf erschien. Er warnte Soraya lediglich, dass das Leben einer Kaiserin voller Fallstricke war.

»Seine eigene Familie wird vermutlich gegen dich intrigieren.«

Schulterzuckend unterdrückte sie ein Frösteln. »Warum sollte sie?«

Ihr Vater bemühte sich um einen gleichmütigen Gesichtsausdruck, doch sie kannte ihn gut genug, um zu sehen, dass er sich mühsam beherrschte.

»Es gibt Gerüchte, dass du nicht die einzige Kandidatin warst.«

»Das … habe ich auch nicht erwartet.«

»Gut. Aber offenbar sind sich einige Mitglieder der Familie untereinander nicht grün. Da ist zum Beispiel eine entfernte Cousine des Schahs, die nicht mit dir einverstanden ist. Sie heißt Samira und führt offenbar mit Prinzessin

Shams seit Jahren einen erbitterten Streit um die Gunst Mohammad Rezas.«

»Ich werde schon damit fertig«, meinte Soraya mutiger, als sie sich wirklich fühlte.

»Meine schöne, tapfere Tochter.« Khalil tätschelte ihr die Schulter. »Du wirst aber sicherlich auch Gegner innerhalb der Regierung haben.«

»Danke für die Aufmunterung«, erwiderte sie trocken.

»Hör auf, ihr Angst einzujagen«, fuhr Eva scharf dazwischen. »Es ist sowieso schon alles fast zu viel für sie.«

»Ich will sie nur schützen.«

Aber das würde er schon bald nicht mehr tun können. Ebenso wenig wie ihre Mutter. Soraya wusste, sie würde in Kürze auf sich allein gestellt sein.

Der einzige Mensch, der sie an diesem Morgen aufheitern konnte, war ihr Bruder.

Er kam hereingestürmt, kaum dass ihre Eltern gegangen waren, und warf sich auf ihr Bett. »Hast du Angst, große Schwester?«

Soraya hob stolz das Kinn und übte sich in ihrer Rolle als künftige Schabana. »Selbstverständlich nicht.«

»Du lügst!«

Da gab sie es auf. »Ich sterbe vor Angst.«

Bijan grinste. »Dachte ichs mir doch. Ich habe einen guten Rat für dich.«

»Nämlich?«, fragte sie misstrauisch.

»Wenn du auf wichtigen Empfängen oder irgendwelchen

anderen Veranstaltungen bist, dann musst du dir alle Leute nackt vorstellen.«

Sie tippte sich kichernd gegen die Stirn. »Damit ich vor aller Welt in Gelächter ausbreche?«

Bijan zwinkerte ihr zu. »Du musst dich natürlich beherrschen. Aber glaub mir, es hilft gegen die Nervosität. Ich mache das bei Prüfungen immer so.«

»Deine armen Lehrer!«

»Außer bei Mademoiselle Claire Marie. Bei ihr haben wir Französisch, und sie ist verflixt hübsch. Wenn ich sie mir nackt vorstellen würde, könnte ich mich nicht mehr konzentrieren.« Er bekam rote Ohren.

Soraya verzichtete auf eine Rüge, sondern sagte stattdessen: »Besonders hilfreich warst du bisher nicht. Hast du keinen besseren Rat?«

Ihr Bruder wurde schlagartig ernst. »Denk immer daran, wer du bist.«

»Ist auch nicht nützlich. Wer bin ich denn schon? Ein junges, einigermaßen gebildetes Mädchen ohne besondere Lebenserfahrung.«

»Irrtum.«

Bijan stand auf, stemmte die Fäuste in die Hüften und wirkte auf einmal sehr erwachsen. Für einen Augenblick konnte sie den Mann sehen, der ihr kleiner Bruder einmal sein würde.

»Du bist Soraya, eine Nachfahrin des Stammes der mächtigen und stolzen Bakhtiaris. In deinen Adern fließt das Blut unerschrockener Krieger und lebenskluger Frauen. Du hast gelernt, in zwei verschiedenen Welten zurechtzukommen.

Du bist anpassungsfähig, klug und sprichst mehrere Sprachen. Und du hast in Berlin mal eben so eine Hilfsorganisation für Kinder ins Leben gerufen. Nebenbei bist du auch noch eine echte Schönheit. Glaub mir, eine bessere Frau als dich kann der Schah auf der ganzen Welt nicht finden.«

Soraya traten die Tränen in die Augen. Sie stand auf und zog ihren Bruder fest an sich. »Danke, du bist ein Schatz.«

»Und du eine Heulsuse.« Bijan machte sich schnell wieder frei. »Ich muss los. Ich will mit ein paar Jungs im Hof Fußball spielen.«

Schon war er wieder der ungestüme Halbwüchsige, den sie kannte. Trotzdem hatten ihr seine Worte sehr geholfen.

Den Rest des Vormittags verbrachte Soraya in Gesellschaft ihrer Mutter. Sie taten beide so, als wäre nichts Besonderes vorgefallen, blätterten in Zeitschriften, schrieben Briefe und suchten für eine Weile Zerstreuung in einem Kartenspiel.

Die ganze Zeit lang fragte sich Soraya, wann sich wohl der Schah bei ihr melden würde. Ob er Blumen schickte? Eine Karte? Ob er gar höchstpersönlich erscheinen würde?

Nichts dergleichen geschah, und sie musste sich schließlich ihre Enttäuschung eingestehen.

Erst gegen Mittag klingelte das Telefon. Doch es war nur Prinzessin Shams, die Soraya für den Abend bei der Kaiserinmutter einlud.

Nervös legte Soraya auf.

»Was ist?«, fragte Eva.

»Es ist so weit. Heute Abend werde ich den Löwen zum Fraß vorgeworfen.«

»Kind, übertreib nicht.«

»Die Familie will mich in Augenschein nehmen. Das wird furchtbar.«

»Wird der Schah auch dabei sein?«

»Ich weiß es nicht. Ich habe überhaupt nichts mehr von ihm gehört. Es ist, als wäre er vom Erdboden verschluckt worden.«

Soraya brach in Tränen aus und warf sich in die Arme ihrer Mutter. Im Augenblick fühlte sie sich alles andere als glücklich.

»Schon gut, schon gut«, murmelte Eva. »Das ist alles ein bisschen viel für dich.«

Nach einer Weile beruhigte sich Soraya und wischte sich mit einem Tuch über das Gesicht. »Was ist nur los mit mir? Ich bin doch sonst nicht so ein Nervenbündel.«

»Auf dich ist ziemlich viel auf einmal eingestürzt«, entgegnete Eva sanft. »Das würde jede Frau aus der Bahn werfen. Aber sag mir, bist du dir wirklich sicher, dass du diesen Mann willst?«

»Warum fragst du mich das jetzt erst?«, gab Soraya verwundert zurück.

Eva zögerte kurz, bevor sie gestand: »Mir erschien das alles so märchenhaft. Als könnte es gar nicht wahr sein. Nicht mal den Zeitungen wollte ich glauben. Die schreiben ja bekanntlich, was ihnen so einfällt. Aber der Anruf eben und deine Reaktion haben mich in die Realität zurückgeholt. Der Schah will dich wirklich heiraten, und du musst in kürzester Zeit entscheiden, ob dies auch dein Wunsch ist.«

»Willst du damit sagen, dass Vater mich im Zweifelsfall

nicht einfach gegen eine Herde Kamele oder eine Ölquelle eintauschen würde?«, fragte Soraya grinsend. Sie war ein bisschen erschrocken darüber, wie schnell ihre Stimmung wechseln konnte, aber sie schob es auf die Aufregung.

»Sei nicht albern, Kind. Wir leben im zwanzigsten Jahrhundert. Du bist eine moderne Frau und hast die freie Wahl.«

Soraya hegte da so ihre Zweifel. Was wäre geschehen, wenn sie Mohammad Reza nicht gemocht hätte? Wäre sie wirklich so leicht davongekommen, wie Eva behauptete und wie Khalil versprochen hatte?

Es war müßig, sich darüber den Kopf zu zerbrechen. Ein gütiges Schicksal hatte entschieden, dass sie beide voneinander hingerissen waren. Mochte der Schah ursprünglich nur deshalb auf Brautschau gegangen sein, weil er einen Sohn und Erben brauchte – dass er echte Zuneigung für Soraya empfand, hatte er am Vorabend nur allzu deutlich gezeigt.

»Ja«, sagte Soraya daher mit Entschiedenheit. »Ja, das ist wirklich mein Wunsch. Ich möchte Mohammad Reza heiraten. Außerdem sind wir beide aufgeschlossene Menschen. Ich glaube, wir werden uns gut verstehen und uns nicht von alten Traditionen bestimmen lassen. Ich könnte niemals ein Leben führen, in dem ich keine eigene Stimme hätte.«

»Hm.«

»Was ist denn?«

Ihr Mutter fuhr sich durch ihr blondes Haar. »Nun, ich dachte gerade zurück an die Zeit, in der ich deinen Vater kennengelernt habe. Damals haben meine Eltern versucht, mich von dieser Verbindung abzuhalten. Sie meinten, eine Ehe mit Khalil würde mich vor zu große Herausforderungen stellen. Der Mann komme aus einem mir vollkommen fremden Land, er spreche eine andere Sprache, gehöre einer anderen Kultur an.«

»Aber ich bin zur Hälfte Perserin«, widersprach Soraya. »Auf mich trifft das nicht zu.«

»Das weiß ich. Du wirst andere Hürden zu bewältigen haben.«

»Und welche?«

»Nun, mit Gewissheit kann ich es nicht sagen, aber ich denke mal, du wirst deinen Mann nur selten für dich allein haben. Als Kaiser wird er von allen Seiten ständig bedrängt werden, und er wird seine Aufmerksamkeit gut verteilen müssen.«

Evas Blick schien wieder in die Vergangenheit gerichtet zu sein. »Überhaupt wird er oft abwesend sein. Glaub mir, das ist nicht leicht für die Ehefrau. Darin kenne ich mich aus. Als Gattin eines Geschäftsmannes und Diplomaten habe ich viele Jahre meines Lebens damit verbracht, auf die Rückkehr meines Mannes zu warten. Wirst du damit zurechtkommen?«

Soraya musste daran denken, wie lang ihr allein schon dieser Vormittag ohne ein Zeichen von Mohammad Reza wurde.

Dennoch nickte sie. »Ich werde es lernen.«

»Und du glaubst, du bist bereits in ihn verliebt?«

»Ja, da bin ich mir ganz sicher. Und er in mich. Unsere Liebe wird alle Hindernisse überwinden.«

Eva betrachtete sie noch eine Weile prüfend. Soraya wusste, dass ihre Augen noch glitzerten. Ob von den eben geweinten Tränen oder vor Glück, vermochte wohl selbst ihre Mutter nicht zu sagen.

Schließlich jedoch lächelte Eva. »Ich wünsche dir, dass du glücklich wirst. Und eins kann ich dir mit Sicherheit versprechen.«

»Was denn?«

Evas Lächeln wurde breiter. »Es wird leichter werden, wenn du Kinder hast.«

»Aber ich will nicht bloß Mutter sein«, entgegnete Soraya. »Ich will auch etwas bewirken in diesem Land. Etwas Gutes.«

»Natürlich. Ich meinte ja auch gar nicht, dass du dein Leben einzig und allein der Familie widmen sollst. Aber mit Kindern wirst du weniger einsam sein.«

All das klang nicht nach einem Märchen wie aus Tausendundeiner Nacht, und Soraya musste ein paarmal trocken schlucken.

»Denkst du«, fragte sie schließlich, »denkst du, ich werde es schaffen?«

War sie sich ihrer selbst eben noch so sicher gewesen, so brauchte sie jetzt doch die Bestätigung. Sie wusste, ihre Mutter würde sie nicht mit Gemeinplätzen abfertigen. Eva Esfandiary-Bakhtiary war eine ehrliche und aufrechte Frau – Eigenschaften, die sie von ihrem Vater Franz Karl mitbekommen hatte.

Sie ließ sich Zeit mit der Antwort, und Sorayas Magen krampfte sich zusammen.

»Wie gesagt«, setzte sie schließlich an. »Es wird nicht leicht werden, aber ich glaube an dich. Du bist stark, und trotz deiner Jugend verfügst du über eine erstaunliche Lebensklugheit. Die Zeit bei deinem Großvater war entscheidend für deine Entwicklung. Auch wenn es nur zwei Monate waren. Vorher hätte ich dir ein solches Leben nicht zugetraut, jetzt schon.«

Soraya fragte sich, inwiefern der Umgang mit den Reineckes und den Trümmerkindern sie für ein Leben am persischen Hof befähigen sollte, aber dann begriff sie, was ihre Mutter meinte.

»Ich bin in Berlin stärker geworden.«

»Ganz genau.«

»Danke, Mutti.« Sie verwendete bewusst das kindliche Kosewort und sah, wie nun auch Evas Augen feucht glänzten.

»Meine schöne, tapfere Tochter«, sagte sie und benutzte damit dieselben Worte wie vor ein paar Stunden ihr Mann.

Sie umarmten einander, dann wurde es Zeit für Soraya, sich für den Abend zurechtzumachen.

Prinzessin Shams holte sie persönlich ab, und Soraya war ihr dankbar dafür. Ihre Freundin und zukünftige Schwägerin an der Seite zu haben gab ihr Sicherheit.

Das Essen, erklärte ihr Shams, würde nicht im Golestanpalast stattfinden, sondern in der Residenz von Tādsch ol-Moluk, der Kaiserinmutter, nur einen Steinwurf entfernt.

Sie kamen pünktlich an und betraten den kleinen, eher unscheinbaren Palast. Kaum waren sie in der Eingangshalle, fröstelte Soraya.

Prinzessin Shams hob bedauernd die Schultern. »In keinem unserer Gebäude gibt es Zentralheizung.«

Soraya dachte an die Kälte in Berlin zurück und sagte sich, so sehr würde sie heute Abend schon nicht frieren.

Kurz bevor sie den Salon erreichten, nahm Shams sie ins Gebet: »Rede nur, wenn du angesprochen wirst, und halte den Blick ganz tief gesenkt. Das Kinn muss praktisch auf dem Brustbein liegen.«

Soraya übte diese unbequeme Haltung so lange, bis Shams zufrieden war.

»Und was soll ich antworten, wenn ich angesprochen werde?«, fragte Soraya. Sie erinnerte sich nur noch dunkel an die traditionelle iranische Art, höfliche Floskeln auszutauschen.

»Ganz egal.« Shams lachte. »Es ist nur ein Ritual.«

Mit klopfendem Herzen folgte Soraya ihr in den Salon, wo ein gutes Dutzend Gäste im Halbkreis auf Stühlen sitzend versammelt war. Von offiziellen Fotos her erkannte sie die Zwillingsschwester Aschraf und ein paar Cousinen des Schahs. Sie fragte sich, welche von ihnen wohl Samira war, konnte es aber nicht herausfinden. Die meisten Gesichter waren ihr fremd.

Tādsch ol-Moluk war eine kleine, aber imposante Frau Mitte fünfzig, und Soraya wusste schon nach einem kurzen Blick auf sie, dass sie verärgert war. Sie ahnte auch, warum. Über Soraya als Kandidatin war im engen Familienkreis gewiss gesprochen worden, aber mit der Ankündigung der Verlobung hatte Mohammad Reza seine Mutter übergangen.

Vater hatte recht, dachte sie beklommen. *Es gab bestimmt einige Diskussionen wegen mir.*

Dennoch sagt die Kaiserinmutter: »Meine Liebe! Die gütigen Winde des Glücks haben Sie zu uns geführt!«

Soraya nahm die unterwürfige Haltung ein, die Shams ihr gezeigt hatte, aber ihr wollte beim besten Willen keine Erwiderung einfallen.

Shams rettete sie. »Mutter, liebe Verwandten, darf ich euch Soraya Esfandiary-Bakhtiary vorstellen?«

Soraya entschied, dass ein zusätzlicher Hofknicks nicht schaden würde.

Allgemein zustimmendes Gemurmel erreichte ihr Ohr, und die Kaiserinmutter klatschte sogar kurz in die Hände.

Dann wies Shams ihr einen Stuhl zu. Soraya setzte sich folgsam und ertrug eine Fragerunde, die eher einem Verhör gleichkam.

Von wegen Höflichkeitsfloskeln!, dachte sie bei sich.

Die Familienmitglieder wechselten sich darin ab, Soraya nach jedem Detail ihres Lebens auszuquetschen. Es wirkte wie eine gut einstudierte Choreografie, bei der jede der Frauen nur auf das Stichwort einer anderen wartete. Soraya tat, was sie konnte, um höflich alle Neugierde zu befriedigen. Als sich die Fragen jedoch ihrer Zeit in Berlin zuwandten, wurde sie einsilbig. Sie glaubte, ihre einfachen Lebensumstände dort und ihr Einsatz für die Kinder würden von den Damen nicht goutiert. So sprach sie nur von ihrem Großvater und warf Shams einen Hilfe suchenden Seitenblick zu.

Diesmal jedoch war es der Schah höchstpersönlich, der ihr zu Hilfe kam. Er betrat den Salon, verbeugte sich vor seiner Mutter, grüßte Geschwister und Cousinen und setzte sich dann wie selbstverständlich neben Soraya.

Sie spürte seine Nähe wie eine Liebkosung, und zum ersten Mal an diesem Abend entspannte sie sich.

»Ich bin am Verhungern«, verkündete Mohammad Reza, und schon wenige Minuten später wurden ein niedriger Tisch und verschiedene Speisen hereingetragen.

Das Abendessen war leicht, aber schmackhaft. Es gab Mast-o-Khiar, kühlen Joghurt mit Gurkenstückchen, Minze und einem Hauch Knoblauch, sowie Ghormeh Sabzi, geschmortes Lammfleisch in einer würzigen Kräutersoße. Dazu wurde Noon Taftoon gereicht, das ursprünglichste und dünnste aller persischen Fladenbrote.

Soraya nahm sich von allem nur kleine Portionen. Auf keinen Fall wollte sie als verfressen eingestuft werden. Die anderen am Tisch kannten da weniger Zurückhaltung. Es wurde ordentlich zugelangt, und Tādsch ol-Moluk nahm sich sogar zweimal nach.

Als sie beim Pfefferminztee angelangt waren, sagte der Schah: »Ich hoffe, ihr habt meine Verlobte mit eurer Fragerei nicht verärgert.«

Ein paar Frauen senkten die Blicke, und Soraya warf schnell ein: »Kein bisschen. Wir haben uns gut unterhalten und ein wenig kennengelernt.«

Was so nicht stimmte, denn sie hatte über die Kaiserfamilie rein gar nichts erfahren.

»Sie sind viel zu gütig zu diesem Wolfsrudel«, sagte er zärtlich.

Fast hätte Soraya gekichert, denn sie erinnerte sich daran, dass sie am Vormittag selbst von Wölfen gesprochen hatte.

Sie verbarg ihre Belustigung hinter einer höflichen Miene.

»Nun«, sagte Mohammad Reza in die Runde. »Wenn Soraya die Prüfung bestanden hat, schicke ich sie nach Hause. Sie hat ein wenig Ruhe verdient.«

Alle nickten zustimmend, sogar die Kaiserinmutter.

Soraya hoffte auf eine Gelegenheit, noch einmal mit dem Schah allein zu sein, aber die ergab sich nicht.

Er verabschiedete sich förmlich von ihr, doch seine Augen schauten sie so intensiv an, dass sie erschauerte. Dann wurde sie von Shams zum Haus ihres Verwandten begleitet.

»Es ist gut gegangen«, sagte ihre neue Freundin im Fond der Limousine. »Du hast vor allen bestanden, auch vor Mutter.«

»Wirklich? Ich hatte den Eindruck, sie mochte mich nicht besonders.«

»Unsinn. Alles, was sie will, ist das Glück ihres Sohnes. Und viele Enkelkinder.«

Ganz überzeugt war Soraya nicht, aber sie hoffte, sich an diesem Abend ihre zukünftige Schwiegermutter wenigstens nicht zur Feindin gemacht zu haben.

9. Kapitel

Obwohl die Verlobungsfeier ursprünglich nur eine bescheidene Veranstaltung sein sollte, würde sie doch im Marmorpalast stattfinden. Soraya hatte den Palast noch nicht gesehen, aber sie wusste, er war prachtvoll. Mohammad Rezas Vater hatte ihn zwischen 1934 und 1937 erbauen lassen. Der Palast wurde dann zunächst vom Vater, später vom Sohn als Residenz genutzt. Er trug architektonisch ebenso östliche wie westliche Züge, und Soraya war schon gespannt darauf, sich alles genau anzuschauen. Ihr gefiel die Vorstellung, ein Gebäude zu sehen, das ebenso wie sie selbst von Orient und Okzident gleichermaßen geprägt war.

Großer Prunk und Pomp sollte anlässlich der Verlobung weiterhin vermieden werden, doch der Schah hatte sich von seinen engsten Beratern davon überzeugen lassen, dass das leidende Volk ein positives Signal brauchte. Jeder Mann, jede Frau, jedes Kind in Persien sollte erfahren, dass die Herrscherfamilie mit Optimismus in die Zukunft schaute. Und was wäre dafür besser geeignet als die Verbindung mit einer jungen, bildhübschen Landestochter?

Die Tatsache, dass Soraya Esfandiary-Bakhtiary zur

Hälfte Deutsche war, ließ man bei der öffentlichen Ankündigung unter den Tisch fallen.

Soraya erfuhr eher zufällig davon, als ihr eine Stunde vor ihrem Aufbruch in den Palast das bedrückte Gesicht ihrer Mutter auffiel.

Sie ließ sich von einer Friseurin gerade die Haare zu einer kunstvollen Frisur hochstecken, als Eva mit einem kleinen Kästchen in ihr Zimmer kam.

»Hier«, sagte sie. »Ich denke, die passen perfekt zu deinem Kleid.«

Soraya hatte sich nach langem Überlegen für eine Abendrobe aus mitternachtsblauer Seide entschieden. Prinzessin Shams hatte ihr bei ihren Einkäufen in Paris dazu geraten, obwohl die Farbe Sorayas Meinung nach nicht zu ihren Augen passte. Wie immer hatte Shams ihren Sinn für Geschmack unter Beweis gestellt. Das dunkle Blau bildete einen bezaubernden Kontrast zum Smaragdgrün ihrer Augen.

Soraya fröstelte in dem schulterfreien Oberteil. Über Nacht war der Herbst in Teheran eingezogen und hatte kalte Temperaturen mitgebracht. Zudem fühlte sie sich nackt und schutzlos, und sie hoffte, sie könnte den ganzen Abend lang ihre Pelzstola tragen.

Eine Kosmetikerin hatte bereits ihr Gesicht geschminkt, mit ein wenig mehr Rouge als üblich, denn Soraya war nach der ganzen Aufregung noch blasser als sonst. Dazu ein Gesichtspuder von der Farbe des hellen Wüstensandes, ein langer dunkler Lidstrich und schwarze Wimperntusche. Ein kräftiger roter Lippenstift rundete das Bild ab. Den hatte

Soraya sich allerdings wieder abgewischt. Sie fand, sie sah damit wie dreißig aus.

Nun wollte sie ihrer Mutter den Kopf zuwenden, wurde dabei aber von der Friseurin schmerzhaft mit einer Haarnadel gestochen.

»Aua!«

»Pardon, Mademoiselle.«

Also konnte Soraya ihrer Mutter nur im Spiegel zuzwinkern, als diese zu ihr trat.

Zu ihrer Verwunderung blieb Evas Miene jedoch verschlossen.

»Stimmt etwas nicht?«

»Alles in Ordnung«, sagte Eva ausweichend und reichte ihr das Kästchen. »Mach mal auf.«

Soraya tat, wie ihr geheißen, und klappte den samtenen Deckel hoch. Zum Vorschein kamen zwei wunderschöne Ohrgehänge mit je einem großen Saphir.

»Oh!«, stieß sie aus. »Die sind wunderschön.«

»Sie stammen noch von deiner Großmutter Alma. Sie hat damals einen Teil ihres Schmucks auf der Flucht retten können. Du sollst sie bekommen.«

»Danke«, flüsterte Soraya ergriffen. Sie wusste, wie sehr ihre Mutter an den wenigen Andenken hing, die ihr von ihrer Familie geblieben waren.

Probehalber hielt sie die Schmuckstücke an die Ohren.

»Très jolie«, sagte die Friseurin.

Eva nickte und wollte sich wieder abwenden.

»Warte«, sagte Soraya schnell. »Du hast mir noch nicht geantwortet. Irgendwas ist doch geschehen.«

Sie bemerkte, dass ihre Mutter misstrauisch die Friseurin anschaute, und fügte leise hinzu: »Sie versteht nur Französisch.«

Also erzählte Eva ihr in knappen Worten, dass ihre deutsche Herkunft verschwiegen wurde – wenigstens vorerst.

»Das ist doch albern!«, empörte sich Soraya. »Warum das denn auf einmal?«

Eva nahm sich Zeit für die Antwort. »Vielleicht weißt du es nicht, aber Mohammad Rezas Vater war – sagen wir mal – kein großer Feind Hitlers.«

»Doch«, erwiderte sie. »Ich glaube, ich habe mal etwas darüber gelesen.«

»Er war es, der Persien in Iran umtaufte.«

Dies war Soraya neu. »Warum denn das?«

»Er war stolz auf die Bewunderung, die die Deutschen für die Perser hegten, deren arische Herkunft sie rühmten. ›Iran‹ kommt von ›Arier‹. Wie auch immer.« Eva zuckte die Achseln. »Viele Perser waren damals gegen die Nazis und haben bis heute ihre Vorbehalte gegen die Deutschen als Volk. Daher diese Entscheidung.«

»Aber das ist Unsinn!«, ereiferte sich Soraya. »Der Krieg liegt fünf Jahre zurück. Außerdem kann man nicht ein ganzes Volk verantwortlich machen.«

Eva wirkte nach wie vor geknickt, schwieg aber.

Soraya griff nach ihrem Arm. »Mutti, ich verspreche dir, die Perser werden anders von den Deutschen denken, wenn sie mich erst einmal kennengelernt haben.«

»Das wäre schön.«

Evas Lächeln wirkte aufgesetzt, aber mehr konnte Soraya im Augenblick nicht tun.

Eine Stunde später saß sie im Fond der Limousine auf dem Weg zum Palast. Wieder war Prinzessin Shams ihre Begleiterin, und Soraya war ihr dankbar dafür.

Als die riesige Kuppel auftauchte, stieß Soraya einen kleinen überraschten Laut aus. Sie fühlte sich unwillkürlich an ihr Zuhause in Isfahan erinnert.

»Sie ist eine getreue Nachbildung der Kuppel der Scheich-Lotfollah-Moschee deiner Heimatstadt«, erklärte Shams, nachdem Soraya ihr den Grund für ihre Verblüffung genannt hatte.

Soraya verstand. Als Kind war sie oft an der Moschee vorbeigekommen. Es erschien ihr als gutes Omen, dass ein Stück altes Zuhause sich mit dem neuen verband.

Die gesamte Außenfassade des Palastes strahlte in weißem Marmor, und am steinernen Eingang hielten zwei Soldatenstatuen ewige Wache.

Die beiden jungen Frauen wurden von zwei Dienerinnen hineingeführt. Soraya staunte über die extrem hohen Decken und den riesigen Empfangsraum, der auch als »Spiegelsaal« bekannt war.

Auf dem Boden lagen schwere, wertvolle Teppiche, entlang der Wände waren lange Reihen von Tischen aufgebaut. Die herrlichsten persischen Speisen reihten sich dort in Schüsseln und auf Tellern aneinander und wurden von livrierten Kellnern angeboten.

Soraya entdeckte saftige Spieße aus Hackfleisch, Eintöpfe

mit Lamm, Auberginen und Tomaten, Safranhühnchen mit scharfem Reis, mit Kardamom gewürztes Reisbrot, eingelegten Knoblauch und viele Köstlichkeiten mehr. Doch auch die westliche Küche war vertreten – mit französischer Bouillabaisse, italienischer Lasagne, spanischer Paella und weiteren Gerichten, die Soraya von ihrem Standort aus nicht alle identifizieren konnte. Dazu gab es Champagner, edle Chianti-Weine und Dough, ein beliebtes persisches Joghurtgetränk, sowie starken Schwarztee.

»Dafür, dass die Feier weniger prunkvoll sein sollte, hat mein lieber Bruder aber ganz schön viel auffahren lassen«, murmelte Shams neben ihr.

Soraya nickte. Dann trat ein Paar auf sie zu, das sie nicht kannte, und stellte sich als entfernter Cousin und Ehefrau vor. Kaum hatte Soraya beiden die Hand gereicht und freundliche Komplimente entgegengenommen, ging es auch schon weiter. Shams übernahm die jeweilige Vorstellung, und schon bald verlor Soraya den Überblick. Viele Verwandte waren darunter, aber auch zahlreiche Vertreter ausländischer Botschaften und der Presse waren eingeladen worden.

Als unangenehm empfand sie den Moment, als Mohammad Rezas Cousine Samira sie nur kurz begrüßte und dann schnell weiterging. Shams zog die Brauen zusammen, aber Soraya tat die unhöfliche Geste mit einem Achselzucken ab. Sie konnte unmöglich mit jedem befreundet sein.

Nach einer Weile hatte sie das Gefühl, mindestens zweihundert Hände geschüttelt zu haben. Ihre Finger brannten, ihre Füße schmerzten in den neuen Pumps, die sie extra für diesen Abend ausgewählt hatte, ihr Magen flatterte, und vor ihren Augen sah sie auf einmal tausend gleißende Sterne.

»Was ist los?«, fragte Shams alarmiert. »Kippst du gleich um?«

»Mir ist nur ein bisschen schwindelig. Ich bräuchte etwas zu trinken.«

»Und zu essen auch, wie mir scheint«, entschied Shams, scheuchte energisch die Gäste fort, die die Auserwählte des Schahs noch kennenlernen wollten, und zog sie hinter sich her in einen Nebenraum. Dort drückte sie Soraya auf ein samtenes Sofa und ließ sie allein.

Soraya lehnte sich zurück und wäre vermutlich bald eingeschlafen, wenn Shams nicht wenige Minuten später wiedergekommen wäre.

»Hier, meine Liebe. Etwas Reisbrot, kaltes Lammfleisch und geschmorte Auberginen. Die Geier haben nicht viel übrig gelassen.«

»Das reicht mir vollkommen«, beteuerte Soraya und trank zunächst von dem ebenfalls mitgebrachten Tee.

Schon nach den ersten Schlucken kehrten ihre Lebensgeister zurück. Sie zwang sich aber trotzdem, auch etwas zu essen, denn sie wusste, der Abend würde lang werden.

»Wie viele Gäste muss ich noch begrüßen?«, fragte sie verzagt.

»Heute keine mehr. Versprochen. Ich habe allen gesagt, dass es für dieses erste Mal reicht. Sie werden noch genügend Gelegenheiten bekommen, um dich kennenzulernen.«

»Danke«, sagte Soraya inbrünstig. »Was tät ich nur ohne dich?«

Shams winkte ab. »Du wirst schon bald ohne mich zurechtkommen. Wart's nur ab. So, und wenn du dich nun gestärkt hast, kehren wir in den Saal zurück. Mein Bruder ist nämlich endlich aufgetaucht und sucht dich schon. Außerdem stimmt das Orchester bereits seine Instrumente. Ihr werdet den Ball eröffnen.«

Soraya schluckte. Der Ball! Daran hatte sie gar nicht mehr gedacht!

Erst am Morgen hatte sie erfahren, dass nach dem Essen auch getanzt werden sollte, und sie hatte sich gefragt, ob Mohammad Reza und sie auf dem Parkett wohl harmonieren würden. Nun ärgerte sie sich, weil sie nicht daran gedacht und sich für die Pumps entschieden hatte. Die waren zwar nicht sonderlich hochhackig, doch sie konnte nur hoffen, dass sie den Schah nicht überragen würde.

»Mach dir keine Sorgen«, sagte Shams, die Sorayas Gesichtsausdruck falsch deutete. »Meine Bruder liebt dich. Das klingt verrückt, weil er dich erst ein paar Tage kennt. Aber ich weiß genau, was er fühlt, und er wird nicht im letzten Moment einen Rückzieher machen. Und nun zurück in die Schlacht, meine Liebe.«

Soraya beeilte sich, Shams zu folgen.

Den ganzen Abend lang hatte sie Komplimente zu hören bekommen, aber alle schönen Worte zusammen waren nichts im Vergleich zu dem Blick aus Mohammad Rezas Augen, als er sie entdeckte.

Bewunderung lag darin, Zuneigung, und auch Zärtlichkeit.

Er kam zu ihr geeilt und drängte Shams zur Seite, die lachend Platz machte.

»Sie sind die schönste Frau hier im Saal«, raunte er Soraya zu. »Ach, was sage ich. Die schönste Frau in ganz Teheran. In ganz Persien. In …«

Mit einem Lächeln brachte sie ihn zum Schweigen, und sie schauten sich beide nur an.

Geistesabwesend stellte sie fest, dass er noch immer ein kleines Stück größer war als sie. Er hielt sich sehr gerade und sah unglaublich attraktiv aus, obwohl er an diesem Abend nur einen dunklen Anzug und nicht seine Generalsuniform trug.

»Folgen Sie mir«, sagte er und zog sie zurück in den Raum, den sie eben verlassen hatte.

Was kommt jetzt?, überlegte Soraya gespannt. *Wird er mich küssen? Endlich wieder küssen?*

Doch zu ihrer Überraschung ging er vor ihr auf die Knie.

Erst da fiel ihr ein, dass er ihr bisher persönlich noch keinen Antrag gemacht hatte.

Sie schlug die Hände vor den Mund, als er aus seiner Sakkotasche ein kleines Schmuckkästchen fischte und den Deckel aufklappte.

Zum Vorschein kam ein prachtvoller Diamantring, mit einem großen ovalen Stein in der Mitte und unzähligen kleineren am Rand.

Unwillkürlich musste Soraya daran denken, wie viele hungrige Menschen satt werden könnten, wenn sie diesen Ring zu Geld machte, doch dann schob sie den Gedanken beiseite. Dies war ihr Prinzessinnenmoment. Außerdem wusste sie, dass ein Kaiserpaar auch Glanz und Reichtum zur Schau stellen musste, um vom Volk respektiert zu werden.

»Soraya Esfandiary-Bakhtiary, wollen Sie meine Frau werden?«

»Ja«, hauchte sie und ließ sich den Ring anstecken, der perfekt passte.

Der Schah stand wieder auf.

Jetzt wird er mich küssen, dachte sie.

Aber genau in diesem Moment stimmte das Orchester einen Wiener Walzer an, und Mohammad Reza hob bedauernd die Schultern. »Es wird von uns erwartet, dass wir den Ball eröffnen.«

»Natürlich«, erwiderte sie und verbarg ihre Enttäuschung.

Zurück im Saal spürte Soraya, dass alle Blicke auf ihnen lagen.

Galant bot Mohammad Reza ihr seinen Arm und führte sie bis in die Mitte des Saals.

Es gab kein Zögern und keinen falschen Schritt. Schon wirbelten sie herum, getragen von der schwungvollen Musik und von ihrer wachsenden Leidenschaft, die kein anderes Ventil fand als die schnellen Schritte im Dreivierteltakt.

Der große Spiegelsaal warf ihr Bild sowie das von Mohammad Reza von allen Seiten zurück. Soraya sah ihr eigenes Glück und sein Glück wie in einem Kaleidoskop. Bis ins Unendliche. Bis auf endlose Zeit.

Nach und nach gesellten sich andere Tanzpaare zu ihnen, und das Parkett füllte sich.

Es folgten ein Slowfox und ein Langsamer Walzer, und bei jedem Schritt, bei jeder Drehung schien es Soraya, als hätten sie beide ihr Leben lang nichts anderes getan, als miteinander zu tanzen.

Schließlich verbeugte sich Mohammad Reza formell vor ihr und geleitete sie vom Parkett.

Insgeheim hoffte Soraya, er werde sie zurück in den Nebenraum oder vielleicht sogar nach draußen in den Garten entführen, doch er blieb bei einer Gruppe Fotografen stehen und bat sie, mit ihm gemeinsam zu posieren. Sie tat es lächelnd und begriff, dass es an diesem Abend keinen zweiten Moment für sie beide allein geben würde.

Das macht nichts, tröstete sie sich im Stillen. *Ich habe noch mein ganzes Leben lang Zeit, um mit ihm zusammen zu sein.*

Nachdem die Fotografen zufrieden waren, drängten sich die Reporter vor. Sie fragten Soraya nach ihrem Leben aus, und sie merkte, wie aufmerksam der Schah jeder ihrer Antworten lauschte. Aber er musste sich nicht sorgen. Sie verstand es, allzu persönliche Fragen mit einem Lächeln abzuwehren, und hielt sich ansonsten an allgemeine Informationen über ihre Ausbildung und ihre Familie. Niemand erkundigte sich nach ihrer deutschen Herkunft, was sie verwunderte, bis sie begriff, dass den Reportern offenbar befohlen worden war, diesen Teil ihrer Biografie zu ignorieren.

Mittlerweile schmerzten ihre Füße, dass es kaum auszuhalten war. Während des Tanzes hatte sie nur ihr Glück gespürt, aber nun schien sie beinahe fühlen zu können, wie sich die Blasen bildeten. So war sie außerordentlich erleichtert, als der Schah verkündete, das Interview sei hiermit beendet. Seine junge Braut sei erschöpft und werde sich nun vom Fest zurückziehen.

Die Reporter entfernten sich, und der Schah schaute Soraya zärtlich an. »Bitte entschuldigen Sie. Das muss alles furchtbar anstrengend für Sie sein.«

»Ich habe gern mit Ihnen getanzt«, erwiderte sie lächelnd.

Er nickte. »Ohne die vielen Menschen wäre es noch schöner gewesen.«

Sie spürte, dass sie leicht errötete, hielt aber seinem eindringlichen Blick stand.

»Ja«, sagte sie. »Das wäre wunderbar gewesen.«

»Wir werden wieder miteinander tanzen. Allein. Das verspreche ich Ihnen.«

Seine Stimme war samtig und warm, trotzdem rann ihr ein Schauder über den Rücken.

»Ich kann es kaum erwarten«, murmelte sie und fühlte sich aus unerfindlichen Gründen herrlich verrucht.

Wie aus dem Nichts tauchte Shams wieder auf.

»Hör sofort auf damit«, schalt sie ihren Bruder.

»Womit?«, fragte er mit unschuldiger Miene.

»Du bringst die arme Soraya in Verlegenheit.«

In seinen Mundwinkeln zuckte es. »Nun, ich bin mir nicht ganz sicher, *wer* hier *wen* in Verlegenheit bringt.«

Soraya war sicher, dass ihr Gesicht jetzt glühte wie eine überreife Tomate.

Shams sah aus, als müsse sie einen Lachanfall unterdrücken.

»Ich bringe deine Braut jetzt nach Hause«, erklärte sie dem Schah. »Sonst gibt es noch einen Skandal.«

Sie nahm Soraya am Arm und führte sie aus dem Saal.

In der Limousine schlüpfte Soraya aus ihren Pumps und atmete erleichtert auf.

»Wenn wir am Haus unseres Verwandten vorfahren, musst du mir einen Gefallen tun«, sagte sie zu Shams.

Ihre Freundin hob fragend die Augenbrauen.

»Kannst du mir bitte ein Paar Sandalen holen? Meine Füße bringen mich um.«

»Aber natürlich«, versprach Shams und gluckste. »Ich dachte schon, ich soll den Schah in dein Zimmer schmuggeln.«

Dann lachte sie, und Soraya lachte mit ihr.

Eine halbe Stunde später lag Soraya hellwach auf ihrem Bett. Sie hatte geglaubt, todmüde zu sein, merkte jetzt jedoch, dass sie vor lauter Aufregung kein Auge zubekam. Sie trug noch immer ihr Kleid und betrachtete alle paar Sekunden ihren prachtvollen Verlobungsring.

Dann schaute sie auf ihre Armbanduhr und stellte fest, dass es erst zehn Uhr am Abend war.

Sie hatte gedacht, es ginge längst auf Mitternacht zu, aber die Zeit spielte ihre Spielchen mit ihr, seit sie in Persien war. Mal zog sie sich unendlich hin, und Soraya hatte das Gefühl, sie müsse ewig auf das nächste Treffen mit Mohammad Reza warten, mal schrumpfte sie in sich zusammen, und Soraya war sicher, dass sie nur ein paar Minuten mit dem Schah verbracht hatte.

Rastlos stand sie wieder auf und ging barfuß in ihrem Zimmer hin und her.

Sie sehnte sich danach, mit jemandem zu reden. Nur nicht mit ihren Eltern. Sosehr Soraya sie auch liebte, wusste sie doch, dass beide nicht unparteiisch waren. Sie wünschten ihrer Tochter alles Glück der Welt, aber sie befürworteten diese Verbindung. Bei ihrem Vater war sich Soraya da ganz sicher. Ihre Mutter mochte noch schwanken, aber letztlich war auch für sie die Aussicht, zur kaiserlichen Familie zu gehören, vermutlich unwiderstehlich – trotz ihrer Vorbehalte wegen des Umgangs mit der deutschen Herkunft.

Nein, Soraya wollte mit einer unbeteiligten Freundin reden. Sie sollte nicht in Sorayas Zukunft verwickelt sein und sie wenigstens für ein paar Minuten aus der Märchenwelt auf den Boden der Realität herunterholen.

Abrupt blieb sie stehen. Es gab nur eine solche Freundin, die das schaffen konnte!

Schon schnappte sich Soraya ihr kleines Adressbuch, eilte aus ihrem Zimmer und lief hinüber in den Salon, der zum Glück verwaist war.

Hier stand ein Telefonapparat aus schwarzem Bakelit, den die Familie frei benutzen durfte.

Sie rief die Vermittlung an und gab dann die lange Nummer durch. Das könne eine Weile dauern, hieß es, aber Soraya musste nur zehn Minuten warten, bis das Telefon klingelte und die Verbindung hergestellt wurde.

»Reinecke hier!«, meldete sich Lotte. »Wer wagt es, so spät noch zu stören?«

»Oh Gott!«, stieß sie aus. »Bitte entschuldige. Hier ist Soraya. Ich habe nicht daran gedacht, dass es schon zehn ist.«

»Zehn? Spinnst du? Es ist halb acht. Warte mal. Wo bist du? Etwa noch beim Dattelpflücken in der Wüste? Da gibt es bestimmt eine Zeitverschiebung.«

»Richtig«, sagte Soraya erleichtert. »In Teheran sind wir zweieinhalb Stunden weiter.«

»Olle Angeberin!«, grölte Lotte und lachte.

Soraya ließ sich neben dem Apparat auf einen Stuhl sinken. Mit Lotte zu sprechen war genau das, was sie brauchte. Die Reineckes hatten erst seit Kurzem Telefonanschluss. Opa Franz hatte dafür gesorgt, denn Elfriede Reinecke war die Pionierin des Vereins »Trümmerkinder«, und viele Pflegemütter hatten Fragen an sie, die nicht lange warten konnten.

»Haste Glück, dass du das bist«, rief Lotte. »Mutti darf nach sieben nicht mehr gestört werden. Eiserne Regel, sonst nimmt das nie ein Ende!«

»Du brauchst nicht zu schreien«, erwiderte Soraya. »Ich höre dich sehr gut.«

»Aber du bist so weit weg!«

Soraya gab es auf. »Wie geht es dir?«, fragte sie. Am liebsten hätte sie sofort von ihrer Verlobung erzählt, aber dabei wäre sie sich unhöflich vorgekommen.

»Alles in Butter!«, tönte Lotte kein bisschen leiser. Offenbar war es ihr nicht möglich, die Stimme zu senken. »Stell dir vor, der Willi hat mich gefragt, ob ich ihn heiraten will. Ist vor mir auf die Knie gegangen. So richtig formvollendet.

Heute im Tierpark. Undn Klunker gab's auch. Nicht ganz echt, aber das ist mir wurscht! Bald werde ich Lieselotte Michaelis heißen! Mutti sagt ja, ich wäre zu jung zum Heiraten. Bin ja erst siebzehn. Kümmert mich aber nicht! Der Willi ist meine große Liebe!«

Soraya hielt den Hörer ein Stück weg, weil ihr langsam das Ohr klingelte.

»Ich freue mich für dich«, sagte sie, und dachte: *Was für ein Zufall. Lotte und ich verloben uns am selben Tag. Wer hätte das je gedacht?*

»Bist du glücklich?«, fragte sie.

»Und ob! Ich freue mich wie Bolle! Aber jetzt erzähl du mir! Was macht dein Scheich?«

»Schah«, korrigierte Soraya lachend.

»Merke ich mir nie. Also?«

Kurz überlegte Soraya, ihre eigene Verlobung für sich zu behalten. Sie wollte Lotte nicht den Moment verderben. Andererseits würde die Freundin spätestens nächste Woche aus der Zeitung davon erfahren. Die deutschen Boulevardblätter waren ganz verrückt nach Neuigkeiten über Soraya, und bestimmt wäre Lotte beleidigt, wenn sie es ihr nicht vorher höchstpersönlich verraten würde.

»Er … hat mir auch einen Antrag gemacht.«

»Was? Menschenskind! Ist ja ein Ding! Etwa auch innem Zoo?«

Jetzt lachte Soraya frei heraus. Lottes Humor war genau das, was sie gebraucht hatte, um wieder im richtigen Leben anzukommen.

»Nein«, sagte sie. »Im Marmorpalast.«

»Klar! Wo auch sonst? Und? Haste auch einen schönen Klunker?«

»Hm.«

»Was?«

»Ja, habe ich.«

Näher wollte sie nicht auf ihren Diamantring eingehen und fragte daher schnell: »Habt ihr schon einen Termin für die Hochzeit?«

»Nee, noch nicht genau. Wahrscheinlich nächstes Frühjahr. Genau, im Wonnemonat Mai soll es sein, finde ich. So ist Mutti auch glücklich, denn dann bin ich schon achtzehn. Und du und dein Schei … – Schah?«

»Ein Datum wurde noch nicht festgelegt«, sagte Soraya. »Aber wahrscheinlich heiraten wir bald. Noch in diesem Jahr.«

»Wirklich? Du kennst den Mann doch erst seit drei Stunden oder so. Geht das nicht ein bisschen schnell?«

»Seit vier Tagen.«

»Was nur ein klitzekleines bisschen länger ist. Na?«

»Ehrlich gesagt finde ich das gar nicht zu schnell. Wir sind füreinander geschaffen.«

Sie lauschte dem Klang ihrer eigenen Worte und fand keinen falschen Ton darin.

Lotte blieb so lange still, dass Soraya schon dachte, die Verbindung sei unterbrochen worden.

»Bist du noch dran?«, fragte sie.

»Ja, bin ich. Aber ich bin echt sprachlos, und das kommt bei mir nicht so oft vor.«

»Glaubst du, das ist alles verrückt?«, fragte Soraya zaghaft.

»Menschenskind, das ist schwer zu sagen. Schließlich kenne ich deinen Scheich nicht. Entschuldigung. Schah. Aber der muss ein toller Mann sein, wenn du seinen Antrag angenommen hast.«

»Das ist er.«

»Und du bist nicht dazu gezwungen worden?«

»Nein!«, erwiderte Soraya entschieden. »Ich will ihn aus freien Stücken heiraten.«

»Na, denn ist doch alles gut. Ich krieg meinen Willi, und du kriegst deinen … Wie heißt er noch gleich?«

»Mohammad Reza.«

»Gut. Also deinen Mohammad Dingsda. Ich werde ein gemütliches Leben hier in Kreuzberg haben, und du wirst Kaiserin im Morgenland. Weißt du noch, Soraya? Ich hab's dir prophezeit.«

»Was denn?«, fragte sie, obwohl sie sich schon selbst daran erinnerte.

»Im Februar im Interzonenzug. Da habe ich dir gesagt, dass du eines Tages berühmt wirst. So, ich muss jetzt aufhören. Mutti und Harald fallen vor Neugierde schon die Augen aus dem Kopf. Sie lassen beide schön grüßen. Und ich bin jetzt auch wirklich heiser.«

»Tschüss, Lotte«, sagte Soraya, aber da tutete es nur noch aus der Leitung.

Lächelnd legte Soraya den Hörer zurück auf die Gabel. Das Gespräch hatte ihr gutgetan.

10. Kapitel

Soraya ließ sich aus dem Sattel gleiten und klopfte dem Araberhengst den muskulösen Hals. Mit seinem weiß schimmernden Fell erinnerte er sie an ihr Pferd in der Kindheit, und sie hatte es genossen, vor Teherans Toren über die Landschaft hinwegzufliegen.

Nun jedoch fühlte sie sich erschöpft und wunderte sich darüber. Sie hatte gedacht, sie wäre besser in Form.

Ein Stallknecht kam herbeigelaufen, um ihr den Hengst abzunehmen. Dankbar nickte sie dem Mann zu und lehnte sich dann an einen Weidezaun. Ihre Knie fühlten sich weich an, und obwohl es für Ende Oktober ein außergewöhnlich warmer Tag war, fröstelte sie auf einmal.

Ich habe es nur übertrieben, redete sie sich selbst ein. *Ich habe seit Jahren auf keinem Pferd gesessen, und nun musste ich gleich zwei Stunden ausreiten.*

Dennoch war sie besorgt. Sie durfte auf keinen Fall krank werden. Schon im Dezember sollte Hochzeit gefeiert werden, und es gab noch tausend Dinge zu tun.

In den vergangenen drei Wochen war das Leben verhältnismäßig friedlich verlaufen. Nachdem der Termin für die

Trauung festgelegt worden war, hatte Soraya fast jeden Tag Zeit mit dem Schah verbracht. Allein waren sie dabei allerdings so gut wie nie gewesen. Irgendein weibliches Mitglied seiner Familie hatte das Paar als Anstandsdame immer begleitet. Dennoch hatte Soraya die Stunden mit ihm genossen.

Mohammad Reza wohnte in einer modernen Villa aus den Vierzigerjahren, die Echtessassi hieß und dem Marmorpalast gegenüberlag.

Oft trafen sie sich dort zu gemeinsamen Mahlzeiten. Aber wann immer der Schah sich von seinen Verpflichtungen freimachen konnte, unternahmen sie auch Ausflüge. Sie fuhren im Auto spazieren oder flogen in seinem eigenen kleinen Flugzeug über das Land hinweg bis nach Rāmsar am Kaspischen Meer.

Bei den wenigen Gelegenheiten, bei denen sie allein waren, nahm Mohammad Reza gern ihre Hand, und manchmal küssten sie sich.

Soraya glaubte jedes Mal, ihr Herz würde vor Glück zerspringen. Sie fragte sich, ob das nur an der Aufregung des ersten Verliebtseins lag oder ob es ihr Leben lang so bleiben würde.

Auch Mohammad Reza wirkte aufgewühlt. Trotz seiner Erfahrung mit den Frauen. Das machte sie froh, denn sie hätte es schrecklich gefunden, wenn dieser dreizehn Jahre ältere Mann nicht ähnliche Gefühle gehegt hätte.

Während der Monat Oktober seinem Ende zuging, mehrten sich jedoch die Termine für die bevorstehende Hochzeit, und sie hatten weniger freie Zeit füreinander.

Auch diese Feier sollte ohne orientalischen Prunk auskommen, aber am Brautkleid durfte nicht gespart werden. Es wurde in Paris bei Dior bestellt, und eine Schneiderin kam extra mit nach Teheran gereist, um eventuelle Änderungen vornehmen zu können.

Soraya wurde sanft gescholten, als sie ein wenig Gewicht verlor, und gab sich Mühe, die Pfunde wiederzugewinnen, damit das kostbare Kleid nicht enger genäht werden musste.

Auch galt es, noch viele Verwandte, Bekannte und wichtige Persönlichkeiten des Landes zu treffen und einen guten Eindruck zu machen.

Hinzu kamen die Pläne für eine neue Einrichtung der Villa, lange Gespräche mit Prinzessin Shams, die ihr einen Schnellkurs über das Leben am Hof verpasste, sowie intimere Plaudereien mit ihrer Mutter Eva, die sie über die Freuden und Pflichten einer Ehefrau aufklärte.

Vor alldem war Soraya früh an diesem Donnerstag geflohen und hatte sich zu den kaiserlichen Stallungen fahren lassen. Sie fühlte sich wie eine Abenteurerin, als sie auf dem Hengst losritt, und zum ersten Mal seit Wochen hatte sie das Gefühl, wieder frei atmen zu können.

Und nun das. Diese dumme Schwäche in ihren Knien, die nicht weichen wollte.

Soraya zwang sich, ganz ruhig zu bleiben.

Ich werde jetzt zurück zur Limousine gehen, mich heimfahren lassen und dann vielleicht ein wenig im Bett ausruhen, nahm sie sich vor.

Es klang nach einem guten Plan, zumal der restliche Tag

bereits voll ausgebucht war: Mittagessen mit der Kaiserinmutter. Am Nachmittag wieder ein Termin bei der Schneiderin. Anschließend sollte ein Innenarchitekt die Villa Echtessassi besichtigen und Vorschläge für neue Möbel, Wandschmuck und Vorhänge machen.

Soraya wusste, sie hatte kein unbegrenztes Budget zur Verfügung, denn Mohammad Reza hatte sie gebeten, sich bei den Ausgaben zu beschränken – dem notleidenden Volk zuliebe. Dennoch brauchte die Villa eine Auffrischung, wenn Soraya künftig dort wohnen sollte. Die Einrichtung war typisch für einen Junggesellen: alt, abgenutzt und trist.

Soraya lächelte unwillkürlich. Wie Männer nur so leben konnten! So ganz ohne einen Blick für ihre Umgebung.

Wirklich prachtvoll würde vorerst nur ihr Kleid sein. Die Fotos ihrer Hochzeit sollten die Titelseiten der Zeitungen rund um den Globus schmücken und Persien auf der ganzen Welt bekannt machen. Ein strahlend schönes und reiches Land – wie seine junge Kaiserin. Das war die Botschaft.

Soraya graute ein wenig vor dem Kleid. Es schien ihr, als würde es jede Woche schwerer werden, und sie fragte sich bang, wie sie es viele Stunden lang darin aushalten sollte. Doch sie war fest entschlossen, auch diese Prüfung zu bestehen.

Prüfung?, fragte sie sich sogleich. *So ein Unsinn! Das wird der schönste Tag meines Lebens!*

Sie wischte sich über die Stirn und merkte dabei, dass ihr immer noch sehr warm war. Das konnte nicht mehr an dem schnellen Ritt liegen. Sie lehnte seit einer Viertelstunde hier am Weidezaun und hätte sich bereits erholt haben müssen.

Verwirrt blickte sie auf ihre Hand. Sie war feucht. Noch einmal wischte sie sich über die Stirn. Wieder glitzerten Schweißtropfen auf ihrer Handfläche. Und die Stirn hatte sich auch ungewöhnlich warm angefühlt. Beinahe schon heiß.

Soraya beschloss, zu Hause lieber ein Bad zu nehmen, statt sich hinzulegen. Ein kühles Bad, das sie bestimmt erfrischen würde.

Unglaublich, wie drückend es auf einmal war!

Sie musste alle Kraft sammeln, die sie hatte, um sich in Bewegung zu setzen.

Der Weg an den Stallungen vorbei bis zum Parkplatz erschien ihr auf einmal viel länger als bei ihrer Ankunft zu sein. Aber da war sie ja auch schnell gelaufen – aus lauter Freude über ihre Flucht vor allen Verpflichtungen.

Jetzt hingegen ging sie langsam, beinahe schlich sie vor sich hin und wäre ein paarmal fast über ihre eigenen Füße gestolpert.

Hatten die kniehohen Reitstiefel am Morgen auch so eng gesessen? Es schien ihr, als würden ihre Waden darin anschwellen.

Sie sah, dass der Chauffeur sie bemerkte und sofort aus der Limousine sprang, um ihr den Wagenschlag zu öffnen.

Allerdings war ihr Blickfeld seltsam eingeschränkt. Es war, als schaute sie durch ein Fernrohr, und die Limousine war ein kleiner Punkt in weiter Entfernung.

Sie begriff nicht, wie es möglich gewesen war, aber plötzlich saß sie im Fond und ließ sich erleichtert in das Polster zurücksinken.

Jemand rüttelte sie an der Schulter.

Frechheit! Wer wagte es, sie so zu behandeln? Man sollte sie gefälligst in Ruhe lassen! Die zukünftige Kaiserin von Persien durfte nicht nach Belieben gestört werden.

»Soraya!«, rief eine energische Stimme. »Soraya! Steig aus! Was ist los mit dir?«

Mühevoll öffnete sie die Augen und erkannte ihre Mutter – auch sie nur ein Punkt in weiter Ferne.

Sie wollte etwas sagen, aber ihr Mund gehorchte ihr nicht. Also deutete sie nur hilflos auf ihre Reitstiefel.

»Ja, ja. Darum kümmern wir uns gleich. Die Dienerin hilft dir beim Ausziehen. Aber komm erst mal ins Haus. Sag mal, warum bist du so rot im Gesicht?«

Etwas wunderbar Kühles berührte ihre Stirn. Es war die Hand der Mutter, die Soraya schon als Kind auf diese Weise die Temperatur gefühlt hatte.

Dann rief Eva erschrocken: »Um Gottes willen! Du glühst ja!«

Ach so, dachte Soraya. *Dann ist es gar nicht wirklich so heiß. Es liegt an mir.*

Nur noch halb bei Bewusstsein, bekam sie mit, wie jemand sie ins Haus trug und in ihrem Zimmer auf ihr Bett legte. Jemand anderes schnitt mit einer starken Schere die Naht an ihren Stiefeln auf, und sie glaubte, ihre Mutter zu hören, die sagte: »Anders kriegen wir die nicht runter. Ihre Beine sind so geschwollen.«

Dann dämmerte sie weg und träumte, eine Gazelle zu sein. Ein Leopard fiel sie an, zerfetzte ihre Flanken. Sie schrie vor Angst.

Ihr war heiß, und im nächsten Moment wurde sie von eisiger Kälte durchdrungen.

Tag und Nacht wachte ihre Mutter an ihrem Bett. Aber das erfuhr Soraya erst sehr viel später. Dann kamen die Ärzte. Man fürchtete um ihr Leben, man war sich über die Diagnose uneinig. Eva hatte sämtliche europäischen Ärzte in Teheran kommen lassen – nur ihnen vertraute sie. Doch es war der Leibarzt des Schahs, Dr. Karim Ayadi, der schließlich Sorayas Krankheit erkannte: schwerer Typhus, hervorgerufen durch eine Salmonelleninfektion. Er kämpfte gegen seine Kollegen, die die Patientin unbedingt künstlich ernähren wollten. Stattdessen verordnete er strengste Diät und absolute Ruhe. Zudem verschrieb er ihr ein neues Antibiotikum namens Aureomycin, dessen Wirkung kaum bekannt war.

Gleichzeitig wurden mehrere Hundert ähnliche Fälle in der ganzen Stadt diagnostiziert. In Teheran brach eine regelrechte Epidemie aus. Man vermutete, das Trinkwasser sei verunreinigt, aber die genaue Ursache war nicht zu finden.

Von alldem bekam Soraya nur wenig mit. Erst als sie wieder bei Kräften war, erfuhr sie nach und nach Details.

Anfangs bemerkte sie auch nur verschwommen, dass Mohammad Reza sie jeden Tag zweimal kurz besuchen kam. Immer brachte er ein Geschenk mit. Mal Blumen, mal Schmuck, mal eine Armbanduhr, mal ein Parfüm. Mal konnten sie ein paar Worte miteinander wechseln, aber meistens war Soraya dafür zu schwach.

Ungefähr eine Woche nach Ausbruch der Krankheit hörte sie, wie der Schah seinen Leibarzt fragte, wann sie wieder auf den Beinen sein würde. Zu dem Zeitpunkt hatte sie noch nichts zu sich genommen und litt noch immer unter eiskaltem Schüttelfrost.

Die beiden Männer standen draußen auf dem Flur, aber die Tür zu ihrem Zimmer war nur angelehnt. Dr. Ayadi wagte keine Prognose, und Soraya wusste, was das bedeutete: Sie würde womöglich noch wochenlang krank sein, und dabei rückte der Hochzeitstermin im Dezember immer näher.

»Tun Sie doch etwas!«, sagte der Schah zu Dr. Ayadi. Seine Stimme klang aufgebracht. »Meine Braut soll Schönheit und jugendliche Frische ausstrahlen. Sie darf nicht aussehen wie eine halb verhungerte Bewohnerin der Elendsviertel!«

Darum also geht es ihm, dachte Soraya und spürte, wie ihr ein Dolch ins Herz gestoßen wurde. *Ich soll schön sein und eine gute Reklame für Persien machen. Wie es mir wirklich geht, ist ihm völlig gleichgültig.*

Sie schluchzte auf.

Niemand hörte sie. Ihre Mutter hatte sich zurückgezogen, als der Arzt eingetroffen war. Sie war vollkommen erschöpft von der Wache an Sorayas Bett, und Dr. Ayadi hatte ihr Ruhe verordnet. Die Pflege sollte von nun an eine persische Krankenschwester übernehmen, die in Europa ausgebildet worden war. Aber sie wurde erst im Laufe des Nachmittags erwartet. Soraya war allein, und sie war dankbar dafür.

Draußen im Flur redete der Schah weiter auf den Arzt ein.

»Verabreichen Sie ihr Vitamine, Stärkungsmittel. Ich zahle jede Summe. Nur bringen Sie sie wieder auf die Beine!«

Dr. Ayadi antwortete mit ruhiger Stimme: »Majestät, ich kann keine Wunder bewirken. Typhus ist eine sehr schwere Erkrankung. Nur dank des Antibiotikums sehe ich überhaupt Chancen für eine Genesung.«

Soraya erschrak. Zum ersten Mal erfuhr sie, dass sie dem Tode nahe gewesen war. Und das alles bloß, weil der Schah von Persien ein Foto von ihr gesehen hatte. Weil er sie unbedingt hatte kennenlernen wollen. Sonst wäre sie nie nach Teheran gekommen, hätte sich nicht infiziert. Sonst würde sie ein fröhliches Studentendasein in London führen und davon träumen, Schauspielerin zu werden.

Das ist so ungerecht, dachte sie, während ihre Augen sich mit Tränen füllten. *Ich bin doch noch so jung. Ich will mein Leben genießen!*

Erneut schluchzte sie auf.

»Ich erwarte keine Wunder«, erwiderte vor ihrer Tür der Schah ein wenig ruhiger. »Aber es muss doch noch etwas geben, was wir tun können.«

»Es braucht Zeit«, sagte Dr. Ayadi stoisch. »Sie darf jedoch morgen ein wenig leichte Kost zu sich nehmen. Etwas Brühe, Brot, gedünstetes Gemüse …«

»Ja, wie in Allahs Namen soll sie denn dabei zunehmen?« Mohammad Rezas Stimme klang nun unverkennbar panisch.

»Verstehen Sie doch, Majestät. Sorayas Darm ist schwer in Mitleidenschaft gezogen worden. Wenn wir ihr nun zu schnell fettes oder zuckerreiches Essen geben, könnte sie einen Rückfall erleiden, und dann kann ich für nichts mehr garantieren.«

»Das können Sie jetzt auch nicht«, sagte Mohammad Reza bitter. »Wie solle ich dem Volk erklären, dass es vorerst keine Kaiserin bekommt, weil meine Verlobte krank im Bett liegt? Was soll ich der Presse aus aller Welt sagen? Was den Vertretern der europäischen Königshäuser? Wie stehe ich denn jetzt da?«

Soraya weinte nun bittere Tränen.

Es geht ihm nur um sich selbst und seinen Ruf. Er liebt mich überhaupt nicht. Ich könnte hier sterben, und er würde sich bloß sorgen, dass eine Beerdigung sein Image ruinieren würde.

Auf einmal hasste sie diesen Mann!

Sie wollte nur noch weg. Raus aus dem Bett, fort aus Teheran, zurück in ihr altes Leben. Vielleicht nicht nach London, sondern lieber nach Berlin. Dort war Lotte, dort war Opa Franz. Vielleicht würde ihre Familie ja mitkommen oder wenigstens wieder in die Schweiz ziehen. Dann könnten sie sich regelmäßig sehen. Und die ganze persische Episode wäre bald nur noch eine bittersüße Erinnerung.

Sie hatte nicht gemerkt, dass sie erneut aufgeschluchzt hatte, aber auf einmal stand Mohammad Reza an ihrem Bett und fragte besorgt: »Soraya! Meine Liebe! Geht es Ihnen nicht gut?«

»Warum siezen Sie mich eigentlich immer noch?«, fragte sie böse. »Bedeute ich Ihnen so wenig?«

»Was für eine Frage. Ich …«

Dr. Ayadi mischte sich ein. Er stand auf der anderen Seite des Bettes. »Bitte regen Sie sich nicht auf.«

Er nahm ihre Hand und maß ihren Puls. »Sie sind sehr aufgebracht. Das schadet dem Genesungsprozess.«

»Ach ja? Und was passiert dann? Wird der Schah zum Gespött der Leute? Wie soll der arme Mann das nur ertragen?«

Die letzten Worte flüsterte sie nur noch. Sie hatte sich vollkommen verausgabt.

»Ich fürchte«, sagte der Arzt zum Schah, »Fräulein Esfandiary-Bakhtiary hat unser Gespräch draußen mit angehört.«

Mohammad Rezas Gesicht war eine steinerne Maske. Seine Augen blickten kühl, als er Soraya betrachtete.

»Sie glauben allen Ernstes, es geht mir nur um meine Reputation? Nun, ich bedaure, dass ich diesen Eindruck erweckt habe.«

Damit wandte er sich ab und verließ mit schweren Schritten das Krankenzimmer.

Soraya wollte ihn zurückrufen, ihn fragen, ob er sie liebte, aber sie hatte keine Kraft mehr. Sie schloss die Augen.

Am nächsten Morgen nahm ihre Schwermut überhand. Was war aus der lebensfrohen jungen Frau geworden, die die Welt hatte erobern wollen? Und, viel wichtiger noch: Was war aus der schönen Braut geworden, die von ihrem Verlobten angebetet wurde?

Ihre Mutter kam herein und betrachtete sie aufmerksam. Dann schickte sie die Krankenschwester hinaus.

»Was ist los?«, fragte sie, als sie allein waren.

Soraya biss die Zähne zusammen. Sie wollte nicht jammern, sie wollte nicht laut ihre Zweifel aussprechen. Zu groß war ihre Angst, dass ihre schlimmsten Befürchtungen Wirklichkeit werden könnten, sobald sie sie einem anderen Menschen anvertraut hatte.

Aber dies hier war ihre Mutter. Sie war auf ihrer Seite. Das hatte Soraya während ihrer Krankheit endgültig begriffen. Mochte Eva sich zwischen den Wünschen ihres Mannes und dem Glück ihrer Tochter hin- und hergerissen gefühlt haben – letztlich zählte nur ihr Kind.

Also sagte sie langsam: »Ich will den Schah nicht mehr heiraten.«

Eva erbleichte. »Was sagst du da? Hast du wieder Fieber? Fantasierst du?«

Sie befühlte Sorayas Stirn.

»Lass mich. Ich bin vollkommen klar im Kopf. Ich will nur nicht mehr Mohammad Reza zum Mann.«

»Aber warum, um Gottes willen?«

»Er liebt mich nicht.«

Eva schüttelte den Kopf. »Du irrst, Soraya. Weißt du denn nicht, dass er jeden Tag hier war, seit du krank geworden bist?«

Soraya lachte kurz und bitter auf. »Ja, um zu überprüfen, ob seine Braut wieder gesund ist, damit er bloß nicht sein Gesicht verliert.«

»Das ist Unsinn«, sagte ihre Mutter energisch. »Ich habe seine Augen gesehen, wenn er dich besucht hat. So schaut kein Mann, der nur seinen guten Ruf im Sinn hat. Er liebt dich.«

»Glaube ich nicht. Ich habe gestern gehört, wie er mit

Dr. Ayadi gesprochen hat. Da ging es nur um Politik, nicht um mich.«

Eva lächelte schmal. »Es ist verständlich, dass dein Verlobter langsam die Geduld verliert. Aus persönlichen wie auch aus politischen Gründen will er dich so bald wie möglich heiraten. Aber …«

Soraya unterbrach ihr Mutter mit einer schwachen Handbewegung. »Gib dir keine Mühe. Ich weiß, was ich gehört habe.«

Evas Lächeln wurde ein kleines bisschen breiter. »Ach, Kind, du musst noch viel lernen über die orientalischen Männer.«

»Was soll das bedeuten?«, fragte Soraya skeptisch.

»Kein Araber und schon gar kein arabischer Herrscher würde einem anderen Mann gegenüber eine Schwäche zugeben. Deshalb hat der Schah dem Arzt nicht gestanden, wie groß seine Angst um dich ist, sondern hat drum herumgeredet.«

Ein leiser Zweifel wollte sich in Soraya ausbreiten und ein kleines Licht der Hoffnung in ihrem Herzen entzünden. Doch sie ließ es nicht zu.

»Ich weiß, was ich gehört habe«, wiederholte sie. »Und als Mohammad Reza dann an meinem Bett stand, hat er nichts gesagt, um es wiedergutzumachen.«

»Ich nehme an, Dr. Ayadi war dabei?«

»Ja«, gab Soraya zu.

»Nun, dann darfst du dich nicht wundern. Warte, bis du einmal allein mit dem Schah reden kannst. Ich denke, dann wirst du deine Meinung ändern. Und bis dahin musst du kämpfen, um wieder zu Kräften zu kommen.«

»Ich gebe mein Bestes«, erwiderte Soraya kläglich. »Aber es ist furchtbar anstrengend.«

»Ich weiß, Kind, ich weiß.«

Zwei Tage später ergab es sich, dass Soraya und Mohammad Reza allein im Krankenzimmer waren. Bis dahin hatte Eva den Schah auf Sorayas Bitte hin abgewimmelt: Ihre Tochter sei zu schwach. Sie dürfe sich nicht aufregen.

Nun aber hatte sich Mohammad Reza nicht mehr vertreiben lassen.

Er setzte sich zu Soraya auf die Bettkante.

»Wie fühlst du dich heute?«, fragte er und nahm ihre Hand in seine.

Ihr fiel auf, dass er sie duzte, aber sie hatte Schwierigkeiten, sich auf seine Frage zu konzentrieren. Die Wärme seiner Hand strahlte auf ihren ganzen Körper aus, und sie wusste wieder mit Bestimmtheit, dass dieser Mann ihr Schicksal war. In seinen Augen fand sie die Zuneigung, die sie verloren geglaubt hatte, und seine nun fest zusammengepressten Lippen verrieten ihr, wie sehr er sich um sie sorgte.

»Schwach«, gestand sie endlich.

»Du bist sehr tapfer, Soraya. Und ich möchte, dass du mir etwas versprichst.«

»Und was?«

»Werde wieder gesund.«

»Das ist alles? Ich denke, es eilt mit der Hochzeit?«

Der Druck seiner Hand wurde etwas kräftiger. »Es geht

mir nur um dich. Alles andere ist unwichtig. Bitte verzeih mir, dass ich das nicht eher erkannt habe. Wenn es dir besser geht, könntest du in die Schweiz fliegen. Zur Kur. Und dann … kannst du dir in Ruhe überlegen, ob du mich überhaupt noch willst.«

Soraya legte ihre freie Hand auf seine. Sie ließ sich nicht anmerken, wie viel Kraft sie dafür aufwenden musste. Langsam dämmerte ihr, was er da gesagt hatte. Es musste ihn große Überwindung gekostet haben. Einzugestehen, dass eine Frau ihn, den Schah von Persien, ablehnen könnte, war ein Gedanke, mit dem er sich gewiss noch nie auseinandergesetzt hatte.

Weil sie so lange schwieg, wurde sein Blick sorgenvoll.

»Nun?«, fragt er. »Was sagst du dazu?«

Soraya spürte den nächsten Schwächeanfall herannahen. Daher sagte sie schnell: »Eigentlich möchte ich nur eines wissen.«

»Ja?«

»Liebst du mich?«

Sie wusste nicht, woher sie den Mut fand, eine solche Frage zu stellen. Sie wusste nur, dass sie es wissen musste. Jetzt. Sie hatten romantische Momente miteinander verbracht, er hatte ihr Geschenke gemacht und sie formvollendet um ihre Hand gebeten. Aber er hatte noch nie über seine Gefühle gesprochen.

Mohammad Reza beugte sich vor und streifte mit seinen Lippen ihren Mund.

»Mehr als mein Leben, meine Geliebte«, erwiderte er leise und richtete sich wieder auf.

»Dann …«, sagte sie schläfrig, »dann will ich bald wieder gesund sein und Hochzeit feiern.«

Glücklich schlief sie ein.

Doch die Krankheit war zäh und ließ sich nicht so leicht besiegen.

Soraya fühlte sich unendlich schwach. Sie war abgemagert bis auf die Knochen und wog kaum noch vierzig Kilo – knapp doppelt so viel wie ihr Brautkleid, das nun doch von der Pariser Schneiderin geändert werden musste.

Weitere Wochen vergingen, in denen Soraya um ihr Leben kämpfte und nur ganz langsam wieder zu Kräften kam.

Längst war das neue Jahr angebrochen, der Januar 1951 neigte sich seinem Ende zu, und der Schah bestand auf einer schnellen Vermählung. Mitte Februar begann eine religiöse Trauerzeit, die mehrere Monate dauerte. Die Hochzeit musste unbedingt vorher stattfinden. Der letztmögliche Termin war der 12. Februar.

»Das schaffe ich nie«, sagte Soraya zu ihrer Mutter. Hätte Mohammad Reza ihr nicht seine Liebe gestanden, so hätte sie vielleicht wieder an allem gezweifelt. So jedoch wünschte sie brennend, ihn endlich heiraten zu dürfen.

»Doch, das wirst du«, entgegnete Eva mit Entschlossenheit. »Du bist stärker, als du denkst.«

Soraya gab sich alle Mühe. Sie zwang sich, jedes Gericht zu essen, das Dr. Ayadi erlaubte, unternahm täglich kleine Spaziergänge und vollführte sogar leichte gymnastische Übungen.

Aber als ihr Hochzeitstag herannahte, war sie noch immer stark untergewichtig und fragte sich, wie sie die lange Zeremonie bloß durchstehen sollte.

Teil III

Schicksalsjahre einer Kaiserin

11. Kapitel

Teheran, Februar 1951

»Morgen?«, tönte Lottes Stimme aus dem Telefonhörer. »Du heiratest morgen schon? Aber haste nicht eben erst gesagt, du bist son klappriges Klappergestell vonnem Skelett?«

Soraya kicherte. Das waren nicht exakt ihre Worte gewesen. Sie hatte ihrer Freundin nur erzählt, dass sie noch nicht wieder ganz bei Kräften und deutlich untergewichtig war.

Weil sie so große Zweifel hegte, ob sie ihren Hochzeitstag überstehen würde, hatte Eva ihr vorgeschlagen, in Berlin anzurufen. Ihre kluge Mutter wusste ganz genau, dass die fröhliche Lotte ihre Tochter stets aufheitern konnte.

Also hatte sich Soraya, dick in Wolldecken eingepackt, in den kleinen Salon gesetzt und die Verbindung herstellen lassen.

Während Lotte sprach oder besser gesagt: laut rief, nippte sie an heißem Pfefferminztee, der viel zu süß war, da die Köchin auf Anweisung Evas vermutlich ein halbes Kilo Zucker in die Kanne gekippt hatte. Jedes zusätzliche Gramm Gewicht zählte schließlich.

»Ich bin noch sehr dünn«, sagte sie, als Lotte zwischendurch mal Luft holen musste. »Aber ich schaffe das schon. Ich fühle mich wie in einem Märchen.«

»Du spinnst! Ich denke, dein Kleid wiegt so viel wien ganzer Scheffel Briketts?«

Wieder kicherte Soraya. So etwas brachte nur Lotte fertig. Verglich ihr strahlend weißes Brautkleid aus Tüll und Brokat, bestickt mit sechstausend Diamanten, verziert mit zwanzigtausend Marabufedern und mit einer zehn Meter langen Schleppe, ausgerechnet mit pechschwarzer Kohle.

»Weniger als die Hälfte«, entgegnete sie glucksend. »Es ist ungefähr zwanzig Kilo schwer.«

»Wahnsinn!«, rief Lotte. »Also, meins habe ich nicht gewogen, aber ich schätze mal, es kommt auf ein Pfund Butter raus. Istn leichtes Fähnchen, aber auch schön weiß und nagelneu im KaDeWe gekauft. Ich hoffe bloß, dass es im Mai bei meiner Hochzeit schon warm sein wird und ich mir nicht den Hintern abfriere.«

Diesmal wollte Soraya laut herauslachen, aber sie biss sich schnell auf die Innenseiten ihrer Wangen. Auf keinen Fall sollte Lotte denken, sie mache sich lustig über sie. Zum ersten Mal seit Monaten erlebte Soraya einen unbeschwerten Augenblick, und den hatte sie einzig und allein ihr zu verdanken.

»Sieh zu, dass du viel sitzen kannst«, riet ihr Lotte. »Im Stehen hältst du das nicht aus.«

Das war ein ausgezeichneter Vorschlag, und Soraya merkte, dass die Freundin nun ernst geworden war.

»Ehrlich, dein Opa, Mutti und ich sind fast verrückt geworden vor Sorge. Sogar Harald hat ständig gefragt, wie es dir geht. Und er wollte wissen, ob da unten alle Leute die Pest haben, oder die Cholera.«

Nun stiegen Soraya die Tränen in die Augen. Zu wissen, dass es viereinhalbtausend Kilometer entfernt liebe Menschen gab, die an sie dachten, wärmte ihr Herz.

Aber sie musste schnell von etwas anderem reden. Aus Erfahrung der letzten Monate wusste sie: Wenn sie einmal anfing zu weinen, konnte sie so schnell nicht wieder aufhören – und zusätzlich zu ihrer allgemeinen Schwäche wollte sie am nächsten Tag nicht auch noch eine Braut mit einem verheulten Gesicht sein.

»Wie macht sich Harald?«, fragte sie daher.

Lotte verstand den Wink. »Der Junge ist der Knüller. Stell dir vor, seine Lehrer sagen, er wäre ein Genie in Mathe. Ausgerechnet. Jetzt muss ihm dein Opa bei den Hausaufgaben helfen, denn Mutti und ich kommen schon lange nicht mehr mit.«

Soraya fühlte Stolz in sich aufsteigen, ganz so, als wäre der Berliner Junge ihr eigener Sohn.

»Und hat sich schon etwas ergeben?«

»Du meinst die Suche nach seinen Eltern? Nee, keine Spur. Sind wahrscheinlich umgekommen. Wie Millionen andere. Dabei fällt mir was ein.«

»Ja?«

»Mein Willi ist ein ganz kluger Kopf.«

»Aha«, sagte Soraya verwirrt. Sie nippte an ihrem süßen Tee, zog eine Grimasse, zwang sich aber, die Tasse auszutrinken. »Ist er auch gut in Mathe?«

»Nee. Wegen was anderm. Ich finde, er sollte in die Politik gehen.«

Soraya kam nun gar nicht mehr mit. »Lotte, wovon redest du?«

»Ganz einfach. Wir waren neulich im Kino, der Willi und ich. Da haben wir den neuen Film mit Hildegard Knef gesehen. ›Die Sünderin‹. Wirklich ganz, ganz toll. Aber die Leute regen sich wahnsinnig auf, weil die Knef da drei Sekunden lang splitterfasernackt zu sehen ist. Das sei der Untergang des Abendlandes und son Quatsch, heißt es in den Zeitungen. Und weißt du, was mein Willi dazu gesagt hat?«

»Nein«, erwiderte Soraya brav. Sie war nicht ganz sicher, ob sie noch mitkam.

»Also, er hat gesagt, das Abendland ist schon vor sechs Jahren von unserem großen Führer Adolf Hitler zerstört worden. Ein hübscher blonder Nackedei würde da nicht mehr viel Schaden anrichten. Ist das nicht unheimlich klug?«

»Ja«, stimmte Soraya zu und unterdrückte ein Gähnen. Sie ermüdete noch immer sehr schnell, und nun saß sie bereits seit einer halben Stunde am Telefon.

Lotte, die zwar glaubte, sich nur schreiend verständigen zu können, schien trotzdem ihren Stimmungswandel zu spüren.

»Eines muss ich dir noch schnell sagen, Soraya, dann lass ich dich in Ruhe.«

»Was denn?«

»Hoffentlich bist du deswegen nicht böse.«

»Sicher nicht.«

»Weil es doch deine Idee war.«

»Nun sag schon, worum es geht.«

»Also, meine Mutti, dein Opa und ich wollen den Namen des Vereins ändern. Wir betreuen jetzt nämlich schon fast fünfzig Jungen und Mädchen, und die sind nicht alle auf Trümmergrundstücken rumgestrolcht.«

Sie schien es selbst nicht zu merken, aber weil ihr die Sache so wichtig war, sprach sie jetzt reines Hochdeutsch.

Soraya schwieg, unsicher, was sie dazu sagen sollte.

»Statt ›Trümmerkinder‹ soll er künftig ›Hoffnungskinder‹ heißen. Opa Franz meint auch, das klingt irgendwie schöner.«

»Wessen Idee war das?«, fragte Soraya.

Lotte druckste ein wenig herum und gestand dann: »Meine, aber wenn du dagegen bist, machen wir das nicht. Großes Indianerehrenwort.«

»Weißt du was, Lotte?«

»Was?«, kam es ziemlich kleinlaut aus dem Hörer.

»Nicht nur dein Willi ist ein kluger Kopf. Du auch. Etwas Besseres hätte dir gar nicht einfallen können.«

»Wirklich?«

»Ja. Es klingt so viel schöner und ist in die Zukunft gerichtet, nicht mehr in die Vergangenheit.«

»Oh, toll. Danke.«

»Manchmal wünschte ich, ich wäre noch in Berlin und könnte euch helfen. Dann würde ich wieder etwas Nützliches tun.«

»Jetzt bist *du* aber ziemlich dumm, Soraya.«

»Warum?«

Lotte ließ sich mit der Antwort Zeit. Endlich sagte sie: »Weißt du noch, damals im Zug?«

»Natürlich. Kaum zu glauben, dass es schon ein Jahr her ist.«

»Also, damals waren wir zwei fast gleich. Jetzt lebst du irgendwie auf einem anderen Planeten, aber im Herzen bist du immer noch die Soraya, die eine Leberwurststulle gegessen und sich um Waisenkinder gesorgt hat. Deswegen wirst du auf deinem Planeten da unten bestimmt auch bald was Gutes tun. Du musst nur erst zu Kräften kommen und Kaiserin sein. Dann wirst du dich um die armen Kinder in Persien kümmern. Da bin ich ganz sicher.«

Soraya wünschte sich, sie könnte Lotte fest umarmen, so dankbar war sie. Aber ihr blieb nur zu sagen: »Du bist die beste Freundin, die ich je hatte.«

»Das ehrt mich sehr, Fräulein Hochgestochen. Du bist auch nicht übel. Und übrigens, wie viele eigene Kinder wollt ihr eigentlich? Dein Scheich und du? Der Willi und ich haben uns auf zwei geeinigt. Mal sehen, ob wir das hinkriegen. Ich habe ihm nämlich klar gesagt, dass ich mein Leben nicht einer ganzen Kinderschar widmen will.«

»Darüber haben wir noch nicht gesprochen«, gab Soraya zu. »Aber Mohammad Reza wünscht sich viele Söhne. Je mehr, desto besser.«

»Oje. Lass dir bloß noch Zeit damit. Ein klappriges Klappergestell von einem Skelett kann bestimmt nicht schwanger werden.«

»Großer Gott!«

»Aua!«, rief Lotte.

»Was ist los?«

Statt ihrer Freundin antwortete ihr nun Elfriede. »Ich habe meiner dummen Tochter eine Kopfnuss verpasst. Bitte entschuldige, Soraya. Manchmal weiß sie einfach nicht, was sie so plappert.«

Im Hintergrund war Lottes Stimme zu hören, aber Elfriede setzte sich offenbar durch. »Nein! Ich gebe dir den Hörer nicht zurück! Du versetzt das arme Mädchen bloß in Angst und Schrecken!«

Soraya wollte widersprechen, wollte sagen, dass ihr das Gespräch mit Lotte gutgetan hatte. Nun ja, auf die Bemerkung über ihre Fruchtbarkeit hätte sie verzichten können.

Elfriede ließ sie ohnehin nicht zu Wort kommen. Sie redete so schnell wie eine Nähmaschine. Vermutlich dachte sie an die Kosten für das Ferngespräch und konnte sich nicht vorstellen, dass diese für manche Menschen auf der Welt unerheblich waren.

»Höre mir mal gut zu, Soraya. Ganz falsch liegt meine vorlaute Tochter nämlich nicht. Im Augenblick wäre dein Körper bestimmt zu schwach, um ein Kind auszutragen. Die Natur schützt sich da schon selbst.«

Bisher hatte sich Soraya nie Gedanken darüber gemacht, ob sie dem Schah die gewünschten Söhne würde schenken können. Doch nun griff auf einmal kalte Angst nach ihr. Energisch schüttelte sie das wieder ab. Wenn sie wieder bei Kräften war, würde sie gewiss auch schwanger werden. Schließlich war sie jung und bislang immer gesund gewesen.

Elfriede hatte inzwischen weitergeredet.

Soraya gab sich Mühe, wieder aufmerksam zuzuhören, und wurde augenblicklich in ihrer Hoffnung bestärkt.

»Sobald du wieder ganz gesund bist, steht einer Schwangerschaft nichts im Wege. Du wirst schon sehen.«

»Meinen Sie wirklich?«, fragte Soraya zaghaft.

»Natürlich. Damals, in der Weltwirtschaftskrise, da war ich auch bis auf die Knochen abgemagert. Trotzdem wollte ich eine Familie gründen, aber es hat jahrelang nicht geklappt. Erst als es wieder aufwärtsging und ich genug zu essen hatte, da hat sich die Lotte angekündigt. So, und nun lege ich auf. Das ist doch viel zu teuer. Wir wünschen dir alles Gute, Soraya, und wir freuen uns schon auf die Fotos in den Zeitungen. Vielleicht kommt ja sogar etwas in der Wochenschau. Nächsten Samstag gehen wir auf jeden Fall ins Kino und passen ganz genau auf. Tschüss.«

Damit war die Verbindung unterbrochen.

Soraya legte auf und lächelte. Sie fühlte sich den Reineckes sehr nah, obwohl eine so große Entfernung zwischen ihnen lag. Sie überlegte, ob sie nicht auch noch ihren Großvater anrufen könnte, aber sie musste sich eingestehen, dass dieses eine Telefonat sie bereits erschöpft hatte.

Klüger war es, zurück ins Bett zu gehen.

Der 12. Februar war ein eiskalter Tag in Teheran. In der Nacht hatte es geschneit, und am Morgen lag eine dicke Schneedecke auf den Palästen der Reichen, den Häusern der Bürger und den Hütten der Armen.

Sorgenvoll blickte Soraya aus dem Fenster. »Hoffentlich komme ich heil zum Marmorpalast.«

Dort sollte die Trauung vollzogen werden, während die Feier später im Golestanpalast stattfinden sollte.

Niemand antwortete ihr, also drehte sie sich überrascht um. Ihre Mutter, zwei Hofdamen und Prinzessin Shams schauten andächtig auf eine aufgeklappte große Schatzschatulle.

Soraya verkniff sich ein Grinsen. Frauen waren doch überall auf der Welt gleich. Ein paar funkelnde Diamanten, und sie vergaßen alles um sich herum – auch die Kleinigkeit, dass sie der zukünftigen Kaiserin beim Ankleiden helfen sollten und die Zeit bereits knapp wurde.

»Darf ich auch mal sehen?«

Sie drängte sich vor, und dann verschlug es ihr selbst den Atem. Mochte ihr Kleid schon prachtvoll sein, so blickte sie nun auf eine wahre Sinfonie von Diamanten. Diadem, Collier und Halsband. Sie gehörten zu den Kronjuwelen, und die Regierung war bereit, sie ihr für diesen Tag zu leihen.

»Märchenhaft«, flüsterte ihre Mutter ergriffen. »Einer Kaiserin würdig.«

Shams nickte nur, und die Hofdamen schauten ehrfürchtig.

Soraya verlor die Geduld. Sie trug bereits mehrere weiße Unterkleider und darunter helle Wollstrümpfe an den Beinen. Die Strümpfe hatte ihr Dr. Ayadi empfohlen, damit sie in den Palästen nicht so frieren musste. In ihrem stark geheizten Zimmer wurde es ihr nun aber langsam zu warm, und ihre Beine juckten unter der dicken Wolle.

»Ich möchte mich weiter ankleiden«, sagte sie.

Ihre Stimme klang leise, kein bisschen nach einer zukünftigen Herrscherin. Doch immerhin kam nun wieder Bewegung in die Frauen. Die Hofdamen setzten den Schleier auf ihr in weiche, kurze Wellen gelegtes Haar. Eva und Shams halfen ihr, in das Kleid zu steigen. Schließlich legte Soraya selbst den Schmuck an und ließ ihre Aufmachung und ihr Make-up kritisch begutachten.

»Du bist wunderschön«, sagte ihre Mutter.

Sie waren für einen Moment allein. Die Hofdamen waren vorausgefahren, Shams wollte sich vergewissern, dass der Chauffeur die Limousine vorheizte.

»Danke. Ich weiß nur nicht, wie lange ich durchhalte. Allein die Schleppe wiegt so furchtbar viel.«

»Du schaffst das«, sagte Eva nicht zum ersten Mal. »Du bist stark.«

»Lotte hat mir gestern den Rat gegeben, möglichst viel zu sitzen.«

»Sie ist ein kluges Mädchen. Sicherlich wird sich eine Möglichkeit finden.«

Eva wirkte nicht wirklich überzeugt, aber Soraya klammerte sich an die Hoffnung, dass sie nicht den ganzen Tag stehen musste.

Als es klopfte, dachte Soraya schon, Shams wäre zurückgekehrt, doch es waren ihr Vater und ihr Bruder.

Khalil lächelte stolz, während Bijan den Mund auf- und zuklappte.

Endlich sagte er: »Meine Schwester, die Prinzessin.«

»Fast Kaiserin«, erwiderte Soraya augenzwinkernd.

»Muss ich dann Kaiserliche Hoheit zu dir sagen?«, erkundigte er sich skeptisch.

»Selbstverständlich. Und du musst mir jeden Tag die Hand küssen.«

Bijan verzog das Gesicht. »Igitt.«

»Und mir außerdem ständig gehorchen.«

»Das ist ja die reinste Folter.«

Soraya lachte. Es tat gut, einen Moment mit ihrer Familie zu verbringen.

Sogleich wurde sie wieder ernst und wandte sich an ihren Vater: »Es tut mir so leid, dass ihr nicht bei der Hochzeit dabei sein könnt.«

»Das ist nicht deine Schuld«, erwiderte Khalil ruhig. »Es wurde an höherer Stelle so beschlossen. Unsere Familien sind zu lange verfeindet gewesen. Es könnte als Affront verstanden werden, wenn wir an den Feierlichkeiten teilnehmen würden.«

»Aber das ist ungerecht. Ihr seid schließlich die Eltern der Braut.«

Prinzessin Shams hatte Soraya die Entscheidung mitgeteilt, die einstimmig von den Regierungsspitzen und der Kaiserinmutter getroffen worden war. Soraya hatte überlegt, sich damit an den Schah zu wenden, aber sie hatte einsehen müssen, dass selbst ein so mächtiger Herrscher wie er sich manchmal beugen musste.

»Es ist nicht so schlimm«, warf ihre Mutter ein. Sie lächelte tapfer, aber Soraya wusste genau, wie sehr Eva es bedauerte, die Hochzeit ihrer einzigen Tochter zu verpassen.

Zudem hegte sie sicherlich den Verdacht, dass dieser Entschluss auch mit ihrer deutschen Herkunft zu tun hatte.

»Also, ich bin froh«, meinte Bijan. »Ich würde mich unter den ganzen steifen Leuten zu Tode langweilen.«

Er trat näher, um das Diadem zu bewundern, und wäre fast über Sorayas Schleppe gestolpert.

»Pass doch auf!«

»Entschuldigung, aber das Ding ist ja kilometerlang. Wie willst du das hinter dir herziehen?«

Soraya seufzte. Sie wollte lieber nicht allzu genau über das Problem nachdenken.

Dann bemerkte sie, dass ihre Eltern einander einen schnellen Blick zuwarfen.

»Was ist?«, fragte sie. »Macht ihr euch Sorgen? Ich fühle mich ziemlich kräftig.«

Das war gelogen, und zumindest ihre Mutter wusste das. Aber manchmal musste einfach die Fassade aufrechterhalten werden.

Doch sofort merkte sie, dass irgendetwas anderes nicht stimmte.

»Bitte sagt es mir.«

»Nein, Soraya«, entschied ihr Vater. »Dafür ist nach der Trauung noch Zeit.«

»Bitte«, flehte sie. »Ich werde sonst verrückt.«

Bijan tat, was er immer tat, und platzte vorlaut mit dem Geheimnis heraus.

»Wir ziehen wieder nach Europa. Papa wird Botschafter Irans in der Bundesrepublik Deutschland.«

Soraya spürte, wie sie erbleichte.

»Stimmt das?«, fragte sie tonlos.

Ihr Vater nickte. »Es ist eine Ehre für mich, mein Land in Deutschland zu vertreten.«

»Aber du warst doch so glücklich, wieder in der Heimat zu sein!«

Khalil hob die Schultern. Ihr sonst so willensstarker Vater wirkte seltsam hilflos. »Ich muss meine Pflicht erfüllen.«

Soraya blickte ihre Mutter an. »Warum hast du mir nichts davon gesagt?«

»Kind, wir wissen es erst seit Kurzem. Und du hast genug um die Ohren.«

Eva wirkte nicht unglücklich über die Rückkehr nach Europa. Soraya wusste, ihre Mutter tat sich schwer mit dem Leben in Persien. Aber ihrem Mann zuliebe ließ sie sich nichts anmerken.

Bijan war da weniger rücksichtsvoll. »Also, ich freue mich riesig. Ich finde die Leute hier komisch. Nicht einen einzigen Freund habe ich bisher gefunden. In Europa werde ich wieder viel mehr Spaß haben.«

Auch ihr Bruder wandelte zwischen zwei Welten, und er hatte für sich entschieden, dass er im Westen glücklicher sein würde.

»Dann wirst du also froh sein, mich nicht mehr sehen zu müssen?«

»So meine ich das doch gar nicht!«, rief er empört. »Aber wenn wir hierbleiben, werden wir dich auch nicht mehr oft treffen. Du bist ja dann Kaiserin und wohnst bei deinem Mann.«

»Nun, das stimmt natürlich.« Sie sah ihren Vater an. »Ich schätze, das wurde auch an höherer Stelle entschieden?«

Khalil verzog keine Miene. »Ja, wenn auch nicht vom Schah persönlich. Aber man hält es für klüger, wenn diese Familie nicht am Hofe verkehrt.«

Soraya hatte auf einmal einen dicken Kloß im Hals. Mühsam schluckte sie ihn hinunter.

»Ihr werdet mir fehlen!«

Bijan grinste. »Jetzt werde bloß nicht rührselig, große Schwester. Sonst läuft deine ganze schöne Schminke runter. Und dann schreiben die Zeitungen, dass du die traurige Prinzessin auf dem Pfauenthron bist.«

Niemand im Zimmer konnte ahnen, dass sich Bijans Worte eines Tages bewahrheiten würden – wenn auch in einem völlig anderen Zusammenhang.

»Es reicht jetzt«, bestimmte Khalil. »Das wird keine Trennung für immer sein. Wir werden dich besuchen und du uns. Schließlich werden wir nur ein paar Flugstunden voneinander entfernt leben.«

»Ein Glück«, stellte Bijan fest. »Stell dir vor, wir müssten mit Eseln übers Gebirge reiten.«

Sein Vater griff nach ihm, aber Bijan flitzte hinaus. Eva trat zu Soraya. »Noch ist es nicht so weit. Genieße du deine Hochzeit, und mache dir bitte um uns keine Gedanken.«

Soraya nickte und gab sich alle Mühe, die bevorstehende Trennung von ihrer Familie beiseitezuschieben.

Zum Palast begleitete sie Shams. Die Limousine wurde von einer Reiterstaffel eskortiert, und trotz der Kälte säumten auf der kurzen Fahrt viele Menschen die Straßen, um einen Blick auf ihre zukünftige Kaiserin zu werfen.

Sorayas Herz klopfte bis zum Hals. Und das, obwohl Dr. Ayadi ihr zuvor ein leichtes Beruhigungsmittel gegeben hatte.

Sie schloss kurz die Augen und erinnerte sich daran, warum sie all dies auf sich nahm: Sie liebte Mohammad Reza, der heute ihr Mann werden sollte. Sie hätte ihn auch geliebt, wenn er nicht der Schah gewesen wäre. Dessen war sie sich absolut sicher. Dies war der schönste Tag in ihrem Leben, und sie wollte ihn trotz ihrer anhaltenden Schwäche genießen.

Der Spiegelsaal des Marmorpalastes versank in einem Meer aus Orchideen, Kirschblüten und Fliederzweigen. Soraya fühlte sich von dem Duft wie betäubt. Das schwere Kleid tat ein Übriges, und sie spürte schon nach wenigen Minuten, wie sie wankte.

Allein Shams' fester Griff hielt sie aufrecht.

Dann kam Mohammad Reza auf sie zu. Er trug eine dunkle, mit Gold, Silber und Orden geschmückte Uniform. Die Tressen an Ärmel und Gürtel, die Pailletten seiner Epauletten glänzten und wurden von den vielen Spiegeln zurückgeworfen.

Das kaiserliche Band lief quer über seine Brust.

Soraya fühlte sich eingeschüchtert von seiner majestätischen Erscheinung, aber dann konzentrierte sie sich auf seine Augen. In ihnen lagen Bewunderung, Zärtlichkeit und Liebe.

Das war alles, was zählte.

Er nahm ihre Hand und führte sie zu einem breiten Diwan. Soraya unterdrückte einen Seufzer der Erleichterung. Offenbar hatte Dr. Ayadi denselben Gedanken wie Lotte im fernen Berlin gehabt und den Schah vorgewarnt: Die Braut solle so viel wie möglich sitzen.

Als symbolische Gabe reichte ihr der Schah nun eine Kristallschale mit Puderzucker. Gleichzeitig trat die Kaiserinmutter hinter das Paar und streute Zucker über ihre Köpfe.

»So süß möge euer Bund sein. Aus Zucker eure Gedanken.«

Von allen Seiten flammten Blitzlichter auf. Geblendet lächelte Soraya und lächelte tapfer weiter, während Botschafter, Würdenträger und Höflinge ihr ihre Glückwünschte darbrachten.

Sie verlor jedes Zeitgefühl. Es mochten Minuten oder auch Stunden vergangen sein, als sie schließlich für die religiöse Trauungszeremonie eine Treppe hinauf in einen anderen Saal gehen musste.

Dort nahmen sie, wie es die Tradition vorschrieb, Aufstellung vor einem großen Spiegel. Der Imam sprach die Liturgie auf Arabisch.

Soraya fühlte sich schwindelig, aber als sie als Erste an der Reihe war, ihr Eheversprechen abzugeben, tat sie dies mit klarer Stimme.

Mohammad Reza lächelte sie im Spiegel an und gab ebenfalls sein Versprechen ab.

Nun ließ die Kaiserinmutter kleine Goldstücke über den

Kopf der Braut regnen. Frauen und Männer drängten sich vor. Jeder wollte etwas von dem glücksbringenden Manna abbekommen. Die feierliche Stimmung schwang in fröhliches Lachen und Rufen um.

Sorayas Schwindelgefühl nahm zu, aber sie hielt sich eisern aufrecht.

Anschließend schritt sie an Mohammad Rezas Seite durch den großen Saal, begrüßte Diplomaten und Vertreter europäischer Königshäuser, drückte Hände, bedankte sich und lächelte. Der einzige Gedanke, der ihr half, nicht umzukippen, war: *Ich bin verheiratet!*

Aber irgendwann konnte sie nicht mehr. Ihre Beine gaben unter ihr nach, schwarze Punkte tanzten vor ihren Augen, sie bekam kaum noch Luft.

Der Schah bemerkte ihre Notlage und zog sie in ein Nebenzimmer.

Dr. Ayadi folgte ihnen. »Majestät, Ihre Frau ist vollkommen erschöpft.«

Soraya warf ihm einen dankbaren Blick zu. Dieser Arzt hatte sie gerettet, und er stand ihr auch jetzt bei. Einen besseren Verbündeten hätte sie sich nicht wünschen können.

Mohammad Reza dachte einen Moment nach. Dann stellte er kurzerhand fest: »Sie trägt viel zu viel Gewicht. Das müssen wir ändern.«

Er ließ eine Hofdame kommen, die die Schleppe ihres Kleides abschnitt. Auch einige Unterröcke durfte Soraya ausziehen.

In diesem Moment liebte sie Mohammad Reza mehr denn je. Er hatte gehandelt und ihr geholfen.

Eine halbe Stunde durfte sie sich noch ausruhen, dann wurde die Hochzeitsfeier mit einem Bankett im Golestanpalast fortgesetzt. Soraya war einfach nur glücklich, an Mohammad Rezas Seite zu sein. Ihr Schwächeanfall war vergessen, und so genoss sie die Feier, fühlte sich ein wenig wie Alice im Wunderland und konnte es gleichzeitig nicht erwarten, mit ihrem Mann allein zu sein. Während erneut unzählige Würdenträger und Militärs ihre Aufwartung machten, gewöhnte sie sich allmählich an ihr überschwängliches Glücksgefühl.

Bald, sagte sie sich immer wieder. *Bald wird mein Mann mich küssen und umarmen und lieben.*

Erst um zwei Uhr morgens fuhren sie heim in die Villa Echtessassi.

Das Volk am Straßenrand jubelte ihnen zu. Männer, Frauen und Kinder sprangen auf und ab und riefen Glückwünsche. Niemand schien zu schlafen in dieser Nacht.

Mohammad Reza nahm ihre Hand und raunte ihr zu: »Nun bist du die Kaiserin von zwanzig Millionen Untertanen.«

Soraya nickte nur. Ihre Gedanken waren ganz woanders.

Eine Stunde später waren sie endlich allein.

Das junge Mädchen und der erfahrene Mann verbrachten ihre Hochzeitsnacht miteinander.

Soraya hatte gefürchtet, sie würde vor Angst und Scham vergehen. Doch es kam ganz anders.

»Hab keine Angst«, flüsterte er sanft.

Soraya saß aufrecht im Bett und hielt ihr hochgeschlossenes Nachthemd am Hals fest. Mohammad Reza hingegen stand am Fußende und hatte die Hände im Rücken verschränkt.

»Ich bin … ich habe noch nie …«, stotterte Soraya.

»Ich weiß«, erwiderte er. »Wenn du zu viel Angst hast, können wir einfach nur nebeneinander schlafen. Und womöglich bist du auch viel zu erschöpft. Es hat keine Eile.«

Sie ahnte, dass ihn ein solches Angebot große Überwindung kosten musste. Zweifelnd blickte sie in seine dunklen Augen. Sie entdeckte so etwas wie Aufrichtigkeit und noch mehr. Liebe vielleicht?

Da fiel die Furcht von ihr ab. Langsam erst, doch dann einem Wasserfall gleich.

Dieser Mann liebte sie genug, um sie nicht zu drängen.

Auf einmal spürte sie ein neues Gefühl. Sie wusste nicht, was es war, aber es ähnelte der bereits bekannten Sehnsucht nach seinen Küssen. Sie ließ die Hand sinken und öffnete die beiden oberen Knöpfe ihres Nachthemdes.

»Bist du sicher?«, fragte er, noch immer zögernd.

»Ja«, hauchte sie.

Da kam er zu ihr, streckte sich neben ihr aus und begann, sie zu streicheln.

Mohammad Reza nahm ihr jede Verlegenheit und erwies sich als zärtlicher und geduldiger Liebhaber. Soraya wiederum war eine gelehrige Schülerin, und während er ihren Körper mit tausend Küssen bedeckte, jubelte ihr Herz vor Freude. Sie wusste nun, ihr Märchen war wahr geworden.

12. Kapitel

Rom, März 1953

Soraya war auf der Flucht.

Ihr Atem ging stoßweise, und ihr wurde heiß in der warmen italienischen Frühlingssonne.

Während in Teheran noch der Winter herrschte, blühten in der Ewigen Stadt bereits die Glyzinien und Azaleen. Frauen verzichteten auf Nylonstrümpfe und trugen luftige Kleider spazieren, Männer hatten ihre Jacketts über die Schulter gehängt und schoben ihre Hüte in den Nacken, kleine Jungs tobten in kurzen Hosen über die Hinterhöfe. In mehr als tausend Kirchen läuteten die Glocken, ein Konzert aus hellen und dunklen Klängen, das die Menschen zur Messe rief.

Ganz bewusst hatte Soraya den Sonntagmorgen für ihren Ausflug gewählt. Sie hatte gehofft, alle Welt wäre in den Kirchen, und niemand würde sie bemerken.

Was für ein Irrtum!

Sie hielt kurz an, schaute sich nach ihren Verfolgern um,

hastete dann um die nächste Ecke. Inzwischen hatte sie sich restlos in den verwinkelten Gassen der Altstadt verlaufen.

Das kommt davon, wenn man kopflos einfach losrennt, schalt sie sich selbst.

Ob sie sich irgendwo verstecken konnte? Im Vorbeilaufen blickte sie nach rechts und links. Aber sämtliche Haustüren waren geschlossen, und vor den vielen kleinen Geschäften waren die eisernen Rollläden heruntergelassen.

Soraya bekam Seitenstechen und musste langsamer gehen. Sie entdeckte eine geöffnete Bar und war kurz versucht einzukehren. Ein Cappuccino würde ihre Lebensgeister wieder wecken, und vielleicht liefen ihre Verfolger ja einfach vorbei. Aber dann entdeckte sie die alten Männer, die an einem Tisch auf dem Bürgersteig saßen. Sie hielten Spielkarten in den Händen, und in ihren Mundwinkeln hingen filterlose Zigaretten. Einer wie der andere schaute Soraya neugierig an. Sie konnte sich vorstellen, was sie dachten: eine schöne junge Frau, ganz allein an einem Sonntagmorgen. Und so elegant! Ob sie wohl von ihrem Liebhaber kam? Und der Gatte war schon hinter ihr her.

So oder ähnlich, da war sie sicher.

Von wegen elegant!, dachte sie. Sie hatte das einfachste Kleid angezogen, das sich in ihrem Koffer befand, aber selbst das war aus sonnengelber Seide und wirkte in dieser eher ärmlichen Gasse wie ein Farbtupfer auf einer Fotografie.

Sie seufzte und lief weiter. Sobald sie einen Fuß in die Bar gesetzt hätte, wären die Männer ihr nachgegangen. Vielleicht nicht alle. Einer oder zwei wären draußen geblieben und hätten jenen Leuten, die ihr auf den Fersen waren, verraten, wo sie sich versteckte.

»Buongiorno, bella signorina!«, rief einer von ihnen.

Soraya lächelte kurz und eilte weiter.

Hinter ihr schüttelten die Kartenspieler wahrscheinlich die Köpfe, bevor sie sich wieder ihrem Spiel widmeten.

Aber schon in einer Minute oder noch weniger würden sie aufmerken, wenn nämlich eine Horde junger Kerle zu Fuß, auf Fahrrädern und Vespas bei ihnen ankam und nach einer schönen jungen Frau in einem kanariengelben Kleid fragte.

Soraya beschleunigte noch einmal ihren Schritt. Nun rannte sie fast und erntete noch mehr Aufmerksamkeit, aber das war ihr egal. Hauptsache, sie schaffte Abstand zwischen sich und ihren Verfolgern.

Irgendwo hörte sie lautes Wasserrauschen. Sie vermutete, dass sie in der Nähe des Trevibrunnens war. Kurz durchflutete sie Erleichterung. Immerhin hatte sie sich doch nicht gänzlich verirrt, nachdem sie die große Piazza Barberini verlassen hatte.

Sie überlegte, ob sie dem Geräusch folgen sollte, entschied sich jedoch dagegen und schlug die entgegengesetzte Richtung ein. Die Gassen wurden noch schmaler, und aus den Fenstern drang der Duft nach Tomatensoßen und Sonntagsbraten nach draußen.

Ihr Seitenstechen nahm zu. Sie wusste, lange würde sie nicht mehr durchhalten.

Wie hatte sie sich bloß in eine dermaßen unglückliche

Lage bringen können? Sie hätte es doch wirklich besser wissen müssen!

In ihrem Zimmer im Hotel Excelsior hatte sie vorhin die größte und dunkelste Sonnenbrille ausgewählt, die sie besaß. Ein riesiger Sonnenhut hatte zudem einen großen Teil ihres Gesichts bedeckt, und als sie das prachtvolle Gebäude verlassen hatte und auf die Via Veneto getreten war, hatte sie allen Ernstes geglaubt, niemand würde sie erkennen.

Seit fünf Tagen wohnte sie bereits in dem Luxushotel und hatte es bisher nicht gewagt hinauszugehen. Aber an diesem herrlichen Sonnentag hatte sie es einfach nicht mehr ausgehalten.

Schon bei ihrer Ankunft am Flughafen Fiumicino war eine nach Schlagzeilen hungrige Pressemeute auf sie zugestürzt und hatte ihr alle möglichen Fragen nur so ins Gesicht geschleudert.

»Eure Hoheit, haben Sie den Schah verlassen?«

»Kaiserin Soraya, sind Sie schwanger?«

»Sind Sie verstoßen worden?«

»Prinzessin, ist in Persien der Krieg ausgebrochen?«

»Bleiben Sie für immer im Exil?«

»Wird der Schah nachkommen?«

»Regieren jetzt die Muslime in Teheran?«

Und so weiter, und so weiter.

Sie hatte auf alle Fragen mit einem freundlichen, aber bestimmten »Kein Kommentar« geantwortet und war von Sicherheitsleuten der iranischen Botschaft in Rom zum Hotel Excelsior eskortiert worden.

Auf der Fahrt hatte man sich vielfach bei ihr entschuldigt. Niemand aus der Botschaft habe die Presse informiert. Irgendwie müsse die Information über ihre Ankunft durchgesickert sein.

Soraya hatte dazu geschwiegen, viel zu erschrocken über die Aufmerksamkeit, die sie erregte. Sie hatte Europa als unbekanntes junges Mädchen verlassen, und nun war sie auf einmal eine berühmte Persönlichkeit.

Damit musste sie erst einmal zurechtkommen.

Und diese Fragen!

Eine Frechheit!

Hatte einer der Reporter es tatsächlich gewagt, sie zu fragen, ob sie schwanger sei?

Sie konnte es nicht fassen.

So vergrub sie sich vorerst im Hotel, wo sie sicher sein konnte, dass kein Vertreter der Presse vorgelassen werden würde.

Jedoch war ihr schließlich die Decke auf den Kopf gefallen. Sie hielt sich in der schönsten Stadt der Welt auf und durfte sie nicht sehen? Es kam noch hinzu, dass sich ihre Gedanken unablässig um den Schah und die Krise im Iran drehten und nie zur Ruhe kamen. Manchmal fürchtete sie, sie könnte vor lauter Sorge um ihren Mann noch den Verstand verlieren. Also hatte sie gehandelt.

Ohne es zu merken, war Soraya langsamer geworden. Sie wusste, jeden Moment konnte sie eingeholt werden. Und dann würde ein Blitzlichtgewitter auf sie niedergehen, man würde sie wieder mit Fragen bombardieren, und diesmal wären keine Sicherheitsleute zur Stelle.

Das Herz klopfte ihr bis zum Hals, und ihr brach der Schweiß aus.

»Psst.«

Sie erstarrte.

»Psst.«

Misstrauisch blickte sich Soraya um. Rechts von ihr war eine Haustür einen Spaltbreit geöffnet. Eine alte Frau erschien. Sie war winzig, trug ein schwarzes knöchellanges Kleid, und ihr weißes Haar steckte in einem straffen Knoten.

Ein gekrümmter Zeigefinger lockte Soraya heran. Dunkle Augen blitzten in dem faltigen Gesicht auf.

Soraya zögerte. So hatte sie sich immer die bösen Hexen in den deutschen Märchen vorgestellt, die ihr Großvater ihr einst vorgelesen hatte.

Nun lächelte die Frau ein zahnloses Lächeln, und Soraya traf ihre Entscheidung im Bruchteil einer Sekunde.

Sie trat zur Haustür, ließ sich hineinziehen und sah, wie die Frau hinter ihr schnell wieder absperrte. Dann legte das Weiblein seinen Finger an die Lippen.

Auf der Gasse kamen nun die ersten Jäger angelaufen, stoppten, berieten sich lautstark, liefen weiter. Ein oder zwei Motorroller knatterten vorbei, kamen zurück, fuhren weiter.

Das Lächeln der alten Frau wurde schelmisch.

Im Hausflur war es dunkel. Es roch nach Kräutern, Knoblauch und etwas anderem, das Soraya lieber nicht so genau wissen wollte.

Schwer atmend stand sie da.

»Grazie«, flüsterte sie. Es war Jahre her, dass sie in der Schweiz auch die italienische Sprache gelernt hatte, und alles war wie weggeblasen.

»Grazie«, wiederholte sie. Mehr Worte fielen ihr jetzt nicht ein.

Die alte Frau schüttelte den Kopf. Ganz so, als wollte sie sagen, ein Dank wäre unnötig.

»Nonna!«, rief von irgendwo im Haus eine jugendliche Stimme. »Nonna, dove sei?«

Jemand wollte wissen, wo seine Großmutter war. In den Augen der alten Frau erschien auf einmal ein leerer Ausdruck.

Sie ist nicht mehr ganz bei Sinnen, dachte Soraya erschrocken. *Gleich wird sie sich wundern, was sie hier tut und wer ich bin. Und dann schickt sie mich wieder nach draußen.*

Aber der Moment verging, und das Lächeln kehrte zurück.

Dann nahm die Frau Sorayas Hand und zog sie mit sich durch den Flur. Sie besaß erstaunlich viel Kraft, und Soraya wehrte sich nicht. Alles war besser, als wieder allein auf der Flucht zu sein.

Im nächsten Moment jedoch zögerte sie. Da wurde sie in eine kleine altertümliche Küche gezogen, wo zwei weitere alte Frauen geschäftig in Töpfen rührten, Gemüse schnitten und frischen Nudelteig ausrollten.

Ein lauter Streit entstand, von dem Soraya nichts verstand, da er in schnellem römischen Dialekt geführt wurde. Aber die Gesichter der beiden anderen Frauen zeigten deutlich ihr Erschrecken.

Sorayas Retterin hingegen wirkte ungerührt und zog sie weiter, an einem alten Kohleherd vorbei bis zu einer schmalen Tür.

Schon fürchtete Soraya, in eine Abstellkammer eingesperrt zu werden, da öffnete die Greisin die Tür und zeigte auf einen kleinen Hinterhof. Außer Unkraut wuchs dort nichts, doch Soraya entdeckte eine hölzerne Pforte und hörte wieder lautes Wasserrauschen.

»Fontana di Trevi«, zischte die Frau.

Soraya nickte. Der Hinterhof ging also direkt zum Trevibrunnen hinaus. Anscheinend war sie im Kreis gelaufen und zum Brunnen zurückgekehrt.

Dennoch war sie ratlos.

Die alte Frau ließ einen Redeschwall auf sie niedergehen, aus dem sie mehrfach das Wort »stranieri«, also »Fremde« heraushörte. Dann verstand Soraya. Wenn sie erst einmal den Platz erreichte, konnte sie sich unter die Touristen mischen.

Allerdings würde sie in ihrem gelben Kleid immer noch auffallen wie ein bunter Vogel.

Skeptisch blickte sie an sich hinunter.

Die alte Frau legte die Stirn in tausend Falten, dann bedeutete sie Soraya zu warten. Flink verschwand sie im Haus und kehrte gleich darauf mit einer schwarzen gehäkelten Stola zurück. Sie war so groß, dass Soraya sie um Kopf und Oberkörper wickeln konnte.

»Grazie«, flüsterte sie noch einmal und überreichte ihrer Retterin ihren Florentinerhut.

Die Alte setzte ihn sogleich auf und strahlte.

Soraya überquerte mit wenigen Schritten den Hinterhof, schlüpfte durch die Pforte nach draußen und fand sich auf der Piazza di Trevi wieder.

Sie hoffte, sie könnte in einer Touristengruppe untertauchen und so den Paparazzi entkommen, aber als sie den Brunnen entdeckte, vergaß sie alles um sich herum und stand mit vor Staunen aufgerissenen Augen einfach nur da. Sie hatte gewusst, dass dieses Meisterwerk des Klassizismus groß war, aber mit solchen Ausmaßen hatte sie nicht gerechnet. Sie schätzte, der Brunnen war um die fünfundzwanzig Meter hoch und mindestens doppelt so breit. Riesige Meeresgestalten aus Travertinstein und Marmor tummelten sich auf einer Felsenlandschaft, über die sich das Wasser in ein großes flaches Becken ergoss.

Soraya war hingerissen.

Plötzlich hörte sie einen lauten Ruf und sprang zur Seite.

Sie haben mich entdeckt!

Doch es war nur ein Eisverkäufer mit seinem Handkarren, der auf das erste gute Geschäft der Saison hoffte.

»Gelati!«, rief er. »Gelati! Gelati!«

Unwillkürlich lief Soraya das Wasser im Mund zusammen. Sie war ohne Frühstück losgegangen. Wie herrlich würde jetzt ein sahniges Eis schmecken. Aber sie hatte nur wenige Lirescheine dabei, tief vergraben in den Taschen ihres Kleides. Sie durfte nicht leichtsinnig sein. Vielleicht brauchte sie das Geld später noch für den Bus oder ein Taxi.

Der Verkäufer schaute sie abwartend an. Sie schüttelte bedauernd den Kopf. Er betrachtete ihre alte Stola, übersah anscheinend das seidene Kleid darunter, machte sich kurz an seinem Eiswagen zu schaffen und überreichte ihr mit einer kleinen Verbeugung einen winzigen Becher mit einer halben Kugel Vanilleeis.

Dann ging er weiter, stieß seinen Lockruf aus und näherte sich einer Gruppe Touristen.

Soraya war den Tränen nahe. So viel Freundlichkeit wurde ihr in der Ewigen Stadt entgegengebracht. Erst die alte Frau und nun der Eisverkäufer, der es sich bestimmt nicht leisten konnte, seine Ware zu verschenken.

So waren die echten Römer. Liebenswert und aufrichtig. Kein Vergleich zu den Reportern, die ihr so viel Angst machten.

Die Reporter!

Erschrocken sah Soraya sich um. Aber im Augenblick war niemand zu entdecken, der den Platz nach ihr absuchte.

Also zwang sie sich, ruhig zu sein, aß ihr Eis mit einem winzigen Plastiklöffel und mischte sich dabei unter die Touristengruppe.

Amerikaner, kein Zweifel. Sie sprachen ein so breites Englisch, wie sie es vorher nur bei Vertretern der US-Botschaft in Teheran gehört hatte.

Auch waren sie auffällig gekleidet und ließen jegliche italienische Eleganz vermissen. Die Männer lässig in Hemden und Shorts, die Frauen zwar in Kleidern, die jedoch unmodisch geschnitten und mit definitiv zu vielen bunten Blumen bedruckt waren.

Es handelte sich offenbar um Ehepaare im Rentenalter. Sie hatten alle Zeit der Welt, lauschten ihrem Stadtführer und fotografierten sich gegenseitig in allen möglichen Posen vor dem Brunnen.

Vorübergehend war Soraya in ihrer Mitte in Sicherheit, doch sie spürte schon die teils neugierigen, teils befremdeten Blicke.

Irgendwo knatterte der Motor einer Vespa, und sie zuckte zusammen. Dann ein zweiter. Dann erklang auch schon das Geschrei der Reporter.

Sie hatten den Platz erreicht, nun begannen sie damit, die Menge abzusuchen.

Ein oder zwei kletterten auf ein Baugerüst, das eine der Hausfassaden einrahmte.

Jeden Augenblick würden sie ihre Beute finden!

Soraya machte sich so klein wie möglich.

»Darling, what happens?«, fragte eine Frau. Sie hatte mit dem römischen Weiblein nichts gemein, denn sie war groß, besaß ausladende Hüften, und ihr Haar war in einem zu grellen Blondton gefärbt.

Die Augen aber strahlten ebenso viel Herzlichkeit aus, denn als Soraya zitternd zu den Reportern auf dem Gerüst zeigte, begriff sie sofort und rief ein paar andere Frauen zu sich. Sie waren alle um die sechzig, waren ähnlich gut genährt wie die Blonde und ließen sich über die Gefahrenlage ins Bild setzen.

Eine von ihnen begriff sofort. Sie musterte Soraya aufmerksam.

»I know her. She is the Queen of Persia«, sagte sie triumphierend.

»Lieber Gott«, betete Soraya im Flüsterton. »Mach, dass sie mich nicht verrät.«

Die anderen Frauen nickten und lächelten erstaunt. Sorayas Ruhm war offenbar bis über den Atlantik gelangt. Auch ein paar Männer drängten sich nun vor, und alle redeten aufgeregt durcheinander. Wenn das noch eine Minute so weiterging, würden sie, ohne es zu wollen, direkt auf Soraya aufmerksam machen.

Die Blonde jedoch brachte alle zum Schweigen. Sie erklärte ihren Freunden, es sei ihre Pflicht, einer Frau in Not zu helfen, und alle stimmten zu.

Also gruppierten sie sich locker um Soraya. Die größten von ihnen verdeckten sie beinahe vollständig. Jemand zog die Stola von ihrem Kopf auf die Schultern hinunter und setzte ihr eine Sportkappe auf, jemand anderes band ihr ein buntes Tuch um den Hals.

Der Stadtführer hatte von alldem nichts mitbekommen und forderte die Gruppe nun auf, ihm zu folgen.

Langsam bewegte man sich vom Platz, Soraya gut versteckt in ihren Reihen.

Sie hoffte, man würde sich in Richtung Piazza Barberini wenden, dann könnte sie irgendwie das Hotel Excelsior erreichen.

Doch es ging in die entgegengesetzte Richtung, und sie hörte mehrmals, wie eine ihrer Beschützerinnen vom Pantheon sprach.

Macht nichts, beruhigte sie sich selbst, *vor allem erst einmal weg von den Reportern.*

Es ging langsam voran, und während Soraya dankbar

eine kleine Wasserflasche annahm, dachte sie an all die Krisen, die Persien seit ihrer Heirat vor zwei Jahren heimgesucht hatten.

Nicht einmal in die Flitterwochen hatten Mohammad Reza und sie fahren können. Der Premierminister Razmara war kurz nach ihrer Hochzeit ermordet worden, und der Fundamentalist Dr. Mossadegh hatte die Macht übernommen. Sein Ziel war es, die britische Ölgesellschaft zu verstaatlichen – ein Krieg mit den Briten drohte.

Der Schah verlor nach und nach immer mehr an Einfluss, das Ölgeschäft brach zusammen, da das Ausland sich von Persien abwandte.

Anstatt ihre junge Ehe zu genießen, musste Soraya miterleben, wie ihr geliebter Ehemann zu einem Schatten seiner selbst wurde. Es brach ihr das Herz, und sie tat alles in ihrer Macht Stehende, um ihm beizustehen. Sie hörte ihm zu, wenn er von den Problemen sprach, beklagte sich nie, weil sie so wenig Zeit miteinander verbringen konnten, und machte ihm Mut, wenn er mutlos wurde.

»Was täte ich nur ohne dich«, sagte er einmal, und für Soraya waren diese Worte mehr wert als jedes luxuriöse Geschenk.

Wenige Wochen zuvor hatte sich die politische Lage erneut zugespitzt. Das Land versank im Elend, die Proteste auf den Straßen nahmen zu, und es kam auch zu vielen Kundgebungen, bei denen verlangt wurde, dass der Schah wieder regieren sollte. Straßenschlachten folgten, bei denen Dutzende Menschen verletzt und getötet wurden.

Das war Öl auf das Feuer seiner Gegner, die Mohammad Reza am liebsten für immer aus dem Weg räumen wollten. Inzwischen musste er um sein Leben fürchten, und auch um das seiner jungen Frau.

Er flehte sie an, nach Europa zu reisen. Er werde nachkommen, sobald es ihm möglich sei.

»Sollte dir etwas passieren, meine Geliebte, so würde ich mir das niemals verzeihen.«

Soraya gab schweren Herzens nach und entschied sich nach langem Überlegen für Rom. Dorthin gab es eine gute Flugverbindung, dort würde Mohammad Reza sie leicht erreichen können. Er fehlte ihr in jeder Minute, und sie fragte sich ständig, ob sie ihn überhaupt wiedersehen würde.

Die Gruppe blieb so plötzlich stehen, dass Soraya kurz ins Schwanken geriet. Aber sie war so fest eingekeilt, dass sie ohnehin nicht umkippen konnte.

Sie wagte es, sich umzuschauen. Vor ihnen erhob sich das berühmte Pantheon mit seiner Säulenfassade und seiner Kuppel. Als einziges Bauwerk aus der Römerzeit war es komplett erhalten geblieben.

Gebannt lauschte Soraya dem Stadtführer, der seiner Gruppe den Grund dafür verriet: Der antike Tempel war im siebten Jahrhundert nach Christus in eine Kirche umgewandelt worden und entging so der Zerstörung.

Soraya zwang sich, ihre Aufmerksamkeit auf die Umgebung zu lenken. Sie wollte nicht den gleichen Fehler begehen wie am Trevibrunnen.

Im Moment war von den Reportern nichts zu sehen, aber das konnte sich jede Sekunde ändern.

Eine ihrer Beschützerinnen hielt einen Stadtplan in der Hand, und Soraya fragte leise, ob sie ihn kurz ausleihen dürfe.

Nachdenklich betrachtete sie den Plan. Sie sah, dass als nächstes Ziel für die Gruppe mit großer Wahrscheinlichkeit die prächtige Piazza Navona auf dem Programm stand. Anschließend würde es über den Tiber gehen – zur Engelsburg und zum Petersdom.

Wenn Soraya bei den Amerikanern blieb, würde sie sich mehr und mehr von der Sicherheit ihres Hotels entfernen.

Ihr blieb nur ein Ausweg: Sie musste sich von der Gruppe trennen, und zwar sofort. Bevor die Touristen im Pantheon verschwanden, bevor sich draußen die Pressemeute sammelte, ohne dass Soraya es womöglich mitbekam. Noch erzählte der Stadtführer vom Gott Mars und der Göttin Venus, die hier vermutlich angebetet worden waren. Noch beschrieb er die acht korinthischen Granitsäulen und die Kuppel über dem Rundbau dahinter.

Aber er zeigte auch bereits auf den Eingang.

Soraya traf ihre Entscheidung.

Sie gab den Stadtplan zurück, bedankte sich im Flüsterton bei den Amerikanern und drängelte sich durch die Gruppe.

»Good luck, darling«, sagte die Blonde, und ein paar andere schlossen sich den guten Wünschen an.

Soraya winkte kurz, zog dann die Kappe tiefer ins Gesicht und ging mit entschlossenen Schritten los. Sie hatte sich eingeprägt, wo die nächste größere Straße lag, und wandte sich in die Richtung. Als sie einen Taxistand erblickte, hätte sie vor Erleichterung fast geweint.

Sie stieg in den ersten Wagen in der Reihe und sagte: »Hotel Excelsior.«

Der Fahrer schien zum Glück keiner von der neugierigen Sorte zu sein. Er fuhr los, und schon zehn Minuten später hielt er vor dem Hotel.

Sorayas Geld reichte gerade eben für die Fahrt aus. Sie war froh, dass sie den Portier nicht um Hilfe bitten musste, das hätte nur wieder für Aufsehen gesorgt. Bestimmt lauerten ein paar Reporter nach wie vor auch hier an der Via Veneto.

Sie sprang aus dem Wagen und spurtete zum Eingang. Fast hätte es der uniformierte Portier nicht geschafft, ihr rechtzeitig die Tür zu öffnen.

In der Halle angekommen, atmete Soraya ein paarmal tief ein und aus. Dann nahm sie die Kappe und den bunten Schal ab und ging aufrecht zu den Fahrstühlen. Sie wusste: Am Portier kam kein Reporter vorbei. Sie war in Sicherheit.

Oben in ihrem Zimmer warf sie sich erschöpft auf ihr Bett. Nach dem überstandenen Abenteuer zitterte sie, aber sie verspürte auch einen gewissen Triumph. Immerhin hatte sie es geschafft, ihren Verfolgern zu entkommen. Zwar mithilfe von Fremden, aber letztlich hatte sie bewiesen, dass sie auf sich selbst aufpassen konnte.

Sie wünschte, sie könnte jemandem erzählen, was sie heute erlebt hatte. Ihr Mann schied aus. Er würde sie nur sanft rügen, weil sie es riskiert hatte, dass schlecht über sie, ihre Ehe und ihr Land berichtet wurde. Dazu noch mit wahrscheinlich höchst unvorteilhaften Bildern.

Ihren Eltern, die nun schon seit zwei Jahren in Bonn lebten, auch nicht. Sie würden sich nur zusätzlich Sorgen um Soraya machen.

Bijan käme infrage. Aber ihr Bruder besuchte wieder ein Internat in der Schweiz und war bestimmt auch am Sonntag nur schwer zu erreichen.

Blieb Lotte.

Soraya seufzte. Wie sehr ihr ihre Freundin doch fehlte! Drei Jahre war es nun her, seit sie sich zuletzt gesehen hatten. So viel war seitdem passiert. Sie waren beide erwachsen geworden und hatten geheiratet. Doch diese spezielle Verbindung, die damals im Interzonenzug entstanden war, blieb bestehen.

Sie griff zum Hörer und ließ sich mit Berlin verbinden. Es klingelte lange in der Wohnung in Kreuzberg, doch niemand nahm ab. Enttäuscht legte Soraya auf und kroch unter die Decke. Im nächsten Moment war sie erschöpft eingeschlafen.

Erst am späten Nachmittag kam Soraya wieder zu sich.

Sie bestellte Tee und einen leichten Imbiss aufs Zimmer, dann versuchte sie es erneut in Berlin.

Diesmal war jemand zu Hause.

»Reinecke«, meldete sich Elfriede.

»Guten Abend«, sagte Soraya. »Darf ich bitte mit Lotte sprechen?«

»Das geht nicht. Wer sind Sie?«

»Ich bin's. Soraya.«

»Ojemine! Entschuldigung, ich habe deine Stimme nicht erkannt. Darf ich überhaupt immer noch ›du‹ sagen? Und wolltest du mit deinem Opa reden? Tut mir leid, den hast du gerade verpasst. Aber wenn du ein paar Minuten wartest, erreichst du ihn in seiner Wohnung im Parterre. Er wollte jedenfalls direkt dahin und nicht mehr ins Krankenhaus. Oder ist es schwierig, eine Telefonverbindung von Teheran nach Berlin zu kriegen? Wenn du wartest, versuche ich, ob ich ihn im Treppenhaus noch erwische. Manchmal bleibt er noch auf einen Schwatz bei der alten Frau Pfeffer. Die heißt wirklich so. Aber das wird bestimmt zu teuer, wenn ich einfach den Hörer danebenlege …«

»Frau Reinecke!«, rief Soraya laut.

»Huch! Was ist passiert?«

»Bitte sagen Sie es mir. Warum sollte mein Großvater ins Krankenhaus gehen? Und ich bin nicht in Teheran, sondern in Rom.«

»Oh! Rom! Wie wunderbar! Du Glückliche! Was machst du denn da? Und gehst du auch den Papst besuchen? Wir sind ja Protestanten, aber ich stelle mir das sehr aufregend vor.«

»Bitte, Frau Reinecke!«, rief Soraya erneut. »Ist mein Großvater krank? Und warum hat mir niemand was davon gesagt?«

Auf einmal herrschte Stille in der Leitung, und Soraya fragte sich schon, ob die Verbindung unterbrochen worden war.

Aber dann meldete sich Elfriede wieder. »Ich fürchte, ich

verstehe deine Frage nicht. Warum sollte dem Franz etwas fehlen?«

»Weil Sie gesagt haben, dass er vielleicht noch mal ins Krankenhaus wollte.«

»Ach so.« Elfriede lachte auf. »Doch nicht wegen ihm selbst, sondern wegen Lotte. Wie hast du überhaupt davon erfahren? Im Radio ist es bestimmt nicht gemeldet worden. Wir sind ja nicht berühmt.« Sie lachte noch ein bisschen lauter.

Sorayas Herz schlug auf einmal schneller. »Lotte? Was ist passiert?«

»Also weißt du doch noch nichts. Gut, dann wirst du es von mir erfahren, obwohl Lotte mir wahrscheinlich den Kopf abreißen wird, wenn …«

»Bitte!«, flehte Soraya.

»Schon gut, schon gut. Lotte ist gestern Mutter eines gesunden Mädchens geworden. Und stell dir vor, sie hat sie Helene genannt. Nach ihrer verstorbenen kleinen Schwester.«

Nun erklang ein Laut, der mehr einem Schluchzen denn einem Lachen glich.

»Ich … verstehe nicht.«

»Na, unser Lenchen hieß mit vollem Namen Helene. So wie Lotte eigentlich Lieselotte heißt.«

Die Zusammenhänge begriff Soraya nun zwar, aber sie brauchte trotzdem einen Moment, bis ihr klar wurde, dass ihre Freundin Lotte im fernen Berlin ein Kind bekommen hatte.

Wie war das möglich? Soraya hatte nichts von einer Schwangerschaft gewusst. Nun, sie musste sich eingestehen, dass sie sich lange nicht mehr bei Lotte gemeldet hatte. Die Ereignisse in ihrem Leben hatten sich ständig überschlagen, und sie hatte für die seltenen glücklichen Stunden mit Mohammad Reza gelebt.

Aber Lotte war doch jünger als sie selbst! Noch nicht mal zwanzig. Wie konnte es sein, dass sie bereits Mutter geworden war und Soraya nicht?

Als hätte sie ihre Gedanken erraten, fragte Elfriede jetzt: »Und du, Soraya? Bist du auch schon guter Hoffnung? Oder bist du noch nicht wieder bei Kräften?«

»Doch«, erwiderte sie. »Mir geht es körperlich gut. Aber Persien steckt in einer schweren Krise und …« Ihr gingen die Worte aus, und sie schwieg hilflos.

»Das wird schon noch. Nur keine Eile. Ich richte Lotte deine Glückwünsche aus, wenn ich sie morgen wieder besuche.«

»Ja, bitte, tun Sie das«, erwiderte Soraya und beendete das Gespräch. Sie nahm sich vor, gleich am nächsten Tag das KaDeWe in Berlin zu kontaktieren. Lotte sollte für ihre kleine Tochter Helene die allerschönste Ausstattung bekommen.

Dann lehnte sie sich zurück. Enttäuschung stieg in ihr auf, und sie redete sich ein, das käme nur davon, dass sie nicht mit ihrer Freundin hatte sprechen können.

Nach einer unruhigen Nacht traf sie am folgenden Morgen eine Entscheidung. Sie wollte zurück nach Teheran, zurück zu Mohammad Reza. Koste es, was es wolle!

Sie hielt es nicht mehr aus, so ganz allein in der Ewigen Stadt.

Erst am Abend erreichte sie ihn am Telefon.

Er hörte sich ihre Klagen an, blieb geduldig, als sie von ihrer Einsamkeit sprach, und redete selbst sehr wenig.

»Du fehlst mir so«, sagte Soraya hilflos. »Ohne dich ist mein Leben düster. Es ist mir gleichgültig, ob ich in Teheran in Gefahr bin. Wenn ich nur bei dir sein darf, wird alles gut.«

»Mir ist es aber nicht gleichgültig«, erwiderte er schließlich. »Ich will, dass meine Frau in Sicherheit ist. Du wirst die Mutter meiner Kinder. Gewiss schon bald. Dir darf nichts passieren.«

Soraya presste die Lippen zusammen, um nichts Falsches zu sagen. Manchmal taten seine Bemerkungen über eine bevorstehende Schwangerschaft weh. Manchmal wünschte sie, er würde es nicht so oft erwähnen.

An diesem Abend jedoch kam ihr eine Idee: »Wenn wir getrennt sind, kann ich ohnehin nicht schwanger werden. Und nein, bevor du fragen kannst: Im Augenblick bin ich es noch nicht.«

Das gab ihm zu denken.

»Das Risiko ist ziemlich groß«, erwiderte er dennoch.

»Ich gehe jedes Risiko ein, wenn ich nur an deiner Seite sein darf.«

Endlich gab der Schah nach, und schon am nächsten Tag befand sich Soraya auf dem Rückflug nach Teheran.

Nach ihrer Rückkehr schien sich das Land zunächst zu stabilisieren. Neue Unterhändler waren fest entschlossen, die iranisch-britische Ölkrise zu beenden, und Staatschef Dr. Mossadegh verzichtete darauf, die Schah-Gegner anzustacheln. Selbst er hatte erkannt, dass Persien dem Abgrund nahe war.

So ließen auch die vielen Kundgebungen in den Straßen nach.

In diesem Frühling fühlte sich das Leben für Soraya zum ersten Mal beinahe normal an. Wenn Mohammad Reza Zeit für sie hatte, redete sie mit ihm über ihre sozialen Pläne. Nach zwei Jahren als Kaiserin wollte sie endlich den Armen in ihrem Land helfen, und ganz besonders den Kindern.

Mohammad Reza versprach, ihr freie Hand zu lassen, sollte sich seine Position weiterhin festigen. Allerdings wies er sie darauf hin, dass er ihr kaum Mittel dafür zur Verfügung stellen konnte. Er selbst bekam von der Regierung zwar jährlich ein hohes Salär, doch damit musste er auch den Lebensunterhalt seiner zahlreichen Familienmitglieder bestreiten, die allesamt kein eigenes Einkommen hatten.

Soraya war damit einverstanden. In Berlin hatte sie ihren Verein zwar mit der Hilfe ihres Großvaters gegründet, aber sie glaubte, sie würde im Iran ein Projekt auch ohne Franz Karls Vermögen auf die Beine stellen können.

Die neue Aufgabe würde sie zudem hoffentlich davon ablenken, dass sie auch nach zwei Jahren Ehe noch immer kein Kind erwartete.

Kaum ertrug sie noch die scharfen Blicke der Kaiserinmutter und der Geschwister des Schahs. Ganz zu schweigen von Cousine Samira, die ihr mittlerweile mit schlecht verhohlener Feindschaft begegnete. Soraya hatte inzwischen herausgefunden, dass Samira sich damals selbst Hoffnungen auf Mohammad Reza gemacht hatte. Ihr Verwandtschaftsgrad war entfernt genug, und sie hatte sich schon als Kaiserin gesehen. Bis die junge Deutsche auftauchte.

Selbst Prinzessin Shams, die immer ihre Verbündete gewesen war, bekam einen nachdenklichen Ausdruck im Gesicht, wenn Soraya einen Raum betrat. Das schmerzte sie mehr als alles andere.

An einem schon lauen Abend im Juni wagte Shams es sogar, die junge Kaiserin direkt auf das Problem anzusprechen.

»Gibt es irgendwelche Probleme zwischen dir und meinem Bruder?«

»Was meinst du?«, wollte Soraya wissen.

Shams war zu ihr in die Villa Echtessassi gekommen. Angeblich, um ihr beim Abendessen Gesellschaft zu leisten, während der Schah wie so oft spät dran war. In Wahrheit jedoch, das erkannte Soraya erst jetzt, um sich als Spionin für die neugierige Familie zu betätigen.

Voller Abwehr lehnte sie sich zurück und verschränkte die Arme vor der Brust.

Der Appetit war ihr vergangen. In letzter Zeit aß sie ohnehin wenig, und Dr. Ayadi hatte sie schon ermahnt, auf ihr Gewicht zu achten. Sie dürfe auf keinen Fall wieder zu dünn werden.

»Ich bin in bester Absicht gekommen«, versicherte Shams ihr beschwichtigend. »Als deine Freundin.«

»Eine Freundin würde sich nicht so unverblümt nach meiner Ehe erkundigen, wenn ich nicht selbst das Thema anschneide«, gab Soraya kühl zurück.

»Nun …« Shams rang die Hände. Ihr war anzusehen,

dass ihr die Mission unangenehm war. Dennoch schien sie entschlossen, die Wahrheit herauszufinden.

Bloß welche Wahrheit?

Soraya senkte den Blick. In manchen Nächten litt ihr Liebesleben unter den vielfältigen Aufgaben des Schahs. Die andauernde Regierungskrise hielt ihn vom Schlafzimmer fern, und wenn er heimkehrte, fiel er oft todmüde ins Bett. Dennoch vereinigten sie sich mehrmals die Woche, und es gab absolut keinen Grund für die ausbleibende Schwangerschaft.

Soraya hatte sich sogar Dr. Ayadi anvertraut, und dieser hatte sie an einen französischen Gynäkologen überwiesen, der in Teheran praktizierte.

Nichts war dabei herausgekommen. Absolut gar nichts. Sie sei eine kerngesunde junge Frau, hatte der Arzt ihr glaubhaft versichert. Alles spreche für eine baldige Mutterschaft. Auch die überstandene Typhuserkrankung habe keinen Einfluss auf ihre Fruchtbarkeit.

Im Flüsterton riet er noch zu einer Untersuchung des Schahs höchstpersönlich, aber das war unnötig. Mit seiner ersten Frau Fausia hatte Mohammad Reza ein Kind gezeugt, seine inzwischen dreizehnjährige Tochter Schahnaz, die in einem Internat in der Schweiz lebte.

An jenem Abend mit Shams beschloss Soraya, ihre Schwägerin einzuweihen. Stockend erzählte sie ihr von ihrem Arztbesuch.

Als sie geendet hatte, sagte Shams: »Da es offensichtlich keine biologische Ursache gibt, braucht es vielleicht nur noch ein wenig Zeit. Im ersten Jahr warst du sicherlich noch zu geschwächt von deiner schweren Krankheit. Und nun steht mein Bruder unter dauernder Anspannung. Vielleicht werden sich die Kinder erst ankündigen, wenn das Land zur Ruhe gekommen ist.«

»Möglich«, murmelte Soraya.

Doch sie konnte Shams ansehen, dass die Geduld der Familie so gut wie aufgebraucht war. Sie musste einen Thronfolger zu Welt bringen. Sonst ging die Regentschaft der Pahlavis mit Mohammad Reza zu Ende, und das konnte die Familie nicht zulassen.

Der Schah selbst machte nur ganz selten eine entsprechende Bemerkung. Und hin und wieder erwischte sie ihn dabei, wie er sie mit einem Ausdruck leisen Zweifels in den Augen betrachtete. Aber sie war nicht gewillt, sich zusätzliche Sorgen aufzuladen. Soraya war sich seiner absoluten Liebe zu ihr sicher.

Außerdem fand sie, ihr gemeinsames Leben musste zunächst von der ständigen Bedrohung durch Dr. Mossadegh befreit sein, und die heimatlosen Kinder, die auf den Straßen herumlungerten, brauchten Hilfe.

Um ihre Familienplanung konnte sie sich immer noch kümmern.

13. Kapitel

Rom, August 1953

Noch halb im Schlaf kuschelte sich Soraya enger an den starken Körper ihres Mannes.

Mein Mann, dachte sie benommen. *Nicht der Herrscher, der Schah oder das Staatsoberhaupt. Mein geliebter Mann.*

Sie lächelte glücklich. Sie waren einander so nah wie seit Langem nicht mehr. Am liebsten hätte sie überhaupt nicht mehr geschlafen, um jede einzelne Sekunde mit ihm zu genießen. Aber irgendwann in der vergangenen Nacht hatte sie nicht mehr durchgehalten und war in einen tiefen Schlummer gefallen.

Mohammad Reza schlief noch fest. Er lag auf dem Rücken, einen Arm hatte er schützend über das Gesicht gelegt.

Sie fragte sich, wie diese Position bloß bequem sein konnte, aber sie hatte ihn noch nie anders schlafen sehen. Und sie hatte erlebt, wie er im Bruchteil einer Sekunde aufspringen und vollkommen wach sein konnte. Eine Eigenschaft, die ihm während seiner Militärlaufbahn in Fleisch und Blut übergegangen war.

Ganz vorsichtig, um ihn nicht zu wecken, legte sie ihm eine Hand auf die Brust und spürte seinem starken Herzschlag nach.

Mein Mann, mein unerschrockener Löwe, mein zärtlicher Liebhaber.

Nur mit großer Mühe verbot sie sich ein glückliches Seufzen.

Die ersten Nachtstunden mit ihm waren wunderbar gewesen. Schier unersättlich hatten sie sich geliebt. Aus dem schüchternen Mädchen Soraya war längst eine erfahrene und leidenschaftliche Gespielin geworden, die es manchmal sogar schaffte, Mohammad Reza in Erstaunen zu versetzen.

Das Kichern, das nun über ihre Lippen kommen wollte, war noch schwerer zu unterdrücken.

Wie er sie angeschaut hatte! Wie er den Mund auf- und zugeklappt hatte! Ihm hatten die Worte gefehlt, als sie abenteuerlustig die Rollen vertauscht und ihn in die Kissen gedrückt hatte. Seine Augen, die zu ihr hochblickten, hatten sich geweitet, bevor er in ein nie enden wollendes Stöhnen verfallen war.

Tiefe Zufriedenheit erfüllte Soraya. Sie konnte ihren Mann glücklich machen. Welch schöneres Gefühl gab es für eine Frau?

Ihre Hand auf seiner Brust zitterte leicht. Sie musste sich korrigieren: Sie konnte ihren Mann für wenige Augenblicke glücklich machen. Das musste derzeit genügen.

Seine Brusthaare kitzelten sie an der Handfläche, sein Herz klopfte weiterhin regelmäßig.

Wovon war sie eigentlich aufgewacht?

Soraya schaute hinüber zu den schweren Vorhängen. Noch kein Sonnenlicht stahl sich durch die wenigen Ritzen, nur der diffuse Schimmer der Dämmerung kündigte sich an.

Dann vernahm sie erneut die Geräusche, die von der Straße zu ihnen heraufdrangen, und wusste, dass sie davon wach geworden war.

Soraya hatte schon als Kind ein feines Gehör besessen. Mohammad Reza hingegen ließ sich durch nichts stören.

Wahrscheinlich, weil er schnarcht, überlegte sie belustigt. *Da hört er nichts anderes.*

Allerdings besaß er einen besonderen Instinkt für Gefahr. Offenbar konnte sogar sein Unterbewusstsein zwischen harmlos und bedrohlich unterscheiden. Sie hatte schon erlebt, dass er bei Straßenfeiern in Teheran fest geschlafen hatte, während ein schweigender Protestmarsch ihn aus einem tiefen Schlummer gerissen hatte.

Wieder wurde die Stille im Zimmer durchbrochen.

Soraya lauschte, und auf einmal schüttelte sie den letzten Rest Schlaf ab.

Dies waren nicht die Geräusche ihrer Heimatstadt Teheran. Sie vernahm weder die Gebetsrufe der Muezzins von den Minaretten noch das Geschrei der Wasserträger oder das Rattern der Ochsenkarren. Vielmehr hörte sie das melodische Läuten der Kirchenglocken zur Frühmesse, das Summen der Motoren von Luxusautos und das Anpreisen der neuesten Nachrichten vonseiten der Zeitungsjungen.

Rom!, schoss es ihr durch den Kopf. *Wir sind in Rom! Nicht in Teheran. Wie hatte ich das nur für einen Moment vergessen können?*

Aber die Frage war leicht zu beantworten. Alles war so schnell passiert in den vergangenen Tagen, dass der menschliche Verstand Schwierigkeiten haben durfte, da mitzuhalten.

Es kam noch hinzu, dass Soraya sich wie die Heldin in einem absurden Kinofilm fühlte, die immer von Neuem den gleichen Tag erlebte.

Wie konnte es sein, dass sie schon wieder in Rom aufwachte?

Sie hatte der Ewigen Stadt im Frühjahr doch den Rücken gekehrt – für immer, wie sie zu dem Zeitpunkt geglaubt hatte. Und nun war es Mitte August, und sie befand sich wieder hier.

Und erneut im Hotel Excelsior. Zwar nicht in ihrem eher schlichten Zimmer vom Frühjahr, sondern in einer Suite, die dem Herrscherpaar von einem arabischen Freund zur Verfügung gestellt worden war. Dennoch: Diese Parallelen waren angsteinflößend.

Aber mein Mann ist bei mir, dachte sie. *Alles ist anders, weil er bei mir ist.*

Offenbar hatte sie versehentlich zu fest auf seine Brust gedrückt, denn in der nächsten Sekunde war Mohammad Reza hellwach, setzte sich mit einem Ruck auf und packte mit eisernem Griff ihr Handgelenk.

»Aua!«, protestierte Soraya. »Lass mich los! Du tust mir weh!«

Kurz schien er verwirrt, dann erkannte er seine Frau, sah, was er da tat, und lockerte seinen Griff.

»Was ist passiert?«, fragte er mit vom Schlaf noch rauer Stimme.

»Gar nichts.«

Sie rückte ein Stück von ihm ab und rieb sich das Handgelenk. Erschrocken überlegte sie, ob er sie bei anderer Gelegenheit angreifen würde, weil er sie für einen Attentäter hielt. War es vielleicht nicht mehr sicher, mit ihm das Bett zu teilen? Energisch schob sie den Gedanken beiseite.

»Ich war nur vor dir wach«, fügte sie hinzu. »Und wollte dir nahe sein.«

»Aber ich habe einen plötzlichen Druck verspürt. Auf meinem Herzen.«

»Das war meine Hand, verzeih.«

Mohammad Reza wirkte noch immer verwirrt, doch langsam schlich sich ein halbes Lächeln auf sein Gesicht. »Ich merke schon, du kannst wohl nicht genug von mir kriegen.«

Soraya war nicht in erotischer Stimmung, aber als er ihr jetzt flammende Blicke zuwarf, fühlte sich ihre Körpermitte auf einmal heiß an.

»Schon möglich«, erwiderte sie lockend.

Dann sprachen sie eine ganze Weile nicht mehr, und erst als Mohammad Reza wieder in einen leichten Schlummer gefallen war, gestand Soraya sich ein, dass sie vorhin wirklich Angst vor ihm gehabt hatte.

Doch damit musste sie wohl leben. Auf den Schah waren während seiner Regentschaft schon mehrfach Anschläge verübt worden. Und auch jetzt saß da in Teheran ein alter Feind, der ihn unter der Erde sehen wollte. Dr. Mossadegh hatte keinerlei Zweifel an seinen Absichten gelassen. Da war es kein Wunder, wenn ihr Mann solch harte Reaktionen zeigte.

Soraya streckte sich ausgiebig unter der Bettdecke, sorgte aber dafür, dass nun ein kleiner Abstand zwischen ihnen blieb.

Die Augen fielen ihr zu, doch statt einzuschlafen, ließ sie noch einmal die Ereignisse der vergangenen Monate Revue passieren, die ihr Leben erneut durcheinandergewirbelt und dafür gesorgt hatten, dass sie sich wieder in der Ewigen Stadt aufhielt. Mit großem Eifer hatte sie sich nach ihrer Rückkehr in den Iran in ihre soziale Arbeit gestürzt.

Im Laufe des Frühsommers hatte Soraya Kontakt zu mehreren ausländischen Hilfsorganisationen im Land aufgenommen und erfahren, dass es an allem mangelte. An Geld natürlich, an Hilfsgütern und auch an qualifizierten Mitarbeitern.

Also besann sie sich auf die Idee, die schon einmal zum Erfolg geführt hatte. Sie führte mehrere Telefonate mit Berlin und beriet sich ausführlich mit ihrem Großvater. Franz Karl schilderte ihr, wie die Organisation »Hoffnungskinder« langsam, aber stetig größer wurde.

»Ehrlich gesagt, es wächst mir über den Kopf«, gestand er während eines solchen Gesprächs. »Ich bin ja auch nicht mehr der Jüngste.«

Soraya erschrak. In ihren Augen war ihr Opa unverwüstlich.

Bevor sie etwas erwidern konnte, fuhr er schon fort: »Und Elfriede beklagt sich auch ständig. Sie kann nicht mehr so vielen Pflegemüttern am Telefon Ratschläge geben. Schließlich kümmert sie sich ja nach wie vor um Harald und jetzt auch noch um ihr Enkelkind. Übrigens ein entzückendes Baby. Die Kleine kommt ganz nach Lotte.«

Auf Letzteres ging Soraya lieber nicht ein.

»Was hast du dir also überlegt?«, fragte sie und wartete gespannt auf die Antwort. Ihr war bereits klar, dass sie selbst angesichts ihrer vielen gesellschaftlichen Verpflichtungen als Kaiserin eine ähnliche Organisation in Persien nur ins Leben rufen konnte. Bestenfalls würde sie dann die Schirmherrschaft übernehmen können. Aber die tägliche praktische Arbeit würden andere leisten müssen.

»Wir machen alles ganz offiziell«, erwiderte ihr Großvater. »Als eingetragener Verein werden wir auch Anspruch auf Spendengelder haben. Schließlich werden meine Ersparnisse nicht ewig reichen.«

»Das ist eine ausgezeichnete Idee«, erwiderte Soraya. »Bestimmt werdet ihr Erfolg haben.«

»Mal sehen«, dämpfte ihr Opa ihren Optimismus. »Es gibt sehr viele wohltätige Vereine in der Bundesrepublik. Erst einmal müssen wir alle Kriterien für die Eintragung erfüllen. Wir brauchen also einen Vorstand, der mir und Elfriede dann auch die größte Arbeitslast abnehmen wird. Dafür suchen wir derzeit Freiwillige.«

»Ihr schafft das schon«, sagte Soraya voller Überzeugung. Ihr Vertrauen in ihren Großvater war grenzenlos.

»Hoffentlich. Wir haben uns auch überlegt, unser Aufgabenfeld zu erweitern. Wenn es nicht mehr so viele Straßenkinder gibt, braucht es vielleicht eher eine Einrichtung, wo sich Jungen und Mädchen aus ärmlichen Verhältnissen nach der Schule aufhalten können. Wir könnten ein einfaches Mittagessen anbieten, Betreuung bei den Hausaufgaben und auch die eine oder andere sportliche Aktivität.«

»Das klingt wundervoll«, sagte Soraya beeindruckt und machte sich im Geiste Notizen.

Auf einmal begriff sie, dass nichts in ihrem Leben ohne Grund geschah. Hätte sie damals in Berlin nicht diese erste Idee gehabt, wäre ihr vielleicht nie eingefallen, wie sie den armen Kindern in Persien helfen könnte. Und wäre sie schon im ersten Jahr nach ihrer Hochzeit Mutter geworden, hätte sie heute womöglich nur ihre eigene Familie im Sinn.

Dieser Gedanke jedoch stimmte sie traurig. Sie wollte sich schon verabschieden, als Franz fragte: »Und wie geht es dir, mein Schneewittchen?«

Der alte Kosename traf sie mitten ins Herz. Am liebsten hätte sie sich bei ihrem Opa ausgeweint, hätte ihm erzählt, wie traurig sie manchmal war, weil sich noch kein Nachwuchs ankündigen wollte, und wie viel Angst sie noch immer um das Leben ihres Mannes und ihr eigenes hatte. Mochte die Lage in Persien in diesem heißen Juli zwar entspannt wirken, hatte sie doch stets das Gefühl, auf einem Pulverfass zu leben. Und die Lunte brannte bereits lichterloh.

Sie sagte nichts von alldem. Was hätte Franz Karl schon ausrichten können? Sie hätte nichts weiter getan, als ihn mit ihren Sorgen zu belasten. Das wollte sie nicht. Sie war eine erwachsene Frau, die ihre Probleme allein bewältigen musste.

Also berichtete sie in den höchsten Tönen von ihrem liebevollen Mann und war froh, dass sie in dieser Beziehung nicht lügen musste.

»Ich freue mich sehr, dass du glücklich bist«, sagte Franz zum Abschied. »Hast du auch schon mit Lotte gesprochen?«

»Nein, ich bin noch nicht zu den Reineckes durchgekommen.«

Das war allerdings eine Lüge, denn sie hatte es gar nicht versucht. Die Vorstellung, mit einer jungen Mutter zu reden, hatte sie abgeschreckt.

Doch ihr Opa glaubte ihr. »Du musst es abends versuchen. Alle Pflegemütter wissen inzwischen, dass sie nach sieben nicht mehr anrufen dürfen.«

»Danke für den Rat«, erwiderte Soraya und legte auf.

Sie nahm sich fest vor, bald einmal mit Lotte zu telefonieren, aber der Juli ging dahin, ohne dass sie es tat.

Das Gespräch mit ihrem Großvater hatte sie jedoch inspiriert. Sie wollte endlich auch in ihrem neuen Heimatland etwas Ähnliches wie die »Hoffnungskinder« schaffen. Allerdings wusste sie, es könnte schwieriger werden. Die Schere zwischen Arm und Reich klaffte in Persien viel weiter auseinander als in Deutschland, wo die schweren Nachkriegsjahre vorbei waren und die Wirtschaft florierte. Die Familien, die täglich ums eigene Überleben kämpften, würden es nicht schaffen, ein Waisenkind aufzunehmen. Und die Damen der reichen Oberschicht würden sich mit großer Wahrscheinlichkeit mit so etwas nicht abgeben.

Soraya musste eine andere Lösung finden. Vielleicht konnte sie den Kindern keine Familien vermitteln, aber sie wollte ihnen trotzdem das Leben erleichtern und dafür sorgen, dass sie eine bessere Zukunft hatten. So langsam keimte eine Idee in ihr, und sie war voller Tatendrang.

Bevor sie jedoch die genauere Planung in Angriff nehmen konnte, wurde Sorayas Leben erneut durcheinandergewirbelt.

Mit seinem engsten Vertrauten, General Zahedi, heckte der Schah einen Staatsstreich aus, bei dem Dr. Mossadegh entmachtet werden sollte. Am 15. August wollte der General mit seinen Truppen zuschlagen. Der Schah unterzeichnete ein Dekret, auf dem stand, dass Zahedi neuer Premierminister werden sollte.

Der Plan ging schief, nachdem Mossadegh von einem Doppelagenten gewarnt worden war.

Früh am nächsten Morgen mussten Mohammad Reza und Soraya fliehen. Dr. Mossadegh hatte gedroht, sie beide umbringen zu lassen.

Da sie sich in jenen Tagen sicherheitshalber in ihrem Ferienhaus in Kelārdascht im Elburs-Gebirge aufhielten, konnten sie nicht nach Teheran zurück und mussten mit nur wenig persönlichem Gepäck verschwinden.

Sie flogen mit der kleinen Maschine des Schahs zunächst nach Rāmsar am Kaspischen Meer. Von dort ging es mit einem größeren Flugzeug nach Bagdad, wo König Faisal ihnen für eine Nacht Obdach gewährte. Schließlich reisten sie mit einer Linienmaschine weiter nach Rom. Dem Schah blieb nur die Hoffnung, dass seine im Land gebliebenen Verbündeten ihm helfen würden, den Pfauenthron zurückzugewinnen.

Und da sind wir nun, dachte Soraya, während draußen die Sonne aufging. *Ohne Macht, ohne Reich, aber voller Liebe füreinander.*

Es war vielleicht die erste Zeit in ihrer Ehe, in der sie durch nichts abgelenkt waren. Zwar wartete Mohammad Reza täglich auf Nachrichten aus Teheran – doch da sich dort nichts tat, waren auch ihm die Hände gebunden.

Beinahe schämte sich Soraya, weil sie so glücklich war, während Mohammad Reza vor den Scherben seines Lebens stand.

Nachdenklich betrachtete sie ihren wieder fest eingeschlafenen Mann. Seine Züge waren entspannt, und er wirkte so viel jünger als seine dreiunddreißig Jahre.

Zärtlichkeit durchflutete sie, doch sie hütete sich davor, ihn erneut zu berühren. Sollte er sich ausruhen. Er hatte jahrelang nicht genügend Schlaf bekommen. Sie würde schon über ihn wachen.

14. Kapitel

Staunend blieb Soraya mitten auf dem Petersplatz stehen. Die flankierenden Säulengänge führten in zwei riesigen Halbkreisen auf das größte katholische Gotteshaus der Welt zu. Um sie herum drängten sich die Menschen. Pilger aus aller Herren Länder schauten andächtig auf die strahlend weiße Fassade, blickten zur riesigen Kuppel hoch oder schickten sich an, den Dom zu betreten.

Straßenhändler wuselten hin und her, verkauften Wasser, Obst und Brötchen. Taxis brachten ihre zahlenden Gäste bis zu einem der Eingangsportale, Lieferwagen, Privatfahrzeuge, Vespas und Fahrräder machten sich den Platz streitig. Dazwischen bewegten sich zahlreiche Touristen, von denen viele wahrscheinlich nicht besonders gläubig waren, jedoch während ihres Rombesuches nicht um den Petersdom herumkamen. Ihre Gesichter erschienen Soraya weniger ergriffen zu sein. Sie wirkten beeindruckt, aber nicht entrückt wie manch ein Pilger.

Mohammad Reza griff nach ihrer Hand und zog sie hinter sich her an den einzigen Ort, der inmitten dieses Trubels ein wenig Sicherheit versprach: den Obelisken.

Soraya protestierte nicht. Sie fühlte sich überfordert von dem Menschengewühl. Tatsächlich schien es am Fuß des Obelisken ruhiger zu sein. Als würde dieses steinerne Zeugnis des alten Ägypten die Gläubigen auf Abstand halten.

Nebeneinander hockten sie sich auf die schmiedeeiserne Umrandung.

»Was für ein Chaos«, sagte Mohammad Reza. »Das gefällt mir nicht. Es ist nicht sicher.«

Soraya glaubte, dass ihn eher etwas anderes störte. »Oder bist du verärgert, weil niemand dich erkennt?«

Ein Hauch von Ungeduld huschte über sein Gesicht. »Hältst du mich für dermaßen eitel?«

Sie zögerte. Manchmal wusste sie nicht, wie weit sie bei ihm gehen durfte. Es gab eine Grenze zwischen liebevoller Neckerei und Majestätsbeleidigung, doch die war verschwommen und hing nicht zuletzt von Mohammad Rezas Stimmung ab.

Erleichtert merkte sie, dass er nun lächelte.

»Für einen Mann wird das Leben schwer, wenn die eigene Frau ihn durchschaut.«

Sie erwiderte sein Lächeln. »Ich liebe dich. Auch wenn du ein bisschen eingebildet bist.«

»Verbindlichsten Dank.«

»Möchtest du den Petersdom besichtigen?«

»Den wichtigsten Tempel der Ungläubigen? Nein, das ist keine gute Idee.«

Für einen Moment hatte sie vergessen, dass ihr Mann Moslem war. Sie selbst war sowohl muslimisch als auch protestantisch erzogen worden, war bei ihrer Hochzeit aber selbstverständlich vollständig zu seinem Glauben übergetreten.

»Verzeih«, sagte sie. »Ich habe nur gefragt, weil es ein architektonisches Meisterwerk ist.«

Für einen Moment schien er zu zweifeln, doch dann schüttelte er energisch den Kopf. »Nicht auszudenken, wenn mich doch jemand identifiziert und dieser Besuch publik wird.«

Als hätten sie nur darauf gewartet, drängte sich auf einmal eine Gruppe Paparazzi um sie.

Wo sind die denn auf einmal hergekommen?, fragte sich Soraya erschrocken.

Gegen Mittag hatten sie sich durch die Hotelküche nach draußen geschlichen, nur begleitet von den beiden Leibwächtern des Schahs, die jedoch in respektvoller Entfernung geblieben waren. Wie ein ganz normales Paar waren sie dann durch Rom geschlendert. Mohammad Reza trug einen leichten Sommeranzug aus Leinen, Soraya hatte sich für ein rotes Kleid mit weißen Punkten entschieden. Dazu trug sie eine dunkle Sonnenbrille und einen wagenradgroßen Florentinerhut – ähnlich dem, den sie im Frühjahr dem Weiblein in der Altstadt geschenkt hatte.

Bis zum Petersplatz hatten sie es geschafft, ohne belästigt zu werden, aber nun war das vorbei.

Mehrere Reporter drängten sich vor und begannen, Fotos zu schießen. Die beiden bulligen Leibwächter versperrten ihnen den Weg, aber Soraya ahnte, es war nur eine Frage der Zeit, bis die zwei überrannt werden würden. Zwei Männer gegen eine ganze Gruppe – das konnte nicht lange gut gehen.

Deshalb bat sie ihren Mann mit einem Blick um Erlaubnis, stellte sich dann hin und hob die Hand.

»Es ist gut«, sagte sie zu den Leibwächtern auf Farsi. »Wir lassen uns interviewen.«

Erst gestern hatte der Schah mit ihr darüber gesprochen. Da hatten sie den ganzen Tag noch in der Suite verbracht und sich nach dem Liebesspiel am frühen Morgen noch mehrmals ihrer Leidenschaft hingegeben.

Erst am Abend hatten sie ein ernstes Gespräch geführt, und Mohammad Reza hatte entschieden, dass er von nun an der Presse Rede und Antwort stehen werde. Das Ausland müsse über die Machenschaften von Dr. Mossadegh informiert werden. Vielleicht käme ja von unerwarteter Seite Hilfe.

Jetzt verstand Soraya. Mohammad Reza hatte heute gar nicht vor den Reportern fliehen wollen. Er hatte nur dafür gesorgt, dass sie ihn an einem imposanten Ort fanden.

Schon stellte er sich neben seiner Frau in Pose. Er hob das Kinn, legte eine Hand an die Seite, als stecke dort ein Schwert, und stemmte die andere in die Hüfte.

»Bitte stellen Sie Ihre Fragen«, sagte er auf Englisch und schaute Ehrfurcht gebietend in die Runde.

Plötzlich redeten die Paparazzi wild durcheinander. Zunächst war Soraya verwirrt, dann verstand sie, dass die Männer deutsch sprachen und dass ihre Fragen allesamt an sie gerichtet waren. Nicht an den Schah.

Sie errötete tief.

»Wie fühlt es sich an, als Deutsche auf dem Pfauenthron zu sitzen?«

»Kaiserin Soraya, sind Sie glücklich?«

»Möchten Sie die Leserinnen der ›Constanze‹ grüßen?«

»Wann kommen Sie wieder einmal in die Heimat?«

»Stimmt es, dass Sie als Kind in der Gosse gelebt haben?«

»Fühlen Sie sich wie eine Prinzessin aus ›Tausendundeiner Nacht‹?«

»Ist der Schah so streng, wie er aussieht?«

»Sind Sie unglücklich?«

»Wurden Sie zu dieser Ehe gezwungen?«

Mohammad Reza, der die deutsche Sprache nur bruchstückhaft verstand, versteifte sich neben ihr. Sie betete, er habe die letzten Fragen nicht mitbekommen.

»Was bedeutet das?«, raunte er ihr zu. »Warum bist du auf einmal so interessant?«

»Ich weiß es auch nicht«, gab sie zurück. »Mein Großvater hat mich aber schon vor einiger Zeit gewarnt. Die Regenbogenpresse ist anscheinend ganz verrückt nach mir. Vielleicht liegt es ja daran, dass es in Deutschland keine Monarchen mehr gibt.«

»So«, sagte Mohammad Reza nur. »So.«

Sie konnte sehen, wie es hinter seiner Stirn arbeitete.

Fast hätte sie gekichert. Der arme Mann war es gewöhnt, im Mittelpunkt aller Aufmerksamkeit zu stehen, doch nun lief ihm ausgerechnet seine eigene Frau den Rang ab.

Aber genau wie sie selbst war er dazu erzogen worden, in jeder Lebenslage Haltung zu bewahren. Und so gab er rasch seine kämpferische Pose auf, bot ihr seinen Arm, als wollte er sie zu einem Ball begleiten, und zeigte ein schmales Lächeln.

Dankbar für sein Verständnis, gab sie ihm einen schnellen Kuss auf die Wange. Sie hörte das Klicken der Fotoapparate und hoffte, sie sei nicht zu weit gegangen.

Aber ihr Mann schien zufrieden.

Schließlich wandte sich Soraya an die versammelten Reporter. Mit ihrer klaren Stimme sagte sie: »Guten Tag. Ich fühle mich sehr geschmeichelt. Leider kann ich Ihre Fragen nicht einzeln beantworten, aber ich versichere Ihnen, dass es mir gut geht. Jedoch sind Seine Majestät, der Schah, und ich in großer Sorge um die Menschen in unserem geliebten Persien. Sie werden also verstehen, wenn unser privates Glück für mich derzeit nicht die höchste Priorität genießt.«

Sie überlegte, ob diese Aussage falsch gedeutet werden könnte, und fügte schnell hinzu: »Der Schah ist der beste Ehemann, den ich mir nur wünschen kann.«

Noch einmal legte sie eine kurze Pause ein, während sie bemerkte, dass einer der Leibwächter flüsternd zu Mohammad Reza sprach. Er war der deutschen Sprache mächtig und übersetzte ihre Worte.

Ihr Mann nickte ihr zu. *Das machst du gut,* sollte das heißen. Vielleicht glaubte er ja nun, dass auch die Popularität seiner Frau dazu beitragen würde, den Pfauenthron zurückzugewinnen.

Auf einmal tat er ihr leid. Er war ein Herrscher im Exil, der sich an jeden sich bietenden Strohhalm klammerte, während er ungeduldig auf Nachricht seiner Verbündeten in der Heimat wartete.

»Eines möchte ich klarstellen«, sagte sie noch. »Ich stamme aus einer ehrbaren Familie und bin keineswegs in irgendeiner Gosse aufgewachsen. Mein Vater Khalil Esfandiary-Bakhtiary ist derzeit Botschafter des Iran in Bonn.«

Die Reporter kritzelten eifrig ihre Notizblöcke voll, aber sie hegte auf einmal große Zweifel, ob man ihre Worte wahrheitsgemäß wiedergeben würde. Immerhin handelte es sich bei ihnen nicht um Vertreter seriöser Zeitungen. Vielmehr waren sie von Blättern wie »Constanze«, »Quick« und »Neue Illustrierte« entsandt worden, um für die vorwiegend weibliche Leserschaft pikante Details aufzudecken. Einige von ihnen trugen stolz das Logo ihres Arbeitgebers am Revers.

Die nächsten Fragen bestätigten ihre Befürchtungen.

»Dürfen wir ein Profilfoto machen?«

Folgsam drehte sie sich zum Schah, nicht ahnend, was das sollte.

Schon rief ein junger rothaariger Reporter: »Sie sind wunderschön, Soraya. Erkenne ich da einen kleinen Babybauch?«

»Was?«, fragte sie konsterniert zurück.

Ein anderer, älterer Kollege sagte: »Ganz Deutschland fragt sich, wann Sie dem Schah wohl einen Thronerben schenken werden.«

»Ganz Deutschland wohl kaum«, gab Soraya bissig zurück. »Meines Wissens werden Ihre Zeitschriften nur in der Bundesrepublik gelesen.«

Sie spürte, sie verlor die Contenance. Mohammad Reza, der nun ebenfalls verstand, worum es ging, machte kurzen Prozess. Er gab seinen Leibwächtern einen Wink, und schon trat einer von ihnen drohend auf den Rothaarigen und seinen Kollegen zu, während der andere gleichzeitig ein Taxi herbeiwinkte.

Bevor Soraya es sich versah, saßen sie auf der Rückbank eines Fiats und brausten davon.

»Warum wollen die Deutschen wissen, ob du schwanger bist?«, fragte Mohammad Reza verstimmt. »Haben sie keine größeren Probleme?«

»Ich weiß es nicht«, antwortete sie erschöpft. Die Vorstellung, dass es in Hamburg, Berlin oder München Leute gab, die an ihrem Privatleben interessiert waren, entsetzte sie. Sie war weder eine berühmte Schauspielerin wie Elizabeth Taylor, noch eine begnadete Opernsängerin wie Maria Callas. Was zum Kuckuck wollten die Menschen von ihr?

»Wir werden darüber reden müssen«, erklärte der Schah.

Meinte er das Interesse der Deutschen? Oder die bisher ausgebliebene Schwangerschaft?

Soraya graute schon jetzt vor der bevorstehenden Diskussion.

Doch als sie das Hotel Excelsior erreichten, trat alles andere in den Hintergrund, denn der Pförtner stürzte auf das Taxi zu und wedelte mit einem Telegramm.

»Majestät! Endlich sind Sie zurück! Niemand konnte Sie erreichen!«

Unter der Sonnenbräune wurde Mohammad Reza leichenblass. Doch er ließ sich nichts anmerken, stieg steifbeinig aus dem Taxi und ließ sich das Telegramm geben.

Soraya hielt den Atem an.

Bitte, lieber Gott, lass nichts Schlimmes passiert sein, betete sie und merkte zu spät, dass sie sich nicht an Allah gewandt hatte.

Der höheren Macht im Himmel schien das egal zu sein, denn plötzlich sah sie, wie der Schah triumphierend eine Faust in die Luft streckte.

Ein immenses Gewicht fiel von Sorayas Schultern. Sie hatte gar nicht gewusst, wie schwer die Situation sie belastet hatte. Aber nun fühlte sie sich plötzlich leicht und glücklich.

»Zahedi hat es geschafft!«, rief Mohammad Reza. »Mossadegh ist gestürzt!«

Ein paar Reporter, die auf der Via Veneto herumgelungert hatten, kamen neugierig näher. Sie verbrachten ihre Tage vor dem berühmten Hotel in der Hoffnung auf eine Story, und ein Schah, der ganz aus dem Häuschen war, schien interessant zu sein.

Soraya erkannte die Gefahr noch vor ihrem Mann. Was, wenn der Machtwechsel noch nicht ausnahmslos vollzogen war und im Iran weiterhin Unruhen herrschten? Was würde geschehen, wenn eine Nachrichtenagentur frühzeitig einen gelungenen Putsch verkündete?

Nicht auszudenken, welcher Schaden angerichtet werden könnte!

Schnell sprang sie nun selbst aus dem Taxi, hakte sich bei Mohammad Reza ein und strebte lächelnd, aber fest entschlossen dem Eingang zu.

Sie merkte, dass er protestieren wollte, doch dann sah er sich um, erblickte ebenfalls die Reporter und passte seinem Schritt dem ihren an.

Heil im Foyer angekommen, blieben sie stehen.

»Du bist eine ausgesprochen kluge und vorausschauende Frau«, sagte er mit echter Bewunderung in der Stimme. »Ich liebe dich.«

Voller Zärtlichkeit blickte sie ihm in die Augen. In diesem Moment seines größten Triumphes hätte er wahrhaftig andere Dinge im Kopf haben können. Aber sein erster Gedanke galt ihr.

»Wir sollten uns in die Suite zurückziehen«, schlug sie vor. »Es werden sicherlich weitere Telegramme kommen. Womöglich auch Telefonanrufe.«

»Richtig«, stimmte er ihr zu. »Und niemand muss davon erfahren, bevor wir nicht hundertprozentig sicher sind.«

Für das Wörtchen »wir« hätte sie ihn am liebsten hier, in der Eingangshalle, vor Angestellten und Gästen, abgeküsst, aber sie beschränkte sich darauf, ihn weiterhin anzulächeln.

Während sie mit dem Fahrstuhl nach oben fuhren, überfiel Soraya eine leise Melancholie. Natürlich freute sie sich für ihren Mann. Er hatte seinem Land viele Opfer gebracht, es mit Geschick aus so mancher Krise geführt, hatte sich nie geschont und oft zwanzig Stunden am Tag gearbeitet. Und sie war auch froh, dass sie, sobald sie zurück in Teheran sein würde, ihr Hilfsprojekt wieder in Angriff nehmen konnte.

Doch ein Teil von ihr vermisste bereits die innige Zweisamkeit, die sie mit Mohammad Reza hier im Exil erlebte. Dieser Teil wünschte sich, sie wären nur ein ganz normales Paar, ohne Aufgaben, ohne ein Land, das regiert werden musste.

Aber das waren dumme Träume, und daher ließ sie sich nichts anmerken.

Nach und nach trafen neue Nachrichten ein. Zahedi, so meldete es ein Telegramm nach dem anderen, hatte das Dekret des Schahs in tausendfacher Ausgabe in Teheran verteilen lassen. Die Menschen hatten schnell erkannt, dass Dr. Mossadegh ein Verräter war, der sich dem Willen des wahren Herrschers widersetzt hatte. Zeitgleich hatten CIA-Agenten hohe Dollarsummen an die Armen und Obdachlosen verteilt, um sie auf die Seite des Schahs zu ziehen.

So schloss sich die Mehrheit des iranischen Volkes Zahedis Truppen an, und auch die gesamte Polizei lief zu ihm über. Dr. Mossadegh wurde verhaftet.

Schließlich, es war schon Abend, traf Mohammad Reza seine Entscheidung: »Morgen früh fliege ich zurück in die Heimat.«

»Nur du?«, fragte Soraya erschrocken. »Und was wird mit mir?«

»Du bleibst hier, bis ich mir einen Überblick verschafft habe. Zwar klingen die Nachrichten nach einem Erfolg auf ganzer Linie, aber ich möchte hundertprozentig sicher sein, dass dir in Teheran keine Gefahr droht.«

Soraya spürte, wie ihr die Tränen in die Augen traten. Sie wandte sich schnell ab und ging zu einem der hohen Fenster. Traurig schaute sie hinaus. Auf den breiten Bürgersteigen flanierten die Menschen in bester Sommerlaune. Bars und Restaurants hatten Stühle und Tische nach draußen gestellt. Es wurde getrunken, gegessen und gefeiert.

Das richtige Leben, dachte sie, *findet ohne mich statt.*

Und sollte sich tatsächlich alles wiederholen? Der Schah in Teheran und sie selbst hier in Rom, vor Sorge beinahe verrückt werdend?

»Soraya«, bat Mohammad Reza leise. »Versteh doch, meine Geliebte. Es geht mir einzig und allein um deine Sicherheit. Ich könnte es nicht ertragen, wenn dir etwas zustieße.«

Da schluckte sie die Tränen hinunter, straffte die Schultern und wandte sich zu ihm um.

»Gut«, sagte sie leise. »Aber du wirst mir schrecklich fehlen.«

Der Blick aus seinen Augen war untröstlich. »Und ich werde ohne dich nur ein halber Mensch sein.«

Sie flog in seine Arme. Mohammad Reza hielt sie fest und verteilte tausend kleine Küsse auf ihrem Gesicht.

In dieser Nacht liebten sie sich mit verzweifelter Leidenschaft. Stundenlang konnten sie nicht voneinander lassen. Keiner wusste, wann er den anderen wiedersehen würde.

Soraya bat ihre Mutter, sie in Rom zu besuchen, und Eva zögerte keine Sekunde. Sie erzählte lustige Geschichten über Bijan, der mit seinen inzwischen sechzehn Jahren noch immer ein Lausbub war. Regelmäßig trieb er seine Lehrer im Schweizer Internat zur Verzweiflung.

»In zwei Jahren macht er hoffentlich Abitur«, sagte Eva an einem heißen Nachmittag, den sie in der kühlen Kaffeebar des Hotels verbrachten. »Und er weiß nicht, was er mit seinem Leben anfangen will. Mal behauptet er, dass er wie

Khalil Diplomat werden will, mal will er sich einem Wanderzirkus anschließen.«

»Als was?«, fragte Soraya verblüfft zurück, für einen Moment tatsächlich von ihren Sorgen abgelenkt.

»Als Clown natürlich, was sonst?«

Da lachte Soraya kurz auf, aber ihre Heiterkeit verflog schnell, und sie zog wieder die Brauen zusammen.

»Ich möchte dich so gern wieder glücklich sehen«, meinte Eva und schickte einen langen Seufzer hinterher.

»Glücklich?«, fragte Soraya. »Wann bin ich das je wirklich gewesen?«

Sie überlegte, dann fuhr sie fort: »An meinem ersten Abend mit Mohammad Reza. Und bei meiner Verlobung. Auch, als wir einmal nach Rāmsar durchgebrannt sind. Bei der Hochzeit war ich noch zu geschwächt, um viel zu empfinden. Später – ach, die ewigen Krisen im Iran haben so viel überschattet. Aber es gab hin und wieder glückliche Momente.«

Von den eben erst gemeinsam verbrachten Tagen in Rom sprach sie nicht. Es war zu schmerzhaft, dass diese Zeit schon wieder vorbei war.

Eva beugte sich über den kleinen Tisch vor und strich ihr sanft über den Arm. »Ich finde, das hört sich nach einer ganzen Menge Glück an. Wir alle haben nur Augenblicke, auf die wir später zurückblicken können. So etwas wie dauerhaftes Glück gibt es nicht, glaub mir.«

Soraya schaute ihre Mutter mit großen Augen an. »Aber ich dachte immer, du und Vater, ihr wärt …«

»Tagein, tagaus nur ein Herz und eine Seele? Irrtum.

Doch wir haben oft gute Zeiten miteinander erlebt. In Bonn ist es recht anstrengend mit ihm. Du glaubst ja gar nicht, wie sehr mir diese ganzen Empfänge zum Hals raushängen. Ich wünschte, wir könnten unser ruhiges Leben in der Schweiz wieder aufnehmen.«

»Und was sagt Vater dazu?«

»Nicht viel. Wie die persischen Männer halt so sind. Aber ich sehe ihm an, dass er oft von allem genug hat. Ein krisengeschütteltes Land zu vertreten ist keine leichte Aufgabe.«

»Und denkst du nicht, er würde lieber wieder in Persien leben? Er war doch so glücklich, als wir vor drei Jahren zurückgekehrt sind.«

Eva wiegte langsam den Kopf hin und her. »Ich weiß nicht, meine Große. Aber ich denke mir, dass auch er von all den Aufregungen der vergangenen Jahre genug hat. Wir werden sehen. So, nun aber genug von uns. Es wird sich schon alles finden.«

Soraya nickte. Sie nahm sich aber vor, irgendwann einmal mit Mohammad Reza über das Thema zu sprechen. Ihre Mutter hatte es verdient, so zu leben, wie sie es sich erträumte.

Trotz der Gesellschaft ihrer Mutter vergingen die Tage quälend langsam.

Erst im September ließ der Schah Soraya zurückkehren. Inzwischen war die Ordnung im ganzen Land wiederhergestellt.

Sie war überglücklich, wieder bei ihm zu sein, und

schwor sich, sie würde sich nie wieder von ihm trennen. Ganz gleich, was kommen möge.

Im Dezember desselben Jahres wurde Dr. Mossadegh der Prozess gemacht. Wegen Hochverrats und weiterer dreizehn Anklagepunkte wurde er zum Tode verurteilt. Jedoch ließ der Schah das Urteil nie vollstrecken.

»Ich hege keinerlei Hass gegen ihn«, sagte er zu Soraya. »Ohne ihn würde sich unser Öl immer noch in den Händen ausländischer Mächte befinden.«

Denn dies hatte Dr. Mossadegh tatsächlich geschafft: Der Iran kontrollierte nun selbst seine Ölförderung und zog den höchsten Gewinn daraus.

Die Strafe wurde in eine dreijährige Haft umgewandelt, und Dr. Mossadegh lebte danach noch bis zu seinem Tod im Jahr 1967 unbehelligt auf seinem Anwesen außerhalb Teherans.

15. Kapitel

Teheran, Februar 1954

Das Mädchen mochte anderthalb Jahre alt sein, vielleicht auch schon zwei. Weil es so mager war, fiel es Soraya schwer, sein Alter genau einzuschätzen.

Es hockte ganz allein im frostigen Hof und spielte verträumt mit den herabfallenden Schneeflocken.

»Die Kleine holt sich da draußen den Tod«, sagte Soraya zu der Heimleiterin. »Sie trägt nur ein Kleidchen und diesen fadenscheinigen Schal.«

Die Frau, ein mütterlicher Typ um die fünfzig, schüttelte traurig den Kopf. »Wir bringen die kleine Aria immer wieder rein. Aber irgendwie schafft sie es ständig rauszulaufen.«

Soraya konnte es dem Kind nicht verdenken. Das Waisenheim im Norden Teherans, das sie eher zufällig entdeckt hatte, war ein armseliger Betonbau mit wenigen Möbeln und eiskalten Schlafsälen, wo dünne Strohmatten auf dem nackten Boden lagen. Der Schnee draußen hingegen verzauberte die triste Welt.

An diesem Morgen im Februar hatte Soraya die Baustelle

für ein Krankenhaus besuchen wollen und hatte den Fahrer gebeten anzuhalten, als ihr der ungelenke Schriftzug »Waisenheim« über der Tür aufgefallen war.

Ihr Chauffeur hatte gezögert. Doch einer Schabana widersprach man nicht. Allerdings bestand der Mann darauf, sie zu begleiten.

Zunächst weigerte sie sich, gab dann aber nach. Wenige Minuten später war sie froh darüber, denn da hing eine Traube von Kindern an ihr, zupfte an ihrem Zobelmantel und bettelte sie an.

Mit scharfen Worten und so manchem Klaps scheuchte ihr Chauffeur sie fort.

Nun stand sie im Flur mit der Heimleiterin namens Jasmin Safar und konnte ihr Entsetzen über die Zustände nicht verbergen. Abgesehen von der Kälte und der Mangelernährung litten die Kinder auch unter fehlenden Waschgelegenheiten. Sie starrten vor Schmutz, und viele von ihnen hatten eitrig tränende Augen oder hässliche Abszesse am Körper.

»Wie ist so etwas möglich?«, fragte Soraya streng. Der Gedanke, dass in ihrem Heimatland unschuldige Kinder so leiden mussten, machte sie ganz krank.

Jasmin Safar knetete die Finger. Sie war beim Anblick der Kaiserin vor Ehrfurcht erstarrt, aber als Soraya sich als freundliche junge Frau entpuppt hatte, der ihre Schützlinge am Herzen lagen, entspannte sie sich ein wenig.

»Eure Hoheit, wir sind kein staatlich anerkanntes Heim und bekommen daher keinerlei Unterstützung. Das Heim ist eher zufällig entstanden, als die Unruhen auf den Straßen begannen. Mein Schwager wollte das Gebäude zu einem Restaurant umbauen, aber dann ging ihm das Geld aus, und so wurde es nur zur Hälfte fertig.«

Wie so viele Häuser in der Hauptstadt, dachte Soraya bei sich. Die Straßen waren gesäumt von Bauruinen.

Die Heimleiterin wartete unterwürfig, ob die Schabana etwas sagen wollte, sprach dann aber auf einen Wink Sorayas hin weiter.

»Eines Tages kam er her, um nach dem Rechten zu sehen. Da fand er zwei Jungs, die durch ein noch nicht verglastes Fenster eingestiegen waren. Mein Schwager ist ein großherziger Mensch. Er hat selbst fünf Kinder, die er über alles liebt. So brachte er es nicht fertig, die halb verhungerten Jungs wegzuschicken. Sie erzählten, ihre Eltern seien mit ihnen vom Land in die Stadt gekommen, um ein besseres Leben zu finden, seien dann aber an Hunger gestorben.«

»Herr im Himmel«, flüsterte Soraya.

»Nun, er brachte ihnen ein paar Decken und etwas Reis. Am nächsten Tag waren sie noch dort, und tags darauf war ein Mädchen zu ihnen gestoßen. Da hat mein Schwager mich um Hilfe gebeten. Ich … bin nie verheiratet worden und habe keine eigenen Kinder.«

Im Blick der Frau stand abgrundtiefe Traurigkeit, und Soraya schaute schnell weg. Würde sie selbst auch eines Tages diese Traurigkeit ausstrahlen? Würde sie auch die Verzweiflung einer Frau in sich tragen, die ungewollt kinderlos geblieben war?

Unsinn!, schalt sie sich selbst im Stillen. Sie war jung, sie hatte noch alle Zeit der Welt.

Erneut hielt Jasmin Safar inne und sprach erst wieder, nachdem Soraya ihr aufmunternd zugenickt hatte.

»So bin ich hier Heimleiterin geworden und habe meine Stellung als Wirtschaftsdozentin an der Universität aufgegeben. Das Wohl der Kinder ist mir wichtiger. Meine Schwester hilft mir, wo sie kann. Aber wie gesagt, sie hat fünf eigene Kinder zu versorgen. Zwei der älteren Mädchen hier, sie sind dreizehn und fünfzehn, gehen mir zur Hand. Mein Schwager treibt so viel Essen auf, wie er nur kann, aber es ist nie genug. Und es kommen immer mehr Kinder zu uns.«

»Soll das heißen, es gibt hier überhaupt kein Fachpersonal?«

Die Frau duckte sich, als erwartete sie Schläge. »So ist es. Vergeben Sie uns, Hoheit. Wir haben aus reiner Nächstenliebe gehandelt.«

Soraya spürte Wut in sich aufsteigen. Nicht auf diese tapfere Frau, die tat, was in ihrer Macht stand, sondern auf das System ihres Landes, das solch ein schlimmes Elend zuließ.

»Warum haben Sie sich nicht an den Palast gewandt und um Hilfe gebeten?«

»Das haben wir«, erwiderte Jasmin Safar geduldig. »Und ich bin auch bei den zuständigen Ämtern vorstellig geworden. Doch ich wurde überall abgewiesen. Ich besäße keine Qualifikation, hieß es. Ich dürfe ein Heim gar nicht leiten und müsse es schließen. Aber was soll ich tun? Die Kinder einfach auf die Straße setzen? Sie haben hier ein erbärmliches Leben, aber wenigstens leben sie noch. Die Proteste und Gegenproteste während der großen Regierungskrise haben viele von ihnen zu Waisen gemacht.«

Während der großen Krise, überlegte Soraya, *die ich im schönen Rom verbracht habe.* Ihre Wut wurde von einem tiefen Schamgefühl abgelöst.

»Das einzige andere Waisenhaus Teherans ist restlos überfüllt«, fuhr Jasmin Safar fort. »Ich war erst vor einer Woche dort, um zu fragen, ob sie meine zwei Dutzend Kinder aufnehmen. Aber mir wurde die Tür vor der Nase zugeschlagen.«

Soraya machte sich im Geiste eine Notiz. Sie würde dieses Waisenhaus besichtigen.

Jasmin Safar deutete nach draußen. »Auch die kleine Aria hat keine Eltern mehr. Dabei war ihr Vater überhaupt nicht politisch aktiv. Er und seine Frau sind bloß zufällig in eine Straßenschlacht geraten, als sie Holz nach Hause bringen wollten. Aria überlebte nur deshalb, weil die Mutter sie in einem Bauchtuch trug und mit ihrem eigenen Körper beschützte. Ein Freund der kleinen Familie hat sie vor einem Jahr hergebracht und uns die traurige Geschichte erzählt. Er selbst könne sie nicht behalten, da er von der Hand in den Mund lebe. Damals war sie ungefähr ein Jahr alt. Darf ich … sie holen?«

»Wie bitte? Selbstverständlich!«

Jasmin Safar lief schnell nach draußen, hob das Kind vom Boden auf und brachte es herein.

Soraya fragte sich, warum die Frau so lange gewartet hatte. Dann hätte sie sich am liebsten selbst geohrfeigt. Jasmin Safar hatte sich nicht gerührt aus Angst, die Schabana zu verärgern.

»Bist ganz durchgefroren«, schalt die Heimleiterin liebevoll das kleine Mädchen und pustete auf die blauen Fingerchen.

Aria aber wand sich in ihren Armen und streckte die Hände nach Soraya aus.

Instinktiv wich diese zurück. Die Kleine war von einer dicken Dreckschicht überzogen und roch muffig. Ihr Kleidchen war nass vom geschmolzenen Schnee, das dunkle Haar verfilzt und womöglich voller Läuse.

»Ich bitte um Vergebung«, sagte Jasmin Safar schnell. »Sie weiß nicht, wer Sie sind.«

Erneut schämte sich Soraya. Sie wünschte, Lotte wäre hier bei ihr. Die Freundin hätte gewusst, was zu tun war. Sie hätte nicht lange gefackelt und das Kind einfach genommen.

Etwas löste sich in ihrer Kehle. Sie seufzte und streckte die Arme aus.

»Sind Sie sicher, Eure Hoheit? Aria müsste … nun ja … mal gewaschen werden.«

»Ich bin nicht aus Zucker. Und hören Sie endlich mit der Hoheit auf. Ich heiße Soraya.«

Jasmin Safar lief dunkelrot an, und Soraya grinste belustigt. Lotte wäre stolz auf sie gewesen!

Im nächsten Moment hatte sie für nichts anderes mehr einen Sinn als für dieses knochige Menschenbündel in ihren Armen.

Falls Aria jemals so etwas wie Babyspeck besessen haben sollte, war er vollständig verschwunden.

»Sie ist viel zu leicht«, murmelte Soraya.

Die Kleine kuschelte sich an sie, steckte einen Daumen in

den Mund und nuckelte daran. Dabei schaute sie die schöne fremde Frau aus großen Augen an.

Fasziniert stellte Soraya fest, dass sie dieselbe Augenfarbe hatten. Grün wie Smaragde.

Die meisten Perser hatten braune Augen, aber in einem Volk von Eroberern und Eroberten gab es immer mal Abweichungen.

So könnte meine Tochter aussehen, dachte sie, und erneut spürte sie die Traurigkeit wie einen leisen Ruf aus der Zukunft.

»Warum nur wollte sie zu mir?«, fragte sie, während dem Mädchen die Lider zufielen. »Hat sie in mir eine freundliche Seele erkannt? Es heißt, dass Kleinkinder manchmal einen besonderen Instinkt besitzen.«

»Bedauere, Eure Ho … Verzeihung … Frau Soraya. Ich fürchte, es liegt hauptsächlich an Ihrem Pelzmantel. Der sieht so schön warm aus.«

Diesmal wäre Soraya vor Scham am liebsten im Boden versunken. Sie fühlte sich wie ein außerirdisches Wesen, das sich mit menschlichem Leid nicht auskannte. Doch sie bewahrte Haltung und lächelte die Heimleiterin an. »Sie haben sicherlich recht.«

»Übrigens, unsere Kinder haben keine Läuse. Wir suchen die Köpfe jeden Tag ab. Auch wenn wir wenig Wasser haben, so achten wir doch auf diese Dinge.«

Soraya nickte mit unbeweglicher Miene. Sie fand es erschreckend, wie leicht sie offenbar zu durchschauen war, aber sie würde sich nicht auch noch die Blöße geben und ihre Befürchtungen eingestehen.

Während sie das Kind in ihren Armen wiegte, überlegte sie, was zu tun war. In diesem Haus fehlte es an allem, und natürlich würde sie Hilfsgüter und Unterstützung für die tapfere Heimleiterin organisieren. Aber was war am dringendsten?

Da fiel ihr der Spruch ihres Großvaters ein: *Erst kommt das Fressen, dann kommt die Moral.*

»Gibt es hier eine Möglichkeit zu kochen?«

»Nun ja, wir haben eine behelfsmäßige Küche eingerichtet. Mit zwei Gaskochern und ein wenig Geschirr.«

»Gut.« Sie rief ihren Chauffeur herbei, der sich in zehn Schritten Entfernung aufhielt.

»Fahren wir wieder?«, fragte er hoffnungsvoll.

»Noch nicht. Sie gehen einkaufen.«

Er schwieg dazu, aber seine hochgezogenen Augenbrauen drückten deutlich genug aus, was er von dem Vorschlag hielt.

»Lassen Sie sich von Frau Safar sagen, was am nötigsten gebraucht wird. Das Geld strecken Sie bitte vor. Sie bekommen es zurück, sobald wir wieder zu Hause sind.«

Es war ihr ein wenig peinlich, dass sie selbst kein Bargeld bei sich trug, aber bisher war das nie nötig gewesen.

Der Chauffeur nickte widerwillig, beriet sich dann jedoch kurz mit Jasmin Safar und machte sich auf den Weg.

»Ich weiß gar nicht, wie ich Ihnen danken soll«, sagte die Heimleiterin.

»Unsinn. Der Schah und ich sind Ihnen zu größtem Dank verpflichtet, weil Sie sich um die armen Kinder unseres Volkes kümmern. Und ich versichere Ihnen, dieses Heim steht von nun an unter meinem Schutz. Geben Sie mir etwas Zeit, und ich werde eine Stiftung auf die Beine stellen, die Sie hier unterstützen wird. Die … Soraya-Stiftung.«

Jasmin Safar schien nicht ganz mitzukommen, nickte aber freudestrahlend. »Allah sei Dank! Ein glücklicher Wind hat unsere Retterin heute zu uns geführt.«

Dann deutete sie auf Aria. »Soll ich sie Ihnen wieder abnehmen?«

»Nein, danke. Das geht schon noch. Kümmern Sie sich lieber um das Essen.«

Bald darauf kehrte der Chauffeur zurück, und eine halbe Stunde später drang aus der Küche der würzige Duft nach Tahdig, einem einfachen, aber schmackhaften Gericht aus Reis und Kartoffeln.

Die kleine Aria war mittlerweile fest eingeschlafen.

Soraya ertappte sich dabei, wie sie leise »Der Mond ist aufgegangen« summte – das Abendlied, das sie augenblicklich in ihre Kindheit in Berlin zurückversetzte.

Erst als sie den verblüfften Blick ihres Chauffeurs auffing, verstummte sie.

»Wir können jetzt aufbrechen, Eure Hoheit«, sagte er unterwürfig, aber mit einer gewissen Schärfe in der Stimme.

»Gleich.« Sie war noch nicht bereit, sich von dem Kind zu trennen, obwohl ihr das Herz mit jeder Minute schwerer wurde.

Also folgte sie dem Duft und betrat die Küche. Der Raum war ebenso kahl wie die anderen, aber an einer Wand saßen die Kinder, brav im Schneidersitz aufgereiht vom Kleinsten bis zur Größten. Bei Letzterer handelte es sich offenbar um eine der Helferinnen. Denn während ein zweites Mädchen Jasmin Safar an den Gaskochern zur Hand ging, achtete dieses Mädchen streng darauf, dass alle mucksmäuschenstill blieben und die notdürftig gewaschenen Hände im Schoß hielten. Machte einer der frecheren Jungen auch nur eine winzige Bewegung, vielleicht, um seinen Nachbarn anzurempeln oder ihm in den Arm zu zwicken, schoss das Mädchen sofort hoch und verpasste ihm eine Kopfnuss. Dann setzte es sich wieder hin und tat, als sei nichts geschehen.

Soraya zog es vor, diese Art von Maßregelung zu übersehen. Ihr Bruder Bijan hatte sich zwar manches Mal eine Ohrfeige von seinen Eltern eingefangen, wenn er es gar zu bunt getrieben hatte, doch zu härteren körperlichen Züchtigungen war es nicht gekommen.

Allerdings wusste sie auch nicht, ob diese zusammengewürfelte Truppe anders zu bändigen war.

Währenddessen verteilte Jasmin Safar auf vier Schüsseln mit Tahdig reichlich Butterstücke.

Die Augen der Kinder wurden größer und größer. Selbst Soraya zog genüsslich die Luft ein.

»Welch ein Luxus«, schwärmte die Heimleiterin. »So viel Butter hatten wir noch nie.«

Sie warf dem Chauffeur einen dankbaren Blick zu. Doch der verzog keine Miene, stand breitbeinig in der Tür und verlor sichtlich die Geduld.

Jasmin Safar wandte sich an Soraya. »Ich wage kaum zu fragen, aber möchten Sie unser bescheidenes Mahl mit uns teilen?«

Fast hätte Soraya zugestimmt. Es war inzwischen später

Nachmittag, und sie hatte seit einem kargen Frühstück am Morgen noch nichts gegessen.

Sie konnte sich jedoch gerade noch beherrschen und schüttelte freundlich den Kopf. »Herzlichen Dank, aber ich muss mich wieder auf den Weg machen.«

Von der Tür her erklang ein erleichtertes Seufzen.

»Dann nehme ich Ihnen mal die Kleine wieder ab«, sagte Jasmin Safar.

»Ja.«

Soraya gab sich alle Mühe, aber ihre Arme wollten ihr nicht gehorchen und das Kind freigeben.

Sie spürte, dass alle Augen auf sie gerichtet waren, und wusste, sie benahm sich lächerlich.

Doch erst als Aria von dem Essensduft aufwachte und zu jammern anfing, schaffte sie es, das Kind herzugeben.

Dann machte sie zwei Schritte zurück und sah, wie die beiden größeren Mädchen nun je eine Schüssel mit Tahdig vor jeweils drei Kinder stellten. Mit gebeugten Köpfen warteten sie, bis die Heimleiterin Allah für diesen unverhofften Segen gedankt hatte, dann machten sie sich mit der rechten Hand ans Essen.

Es war herzzerreißend zu sehen, wie glücklich diese Kinder über eine warme Mahlzeit waren.

Mit einem Ruck wandte sich Soraya um und verließ fluchtartig das Waisenheim.

Auf der Rückfahrt dachte sie angestrengt nach.

Die Soraya-Stiftung. Das klang zwar wunderbar, aber solange kein konkreter Plan dahintersteckte, war es nur ein Begriff.

Sie überlegte, wie sie Gelder für dieses Waisenheim beschaffen könnte, und sie ahnte schon, sie würde damit nicht zu ihrem Mann gehen können. Täglich wurde der Schah mit Bitten um Spenden und Unterstützung förmlich überschüttet. Sie wollte ihm keine weiteren Lasten aufbürden. Außerdem war sie eine kluge, durchsetzungsfähige Frau. Und die First Lady des Landes. Ihr würde schon etwas einfallen.

Einige Tage lang wälzte sie das Problem im Kopf hin und her, während sie ihren üblichen Pflichten nachging. Sie begleitete den Schah zu Empfängen, pflegte pflichtbewusst ihr Verhältnis zur kaiserlichen Familie und lud regelmäßig die Damen der besseren Gesellschaft zum Tee in die Villa Echtessassi ein.

Aber sie vergaß das Waisenhaus nicht und glaubte, noch immer das federleichte Gewicht der kleinen Aria in ihren Armen zu spüren. Sie beauftragte einen Diener, zwei Kohleöfen und genügend Nahrungsmittel zu Jasmin Safar zu bringen, aber sie wusste, um wirklich etwas zu bewirken, würde sie Hilfe brauchen.

Während einer ihrer Teegesellschaften sah sie sich geistesabwesend in der Runde der feinen Damen um. Sie alle stammten aus Persiens Oberschicht, hatten nie Not gelitten und hatten sich um Soraya geschart, kaum, dass Mohammad Reza wieder in Amt und Würden gewesen war.

Soraya wusste, nicht alle Familien waren dem Schah treu ergeben gewesen. Doch sie hatten sich mit unglaublicher Geschwindigkeit den Tatsachen angepasst und redeten sich und anderen nun ein, sie wären stets seine Anhänger gewesen.

Falsche Schlangen, ging es ihr durch den Kopf, *die noch nie etwas Sinnvolles im Leben getan haben.*

Sie dachte an die vielen bedürftigen Menschen des Landes, an die Waisenkinder, an erschöpfte Mütter, an junge Mädchen ohne Zukunftsperspektive.

Plötzlich kam ihr eine Idee. Sie stellte ihre Teetasse so heftig ab, dass sie fast zerbrochen wäre, und legte das Stück Halva zurück, das sie gerade hatte essen wollen.

»Meine Damen«, sagte sie feierlich. »Ich gründe eine Stiftung und brauche Ihre Unterstützung.«

Sie erntete ratlose und dann angeekelte Blicke, als sie von den Zuständen im Waisenhaus berichtete, aber alle Frauen sagten ihr sofort ihre Hilfe zu.

Was sollen sie auch sonst tun?, überlegte Soraya amüsiert. *Der First Lady ihre Hilfe verweigern?*

Nach kurzer Diskussion beschloss Soraya, einen Wohltätigkeitsball im Golestanpalast zu geben, um die Stiftung der Öffentlichkeit vorzustellen.

Eintrittskarten wurden angefertigt, die von den Damen sofort an ihre Bekannten verkauft wurden, die wiederum weitere Gäste gewinnen konnten.

Namhafte Kaufhäuser boten Preise für eine Tombola, berühmte Schauspieler und Sänger waren bereit, umsonst aufzutreten. Es gab sogar reichlich anonyme Spenden.

Der Ball wurde ein großer Erfolg. Es konnten ausreichend Kohle, Decken und Stoffe für Kinderkleidung gekauft werden. In den guten Häusern ratterten pausenlos die Nähmaschinen.

Dann kam Soraya auf die Idee, Anzeigen in die Zeitungen zu setzen. Hersteller schickten daraufhin Betten, Lebensmittel und weitere Stoffe. Die Stiftung wurde mit weiteren Sachspenden, aber auch mit hohen Geldbeträgen geradezu überschüttet.

Die großzügigen Spenden kamen auch dem staatlichen Waisenhaus zugute, und viele der ärmsten Familien konnten unterstützt werden. Vor allem aber wurde die Einrichtung von Jasmin Safar ganz neu ausgestattet, nachdem das Gebäude fertig gebaut und gut isoliert worden war. Außerdem sorgte Soraya dafür, dass Fachpersonal eingestellt wurde, während Jasmin Safar die Leitung der Stiftung übernehmen sollte, wofür sie als Wirtschaftsdozentin von der Uni gut geeignet war. Ihr selbst würde neben ihren anderen Verpflichtungen nicht genügend Zeit dafür bleiben.

Mohammad Reza hatte Soraya auch die »Mutter-Kind-Organisation« übertragen. Die Aufgabe war nicht leicht. In Teheran gab es nur ein einziges Sanatorium, und dieses verfügte noch nicht einmal über einen Operationssaal. Ein Krankenhaus für die notleidenden Mütter und ihre Kinder war schon lange vorgesehen, aber bisher standen nur die Grundmauern. Soraya würde dafür sorgen, dass es seinen Betrieb aufnehmen konnte.

Jasmin Safar war einverstanden, bat sich aber aus, einmal in der Woche im Waisenheim sein zu dürfen. Ihre Schützlinge waren ihr ans Herz gewachsen, und sie berichtete Soraya stolz von deren Fortschritten.

Die kleine Aria, so erzählte sie eines Tages, sei von einer der neuen Betreuerinnen adoptiert worden. Sie habe nun eine glückliche Zukunft vor sich.

Soraya lächelte. Sie freute sich für das Kind. Den Schmerz in ihrem Innern ignorierte sie.

Im Laufe der folgenden Monate ging Soraya in ihrer Rolle als Wohltäterin des Landes auf. Doch das Ausbleiben eines Thronerben überschattete ihr Leben zunehmend. Allen voran die Kaiserinmutter übte Druck auf sie aus.

Sorayas Verzweiflung nahm zu. Was sollte sie bloß tun? Sie teilte so oft das Bett mit ihrem Mann, wie es ihrer beider Verpflichtungen zuließen. Sie folgte sämtlichen Ratschlägen – kamen sie von ihrem Vertrauten Dr. Ayadi oder einem Gynäkologen. Sie hörte auch auf die alten Frauen im Palast, betete inbrünstig zu Allah und zur Sicherheit auch noch zum christlichen Gott.

Nichts half.

Sorayas Bauch blieb flach, und obwohl sie noch so jung war – erst Anfang zwanzig –, wurde sie von so manchem in ihrer Umgebung bald angeschaut wie eine vertrocknete alte Jungfer.

Sie wusste nicht mehr ein noch aus.

Teil IV

Das Ende eines Traums

16. Kapitel

Hamburg, Februar 1955

»Da brat mir doch einern Storch!«

Lotte stand im Salon der Suite und rieb sich über die Augen. »Und dieser ganze Prunk ist nur für dich und deinen Scheich? ’tschuldigung. Ich wollte sagen Schah, oder Majestät, oder was sonst richtig ist. Oder wenigstens Gemahl.«

»Mohammad Reza ist mein Mann, so wie Willi dein Mann ist«, erwiderte Soraya belustigt.

»Nee, auf keinen Fall. Mein Willi ist ein Mann aus dem Volk. In der Woche malocht er an den Maschinen, samstags geht er zum Fußball und inne Kneipe, und am Sonntag macht er ein Familienausflug an den Wannsee. Dein Mohammad Reza herrscht über ein ganzes Land, fliegt um die Welt und vergnügt sich mit Empfängen für Könige und Staatschefs. Der ist also mindestens ein Gemahl.«

Soraya gab es auf. Gegen Lotte war sie noch nie angekommen. »Möchtest du dich nicht setzen?«

»Gleich. Wenn ich verdaut habe, wat ich sehe.«

Auf Zehenspitzen stakste Lotte über weiche Teppiche,

unter schimmernden Kronleuchtern hindurch und an antiken Möbeln aus Mahagoni vorbei zu einer der hohen Fenstertüren.

»Hab ichs dir nicht schon damals vorhergesagt?«, rief sie über die Schulter. »Eines Tages bist du berühmt, und man jubelt dir zu. Und ich stehe bei den einfachen Leuten und kriege dich gar nicht richtig zu sehen.«

Dann trat sie hinaus.

Soraya hätte sie gern zurückgehalten. Was würden die Schaulustigen denken, wenn da plötzlich eine fremde Frau stand und nicht mehr sie, die umschwärmte Soraya?

Noch vor einer halben Stunde hatte sie von diesem Balkon aus lächelnd gewinkt und sich heimlich über die große Menschenmenge gewundert. Der Neue Jungfernstieg vor dem Hotel Vier Jahreszeiten war voll von Leuten gewesen. Der Straßenverkehr war zum Erliegen gekommen, und Hunderte Stimmen hatten nach Soraya gerufen.

In den vergangenen Wochen war sie mit Mohammad Reza in Bonn, Düsseldorf und München gewesen und hatte sich nach und nach an ihre Beliebtheit in Deutschland gewöhnt. Doch sie hatte geglaubt, die Hamburger wären vielleicht ein bisschen zurückhaltender.

Ein gewaltiger Irrtum. Weil ihr so kalt gewesen war, hatte sie den Balkon schließlich wieder verlassen und gehofft, ihre Bewunderer nicht zu verärgern.

»Komm bitte wieder rein«, sagte sie und zupfte am weiten Wintermantel ihrer Freundin.

Lotte seufzte dramatisch. »Zu schade. Draußen ist keiner

mehr. Ich hätte so gern einmal so getan, als wäre ich du. Guck mal.«

Sie hob den rechten Arm und wedelte mit der Hand, als wollte sie eine Fliege verscheuchen. »Vornehm winken kann ich auch.«

Soraya schloss schnell die Balkontür hinter ihr und zog die Vorhänge zu.

»Das würde einen schönen Skandal geben«, sagte sie, konnte sich aber ein Grinsen nicht verkneifen. »Und glaub mir, du willst ganz bestimmt nicht an meiner Stelle sein.«

»Und ob! Immer nur Bälle, schicke Kleider, Juwelen, berühmte Leute und aufregende Reisen. Das muss himmlisch sein!«

»Es ist anstrengend«, gab Soraya zurück. »Außerdem dienen all diese Dinge dazu, Persien in der Welt bekannt zu machen.«

»Kapiert, Fräulein Hochgestochen.«

Soraya fühlte sich missverstanden. Vor ihrer Freundin wollte sie nicht als Luxuspüppchen dastehen. Obwohl ihre Leben inzwischen so unterschiedlich waren, lag ihr immer noch etwas an Lottes Meinung.

»Wenn ich in Teheran bin, kümmere ich mich um einige soziale Projekte. Meine Stiftung setzt sich dafür ein, dass Waisenkinder eine Zukunft haben. Auch Krankenhäuser werden von uns unterstützt.«

»Ist ja schon gut. Ich weiß doch am besten, dass du ein toller Mensch bist. Du hast schon immer ein Herz für andere gehabt.«

Soraya entspannte sich und schenkte der Freundin einen dankbaren Blick. »Möchtest du dich jetzt setzen?«

»Na gut.«

Lotte ging zu einem blank polierten Esstisch mitten im Salon und bestaunte den großen Obstkorb.

»Erdbeeren mitten im Winter! Verrückt! Kann ich mal probieren?«

»Natürlich.«

Lotte häufte sich reichlich Beeren auf einen Teller, ging zu einem Sofa, das mit blassgelb schimmerndem Chintz bezogen war, und ließ sich darauf fallen.

»Schmecken irgendwie nach nichts«, erklärte sie, nachdem sie eine Frucht gekostet hatte. »Bist du sicher, dass die echt sind?«

»Schon. Aber sie werden in Gewächshäusern gezogen. Ihnen fehlt das Sonnenlicht. Das Aroma kann sich nicht richtig entfalten.«

»Da warte ich doch lieber auf den Frühling.« Lotte stellte den Teller beiseite. »Jetzt erzähl mal, wie es dir wirklich geht, Soraya. Und dann entscheide ich, ob ich immer noch mit dir tauschen will.«

»Willst du nicht deinen Mantel ausziehen? Der ist dir viel zu groß. Erinnert mich an diesen Militärmantel, denn du damals im Zug getragen hast. Darin bist du auch fast verschwunden.«

»Nee, danke.«

»Aber die Suite ist gut geheizt.«

»Trotzdem.«

Ratlos schaute Soraya die Freundin an. Litt Lotte etwa

nach all den Jahren noch immer unter Ängsten, die sie im Krieg und in den Zeiten danach entwickelt hatte? Fürchtete sie, jemand könnte ihr den Mantel stehlen, wenn sie ihn auszog?

Soraya beschloss, ihr ihren Willen zu lassen, aber sie spürte einen Anflug von Fremdheit zwischen ihnen. Was sicherlich kein Wunder war. Schließlich sahen sie sich nach fünf Jahren zum ersten Mal wieder. Klar, es hatte Telefongespräche gegeben, in letzter Zeit aber selbst die nicht mehr.

Umso größer war ihre Überraschung gewesen, als ein Fräulein vom Empfang vor einer halben Stunde in der Suite angerufen hatte. Eine gewisse Lieselotte Michaelis verlange nach der Kaiserin und lasse sich nicht abwimmeln. Ob man die junge Frau vom Wachpersonal entfernen lassen sollte?

»Nein«, hatte Soraya schnell geantwortet. Frau Michaelis sei eine alte Freundin. Man solle sie zu ihr bringen.

Mohammad Reza war bereits vor einer Stunde zu einem geschäftlichen Mittagessen im Hafen aufgebrochen. Ausnahmsweise musste Soraya nicht dabei sein, worüber sie überaus erleichtert gewesen war.

Auf dem Balkon hatte sie nur kurz ein bisschen frische Luft schnappen wollen, hatte dann aber eine gute halbe Stunde bei Minusgraden ausgeharrt, bis sie einfach nicht mehr konnte.

Ganz gut, hatte sie gedacht. *Dass Mohammad Reza das jetzt nicht miterlebt hat.*

Seit sie sich in Deutschland aufhielten, wuchs seine Eifersucht auf ihre Beliebtheit, und sie wusste nicht, wie sie mit der Sache umgehen sollte. Sie betete ihren Mann an und wollte ihn nicht verärgern, doch sie war auch von der Zuneigung der Deutschen gerührt.

Lotte unterbrach ihre Gedanken. »Na? Willste nich mal anfangen? Ich habe nich ewig Zeit. Mein Zug zurück nach Berlin geht heute Nachmittag um zwei. Wenn ich Glück habe, bin ich zum Abendessen zu Hause. Aber wahrscheinlich nich.«

Eine Flut von Erinnerungen stürzte auf Soraya ein. Die Zugfahrt damals, die Kälte, der lange Aufenthalt. Auch vor fünf Jahren war es Februar gewesen. *Schon seltsam,* dachte sie, *dass wir uns in diesem Monat wiedersehen.*

»Ist es denn immer noch so schlimm mit den Grenzkontrollen?«

»Schlimmer. Ich war ewig nicht mehr aus Berlin raus, aber heute früh hat der Zug in Boizenburg fast eine Stunde gestanden.«

»Boizenburg? Wo liegt das?«

»Bei Lauenburg, an der Elbe. Nur auf der anderen Seite der Grenze. Und man durfte nicht einmal aufs Klo. Stell dir das vor. Ich dachte, meine arme Blase platzt gleich. Wo ich doch …« Lotte biss sich auf die Unterlippe und sprach nicht weiter.

Soraya achtete nicht weiter darauf. »Eigentlich wollten wir auch noch nach Berlin«, erklärte sie. »Dann aber mit dem Flugzeug. Doch der Schah hat anders entschieden. Wir sind schon zu lange unterwegs. Erst Amerika, dann Europa. Er meint, es ist Zeit, dass wir nach Hause zurückkehren.«

Lotte nickte. »Ja, das hat Mutti in der Zeitung gelesen.

Deswegen habe ich mich ja auf den Weg gemacht. Näher werden wir uns so schnell wahrscheinlich nicht mehr kommen.«

»Danke«, sagte Soraya, setzte sich zu Lotte aufs Sofa und wollte sie umarmen.

Zu ihrer Überraschung wich die Freundin jedoch erschrocken zurück.

»Ich glaube, ich habe mich im Zug erkältet«, sagte sie und schickte ein ziemlich falsch klingendes Niesen hinterher. »Ich will dich nicht anstecken.«

»Versteh schon«, erwiderte Soraya. In Wahrheit jedoch war sie ratlos und fühlte sich verletzt. Ihr erstes Wiedersehen nach all den Jahren, und Lotte wollte sie nicht einmal umarmen?

Weil sie dann schwieg, redete Lotte schließlich weiter. Sie wirkte nervös und wich Sorayas Blick aus.

»Der Franz lässt dich ganz dolle grüßen. Er wäre am liebsten mitgekommen, aber dann war ihm die Reise doch zu anstrengend.«

»Er ist doch hoffentlich nicht krank?«, fragte Soraya. Dass sie ihren Großvater nicht besuchen konnte, schmerzte sie sehr, doch sie hatte sich selbstverständlich dem Willen ihres Mannes gebeugt.

Lotte schüttelte den Kopf. »Nee, bloß ein bisschen klapprig. Ist ja nun Mitte achtzig. Meine Mutti kümmert sich schon um ihn. Aber diese lange Zugfahrt ist einfach nichts für ihn.«

Soraya nickte, nahm sich jedoch vor, ihn nachher noch anzurufen. Sie wollte von ihm selbst hören, dass es ihm gut ging. In Bonn waren Mohammad Reza und sie zu Gast bei ihren Eltern gewesen. Ihre Mutter hatte erzählt, dass sie Franz Karl zu Weihnachten besucht hätten und dass er so weit auf dem Damm gewesen sei.

So oder so, Soraya freute sich darauf, mit ihm zu sprechen.

»Mit Franz und Harald ist Mutti gut beschäftigt«, fuhr Lotte fort. »Na ja, mit Harald eigentlich immer weniger. Er ist schon fast ein Mann.«

»Wie alt ist er jetzt?«

»Fünfzehn. Aber groß für sein Alter. Das war Muttis gute Küche.«

»Geht er noch zur Schule?«

»Ja, aber nicht mehr lang. Nach der Hauptschule will er inner Strumpffabrik in die Lehre gehen. Er will nämlich Maschinenmechaniker werden wie mein Willi. Der ist für ihn so was wien Vati geworden.«

»Das klingt wunderbar«, erwiderte Soraya. Sie freute sich darüber, dass der Junge sich so wunderbar entwickelt hatte.

»Mutti hat übrigens überlegt, ob sie noch ein anderes Kind aufnehmen soll.«

»Und?«

»Nee. Sie meinte, sie ist zu alt dafür, und der Franz braucht sie ja noch. Und mir hilft sie auch, wenn mal alles über meine Kräfte geht. Eigentlich haben wir mit dem Verein jetzt gar nicht mehr so viel zu tun.«

»Und findet ihr das schade?«

Erneutes Kopfschütteln. »Ich glaube, Mutti ist erleichtert. Franz ist ja mit im Vorstand und hält sie auf dem Laufenden.

Ich habe sowieso keine Zeit mehr. Schließlich muss ich mich um meine Familie kümmern.«

Soraya wusste, dies war der Moment, in dem sie nach Lottes Tochter fragen sollte.

Sie brachte es nicht über sich, sondern stand auf und trat wieder an die Balkontür.

Während ihre Freundin nun doch die vorher verschmähten Erdbeeren aß, dachte sie daran, mit wie viel Hoffnung sie im vergangenen November ihre große Reise angetreten hatte.

Offiziell war der Schah mit seiner schönen jungen Frau in der Welt unterwegs, um sein Land bekannt zu machen. Nach dem Ende der Ölkrise wurde die Förderung des kostbaren Rohstoffes nun von einem internationalen Konsortium geleitet. Der Iran blieb Eigentümer seiner Bodenschätze und erhielt fünfzig Prozent vom Gewinn.

Mit dieser Sicherheit im Rücken hoffte Mohammad Reza, neue Firmen und Investoren für sein Land zu gewinnen.

Inoffiziell ging es aber auch um Sorayas ausbleibende Schwangerschaft.

Schon in New York, der ersten Stadt, die sie besuchten, wurde sie im American Hospital gründlich untersucht. Alles war normal. Der Arzt erklärte ihnen, dass die vielen Schrecken, Strapazen und Sorgen, die Soraya in den vergangenen Jahren hatte durchmachen müssen, durchaus an der Unfruchtbarkeit schuld sein konnten. Das sei jedoch nur vorübergehend. Es müsse sich erst alles wieder einspielen.

Die folgenden zwei Wochen in New York liebten sie einander inniger denn je und erkundeten tagsüber die wundervolle Stadt. Mohammad Reza verwöhnte sie nach Strich und Faden. Er war ihr dankbar, weil sie in den schweren Zeiten immer zu ihm gehalten hatte, und seine Großzügigkeit kannte keine Grenzen.

Es folgten Aufenthalte in Washington, Los Angeles und Miami, bevor sie an Bord der Queen Mary gingen und nach Southampton in England fuhren. Und obwohl Soraya auch die Seereise über den Atlantik genoss, blieb sie innerlich angespannt und hoffte auf ein Wunder.

»Welches war der schickste Mann, den du in Amerika getroffen hast?«, wollte Lotte wissen. Sie hatte die Erdbeeren aufgegessen und schaute sie neugierig an.

Soraya kehrte zum Sofa zurück und lächelte. »Ich fand Gary Cooper interessant, und Robert Taylor. Für beide habe ich als junges Mädchen geschwärmt. Es fühlte sich irgendwie komisch an, sie in Hollywood persönlich zu treffen.«

»Wie aufregend!«, rief Lotte aus.

»Aber noch mehr hat mich ein junger Senator fasziniert, den Mohammad Reza und ich in Florida kennengelernt haben. Er heißt John F. Kennedy, und man sagt, ihm stünde eine große Karriere bevor.«

Lotte strahlte. »Stell dir vor, er wird eines Tages Präsident von Amerika, und dann kannst du sagen, du bist ganz dicke mit ihm.«

Soraya lachte. »Ich fand auch seine Frau Jacqueline bezaubernd. Sie ist wunderschön, weltgewandt und sehr elegant.«

»Bestimmt nicht schöner als du«, meinte Lotte. »Kann gar nicht sein.«

Endlich fühlte Soraya wieder die frühere Verbundenheit mit ihrer Freundin. »Du bist ein Schatz.«

»Ach, Quatsch. Ich wäre gern nur ein ganz kleines bisschen so schön wie du.«

»Aber du siehst wundervoll aus. Du strahlst geradezu, und du bist auch nicht mehr so mager.«

Zu ihrer Verblüffung errötete Lotte und senkte den Blick.

Eine Ahnung beschlich Soraya, und ihr sank das Herz. Auf einmal war sie ziemlich sicher, dass ihre Freundin nicht mit ihr tauschen wollte. Sie hatte alles, was eine Frau sich nur wünschen konnte.

Lotte trank hastig etwas Wasser und schien all ihren Mut zusammenzunehmen, als sie fragte: »Wie steht es denn mit der … ähm … Familienplanung?«

Nun spürte Soraya, wie ihre eigenen Wangen glühend heiß wurden.

Lotte setzte schnell hinzu: »Entschuldigung. Ich will nicht neugierig sein. Aber alle Zeitungen schreiben darüber, und Mutti hat sich auch schon gewundert.«

Soraya dachte an all die Ärzte, die sie nach New York noch aufgesucht hatte. In Los Angeles, in Miami, in London, in Düsseldorf. Alle hatten gesagt, mit ihr sei alles in Ordnung. Sie müsse nur Geduld haben. Geduld.

Sie beschloss, Lotte die Wahrheit zu sagen. Wenn sie sich nicht einmal ihrer Freundin anvertrauen konnte, wem dann? Trotzdem bat sie: »Versprich mir, dass du es für dich behältst.«

»Großes Pfadfinderehrenwort.«

»Vielen Dank. Also, ich versuche schon seit ein paar Jahren, schwanger zu werden. Aber es will einfach nicht klappen.«

»Ist doch kein Wunder. Erst warst du todkrank und ein Klappergestell. Dann wollte man euch an den Kragen, und ihr musstet fliehen. Bist ja nie richtig zur Ruhe gekommen.«

Wäre sie nicht so traurig gewesen, hätte Soraya jetzt wieder gelacht. Das war so typisch Lotte. Was all die klugen Ärzte in umständlich lange Reden verpackt hatten, das hatte diese einfache junge Frau mit klaren Worten zusammengefasst.

»Weißt du noch?«, fragte Lotte. »Mutti hat dir auch schon mal gesagt, dass man sich auf die Natur verlassen kann. Oder so ähnlich. Ich habe damals mitgehört, als ihr telefoniert habt. Na ja, aber jetzt, wo ihr so gemütlich um die Welt reist, wird sich ganz bestimmt bald was Kleines ankündigen.«

Soraya seufzte. Erst am Morgen hatte ihre Periode eingesetzt und damit einen winzigen Hoffnungsschimmer erstickt.

»Ich verstehe es einfach nicht«, sagte sie leise. »Mohammad Reza und ich wünschen uns so sehr ein Kind. Wieso funktioniert es nicht?«

»Ach, Süße. Wenn ich dir nur helfen könnte.« Lotte beugte sich vor und griff nach ihrer Hand. Dabei klaffte ihr Mantel ein Stück auf, und Soraya sah ihren Verdacht bestätigt.

»Du hättest es mir sagen können.«

»Was denn?«

Lotte blickt auf ihren vorstehenden Bauch. »Ach, verflixt. Es tut mir so leid. Mutti meinte, ich soll bloß meine Klappe halten, damit ich dir keinen Kummer mache.«

Soraya zog ihre Hand zurück und stand wieder auf. Unruhig ging sie im Zimmer auf und ab.

»So weit ist es schon gekommen«, sagte sie.

»Was meinst du?«

»Meine beste Freundin traut sich nicht, mir zu verraten, dass sie schwanger ist.«

Lotte sprang auf und fiel ihr in die Arme. »Es tut mir so leid! Verzeihst du mir?«

»Aber natürlich, du Dummerchen.«

»Ach, da bin ich aber mächtig froh. Und es macht dir auch ganz bestimmt nichts aus? Dass ich schon wieder ein Kind kriege?«

»Unsinn. Wann ist es denn so weit?« Sie war nicht ganz ehrlich, hoffte aber, überzeugend zu klingen.

»So ungefähr in drei Monaten. Wir wollten unbedingt ein Geschwisterchen für unser Lenchen.«

Soraya nickte nur und suchte nach den richtigen Worten, fand aber keine, bei denen sie ihre wahren Gefühle nicht verraten hätte.

Lotte schien ihre Stimmung aufzufangen. »Vielleicht sollte ich jetzt besser gehen.«

Schon wollte Soraya zustimmen. Erst als ihre Freundin sich schon mit einem traurigen Blick in den Augen von ihr abwandte, kam sie wieder zu sich.

»Nein!«, sagte sie so scharf, dass sie beide zusammenzuckten. »Ich meine, entschuldige. Es ist nur nicht ganz leicht für mich.«

»Ich weiß«, erwiderte Lotte und drehte sich wieder zu ihr um. »Mutti meinte ja, ich sollte in diesem Zustand gar nicht fahren. Wegen der Strapazen und wegen …«

»Mir.«

»Äh, ja.«

Voller Zuneigung dachte Soraya an Elfriede Reinecke. Sie war eine Frau, die ihren Ehemann und ihre jüngste Tochter verloren hatte, und doch brachte sie den Mut auf weiterzumachen, sorgte sich um andere Menschen und nahm einen heimatlosen Jungen bei sich auf.

Eine Elfriede Reinecke hätte in diesem Moment Größe gezeigt.

Sie schluckte ein paarmal. »Erzähl mir von Helene«, bat sie dann.

»Gerne. Kann ich mich wieder setzen? So langsam wird dieser Bauch schwer.«

»Natürlich. Brauchst du etwas? Einen Tee vielleicht?«

»Oh ja, bitte. Und vielleicht ein Brötchen. Habe heute nicht viel gegessen, und diese Erdbeeren schwimmen komisch in meinem Magen rum.«

Soraya ging zum Telefon und gab ihre Bestellung auf.

Eine Viertelstunde später brachte ein Zimmerkellner einen Servierwagen mit einer großen Kanne Tee und einer Etagere voll mit Köstlichkeiten herein. Es gab kleine Sandwiches mit verschiedenen Sorten Aufschnitt und dazu eine Auswahl an Küchlein.

Kaum war er wieder weg, aß Lotte ein halbes Dutzend von den Sandwiches und spülte mit Tee nach.

»Lecker. Obwohl mein Willi sagen würde, das ist bloß was fürn hohlen Zahn. Und was ist das?« Sie hielt ein Gebäckteil hoch.

»Das ist ein Scone«, erklärte Soraya. »Die sind sehr beliebt in England. Hier.« Sie reichte ihr zwei Schälchen. »Du musst etwas Schlagsahne und Marmelade darauf verteilen.«

Lotte tat es, biss von dem ihr unbekannten Gebäck ab und verdrehte verzückt die Augen. »Köstlich! Heißt das, wir veranstalten gerade eine englische Teezeit, so wie die junge Queen Elizabeth?«

»Ganz genau!«, erwiderte Soraya lächelnd. »Nur sind wir ein paar Stunden früher dran.«

Sie goss sich ebenfalls etwas Tee ein und nippte an ihrer Tasse.

»Ach«, sagte Lotte seufzend. »Ich fühle mich schrecklich vornehm. Isst du nichts?«

»Ich habe keinen Hunger.«

»Kein Wunder, dass du immer noch so dünn bist.«

»Lassen wir das. Hast du ein Foto von deiner Tochter? Wie alt ist sie jetzt?«

»Sie wird im März zwei«, sagte Lotte mit einem gewissen Stolz in der Stimme. »Und vielen, vielen Dank für die Babyausstattung, die du damals geschickt hast. Mein Lenchen war das allerschönste Neugeborene von ganz Kreuzberg.«

»Das habe ich gern getan.«

Lotte kramte nun in ihrer abgegriffenen Handtasche

herum und brachte schließlich zwei Aufnahmen zum Vorschein.

Soraya nahm sie entgegen. Auf dem ersten Bild lächelte ihr ein pausbäckiges Kleinkind entgegen, das Lotte wie aus dem Gesicht geschnitten war. Das zweite Foto zeigte die ganze Familie. Es stammte offenbar vom vergangenen Sommer, denn Lotte und die damals noch viel kleinere Helene trugen identische Badeanzüge, während Willi seinen breiten Brustkorb zeigte.

»Dein Mann ist ja ein Riese!«, rief Soraya überrascht.

Lotte grinste. »Der Willi ist schon ein Brocken. Und er will, dass das nächste Kind ein Junge ist, der dann genauso groß wird. Du weißt ja, wie die Männer sind. Die wollen unbedingt einen Stammhalter. Oh, verflixt … Soraya, ist dir nicht gut? Du bist ganz blass.«

»Es … es geht schon«, erwiderte sie gepresst.

»Ich bin ja so ein Hornochse! Komme ausgerechnet dir mitm Stammhalter. Bitte verzeih mir.«

Sie hatte einen weiteren Scone mit Sahne und Marmelade bestrichen, vergaß aber, ihn zum Mund zu führen. So tropften nun weiße und rote Kleckse auf den Teppich. Soraya atmete ein paarmal tief durch.

»Lotte, du musst mich nicht wie ein rohes Ei behandeln. Es ist alles in Ordnung.«

Ihre Freundin hatte auf einmal Tränen in den Augen. Im nächsten Moment heulte sie auch schon los. Es war, als sei ein Damm gebrochen, denn sie schien sich gar nicht wieder beruhigen zu wollen.

»Das … das sind die ollen Hormone«, sagte sie zwischendurch schniefend. »Bei Helene war ich auch immer nah am Wasser gebaut.«

Soraya fragte sich, wie es sich wohl anfühlen mochte, wenn man plötzlichen Stimmungsschwankungen unterworfen war. Sie konnte es sich nicht vorstellen.

Schließlich versiegten die Tränen, und nach einer weiteren Tasse Tee aß Lotte auch noch drei weitere Scones.

»Ich habe gekleckert.«

Soraya winkte ab. »Ist nicht schlimm.«

Unauffällig warf sie einen Blick auf ihre Armbanduhr.

Nicht unauffällig genug.

»Wann kommt deine Majestät zurück?«

»Ich denke, es dauerte nicht mehr lange. Ich … mache euch gern miteinander bekannt.«

Lotte schüttelte energisch den Kopf. »Bloß nicht! Ich meine, nee, das ist nichts für mich. Mit meinem Bauch kann ich nicht maln Knicks machen. Und du sollst dich auch nicht für mich schämen.«

»Ich würde nie …«

»Glaube ich dir sogar. Trotzdem. Das istne andere Welt. Mit dir komme ich schon klar, weil ich dich kenne, seit du verängstigt mit mir im Abteil gesessen hast. Aber son Herrscher? Am Ende fange ich wieder an zu heulen. Das wäre furchtbar peinlich.«

»In Ordnung«, gab Soraya nach. Sie ließ sich nicht anmerken, dass sie heimlich erleichtert war. Nicht, weil sie sich ihrer Freundin schämte, sondern weil sie wusste, dass Mohammad Reza angesichts der Schwangerschaft vermutlich ebenso schwermütig werden würde wie sie selbst.

Sie packte Lotte noch die restlichen Sandwiches und Küchlein ein und brachte sie zur Tür.

Lotte umarmte sie fest. »Du hast mir schrecklich gefehlt, Soraya.«

»Du mir auch. Ich kann mit niemandem so gut reden wie mit dir.«

Lotte strahlte. »Danke. Darf ich das der ›Constanze‹ erzählen? Dann kriege ich vielleicht Geld dafür.«

»Untersteh dich!«

Sie brachen gleichzeitig in Gelächter aus und fühlten sich für einen Moment beide in die Vergangenheit zurückversetzt. Dann umarmten sie sich noch einmal, und Soraya schaute zu, wie ihre Freundin zum Fahrstuhl ging.

Als Mohammad Reza eine Stunde später von seinem Geschäftsessen zurückkam, fiel ihm nicht gleich auf, dass seine Frau an diesem Tag besonders traurig war. Erst einige Stunden später bemerkte er ihre bedrückte Stimmung.

Es war früher Abend, und sie bereiteten sich für einen Empfang im amerikanischen Generalkonsulat am Alsterufer vor.

»Was ist mit dir?«, fragte Mohammad Reza geistesabwesend, während er ihr ein Brillantcollier im Nacken schloss. »Bist du müde?«

»Ein wenig«, wich sie aus. »Am liebsten würde ich nicht mitgehen.«

Sie sah im Spiegel, wie sich seine Miene verdüsterte, und drehte sich zu ihm um. »Verzeih. Ich vergesse meine Pflichten.«

Er schaute sie scharf an. »Dieser Empfang ist wichtig. Kontakte, die wir in den USA geknüpft haben, werden heute gefestigt. Wir brauchen Amerika als Verbündeten. Mit unseren Bodenschätzen und dem harten Dollar wird Persien eine neue Blütezeit erleben.«

Soraya nickte. »Ich weiß.«

»Ohne dich fühle ich mich wie ein halber Mensch«, setzte er hinzu.

Sie wusste, er meinte es ehrlich. Aber sie wusste eben auch, dass er sie als charmante Dekoration brauchte. Sie war es so leid!

Weil sie nicht antwortete, sprach Mohammad Reza ungeduldig weiter: »Außerdem ist die Presse geladen. Du weißt, was passiert, wenn du nicht erscheinst.«

Sie nickte erneut. Die seriösen Zeitungen würden vielleicht nur erwähnen, dass die Kaiserin unpässlich gewesen war. Die Klatschblätter würden sich auf ihre Abwesenheit stürzen und wilde Vermutungen über ein Zerwürfnis anstellen. In den deutschen Zeitschriften galt sie längst als die schöne, aber unglückliche Kaiserin.

Soraya stieß ein Seufzen aus. »Keine Sorge, ich komme mit.«

Der Schah lächelte. »Das ist beruhigend.«

Dann fragte er ohne Überleitung: »Du hattest heute Besuch?«

Sie hätte sich denken können, dass ihre Leibwächter ihn sofort informieren würden.

»Ja. Lotte war hier.«

Als er nur die Augenbrauen hob, erklärte sie: »Meine Freundin aus Berlin. Sie … ist zum zweiten Mal schwanger.«

»Aha.« Er musterte sie aufmerksam. »Das muss schwer für dich sein.«

»Nun …«

»Komm her.«

Sie ließ sich von ihm umarmen, und die Last, die den ganzen Tag allein auf ihren Schultern gelegen hatte, wurde ein wenig leichter.

Sie waren noch immer ein Paar, das sich innig liebte, und im Augenblick zählte nicht, ob sie Kinder hatten oder nicht. Einzig ihre Zuneigung füreinander war wichtig.

»Soraya«, sagte Mohammad Reza zärtlich. »Du bist das Glück meines Lebens. Du hast mir in den schwersten Zeiten beigestanden, und ich weiß, du wirst mich niemals im Stich lassen.«

Getröstet schmiegte sie sich noch enger in seine Arme. Dass ihre Abendrobe aus dunkelgrüner Seide dabei zerknittert wurde, interessierte sie nicht. In diesem Moment war sie fast wieder so glücklich wie am Anfang ihrer Ehe.

Erst als er sich sanft von ihr löste und ihr nicht in die Augen sah, flog ein Gedanke sie an: *Was ist mit ihm? Wird* er *eines Tages* mich *im Stich lassen?*

17. Kapitel

Teheran, Juli 1957

Müde streifte Soraya die Schuhe von den geschwollenen Füßen und ließ sich aufs Bett fallen. Seit Anfang des Monats wurde der Iran von einer Hitzewelle heimgesucht, die in manchen Gegenden für Temperaturen von bis zu vierzig Grad im Schatten sorgte. In der Hauptstadt war es kaum auszuhalten. Soraya wünschte, sie könnte mit ihrem Mann zur Erholung ein paar Tage in ihr Ferienhaus in Kelārdascht fahren. In den Bergen würde es angenehm kühl sein. Aber die Staatsgeschäfte hielten Mohammad Reza in Teheran zurück, und sie selbst war ja auch von früh bis spät mit ihrer Stiftung beschäftigt.

An diesem Sonntag hatte sie zusammen mit Jasmin Safar das Waisenhaus besichtigt, das sie vor mehr als drei Jahren zufällig entdeckt hatte. Die Einrichtung war nicht wiederzuerkennen gewesen. Der einst nackte Rohbau hatte sich in ein voll ausgestattetes und gemütliches Heim verwandelt.

Stolz hatte Jasmin Safar die Kaiserin herumgeführt, und Soraya hatte viele Worte der Anerkennung gefunden. Seit

Jasmin die Stiftung leitete, wirkte Soraya nur im Hintergrund, jedoch wusste sie, dass ohne sie alles zusammenbrechen würde. Denn schließlich war sie es, die Kaiserin, die regelmäßig Spendengalas organisierte, bei den reichen Familien des Landes betteln ging und sich neue Projekte ausdachte – wie zum Beispiel, auch den Töchtern des Landes eine gute Bildung zu ermöglichen. Sie kämpfte dafür, dass die Mädchen genau wie die Jungen zum Unterricht gehen durften, und sie hatte auch schon den Bau zweier neuer Schulgebäude in Auftrag gegeben. Außerdem wollte sie Erholungsheime für Mütter einrichten. Wann immer sie sich im Iran aufhielt, waren ihre Tage von früh bis spät mit ihren Aufgaben als Schirmherrin ausgefüllt.

Soraya tat es gern. Manchmal, so wie an diesem Sonntagnachmittag, war sie vollkommen erledigt, aber die Freude und der Stolz darüber, etwas Sinnvolles zu bewirken, überlagerten jegliche Erschöpfung. Was sie damals in Berlin aus einer Eingebung heraus im Kleinen begonnen hatte, konnte sie im Iran in großem Stil fortführen. Sie wusste, vom Volk wurde sie für ihren Einsatz geliebt, und diese Liebe gab ihr die Kraft durchzuhalten. Sie hatte auch erfahren, dass unter den einfachen Leuten sich kaum jemand an ihrer deutschen Herkunft störte. Die Sorgen ihrer Mutter waren unbegründet gewesen. Soraya war nun durch und durch Perserin.

Seufzend streckte sie sich aus, legte die Füße auf zwei Kissen hoch und schloss kurz die Augen.

Nur einen Moment ausruhen, nahm sie sich vor. Am Abend stand ein Essen im Familienkreis an, und ihr graute bereits davor.

Das Volk mochte sie ja lieben, aber die Verwandten, die Höflinge und die Mitglieder der Regierung gaben sich kaum noch Mühe, ihre abfälligen Blicke auf ihren stets flachen Bauch zu verbergen.

Die Kaiserinmutter schien sie inzwischen regelrecht zu hassen, so steinern wurde ihre Miene, wenn sie Soraya sah. Und selbst Shams, mit der sie doch immer eine herzliche Freundschaft verbunden hatte, zeigte ihr die kalte Schulter.

Mittlerweile war Soraya über jede Gelegenheit froh, dem Iran zu entfliehen. Lächelnd dachte sie an die lange Reise im vergangenen Jahr zurück, die sie gemeinsam mit Mohammad Reza in den Osten geführt hatte. Nach ihren erfolgreichen Auftritten in Amerika und Westeuropa waren sie im Februar 1956 zu weiteren Staatsbesuchen aufgebrochen. In Indien hatten sie an einer Tigerjagd auf einem Elefantenrücken teilgenommen. Ein wunderbares Abenteuer, obwohl Soraya insgeheim von dem unwahrscheinlichen Reichtum einerseits und der bitteren Armut andererseits schockiert gewesen war. Anschließend hatten sie wochenlang die Sowjetunion bereist und waren überall mit großem Respekt und herzlicher Freundlichkeit empfangen worden.

Erst nach der Rückkehr in die Heimat ging Sorayas Spießrutenlauf von vorn los, und es gab Tage, an denen die Traurigkeit sie fest umklammert hielt.

Ärzte und noch mehr Ärzte gaben sich die Klinke in die Hand. Längst war es kein Geheimnis mehr, dass die Kaiserin nicht schwanger werden konnte.

Sämtliche Fachleute kamen zu demselben Ergebnis:

nichts Gravierendes. Alles sei harmlos und banal, banal und harmlos …

Der Druck wuchs. Soraya wusste, am Hof galt sie inzwischen als unnütz. Niemand interessierte sich für ihre soziale Arbeit. Für die Armen des Landes war Soraya ein wahrer Segen, doch all das zählte nicht, wenn der erwartete Thronerbe ausblieb.

Und das Schicksal hatte ihnen doppelt übel mitgespielt. Denn wäre nicht Mohammad Rezas Bruder Ali Reza vor Jahren bei einem Flugzeugabsturz verunglückt, so hätte er der Thronfolger werden können. Ein Mädchen kam nicht infrage, sonst hätte Mohammad Rezas Tochter Schahnaz ihrem Vater auf den Pfauenthron folgen können. Im Laufe dieser Jahre hatte Soraya das Mädchen ins Herz geschlossen, aber eine echte Beziehung war nicht entstanden. Schahnaz besuchte Internate in Belgien und der Schweiz, und wenn sie in Teheran war, hielt sie sich lieber in der Nähe ihrer Großmutter und ihrer Tanten auf. Sie war sehr schüchtern und ließ Soraya nie ganz an sich herankommen.

Soraya stieß einen tiefen Seufzer aus. Sie war erst fünfundzwanzig Jahre alt, doch sie fühlte sich oft wie eine alte, vom Leben gezeichnete Frau.

Sieben Jahre meines Lebens, dachte sie bedrückt. *Sieben Jahre meiner Jugend sind dahin.*

Niemals hatte sie sich wie andere junge Leute benehmen dürfen. Sie hatte sich nie ausgelassen vergnügt, war nie mit Freunden in ein Tanzlokal gegangen, hatte nie auch nur einen Spaziergang ohne Leibwächter unternommen.

Sie wünschte, nur noch einmal jung und unbeschwert sein zu dürfen.

Im nächsten Moment schämte sie sich, weil sie so undankbar war. Hatte sie nicht das Glück, die eine große Liebe zu leben, die andere Menschen niemals fanden? War sie nicht mit einem wunderbaren und zärtlichen Mann verheiratet? Hatte sich nicht ein Traum erfüllt, der für andere Mädchen unerreichbar war? Sie, die deutsch-iranische Prinzessin Soraya, war Kaiserin auf dem Pfauenthron geworden.

Daran musste sie sich festhalten, wenn die Verzweiflung wieder einmal übermächtig wurde.

Die Luft im Schlafzimmer war schwül und drückend. Soraya wünschte, die Villa Echtessassi verfügte über eine Klimaanlage. Damals in Florida war sie in den Genuss dieser künstlichen, angenehm kühlen Luft gekommen. Aber so modern würde der Iran wahrscheinlich nie werden.

Als das Telefon auf ihrem Nachttisch klingelte, nahm sie ab und erwartete, ihren Mann zu hören.

Überrascht erkannte sie die Stimme ihrer Mutter.

»Ist etwas passiert?«, fragte sie alarmiert. »Ist Vater krank? Hatte Bijan einen Unfall?«

Seit ihr Bruder den Führerschein besaß, lebte die ganze Familie in ständiger Sorge um ihn. Er war ein mutiger, aber nicht unbedingt sicherer Fahrer.

»Herr im Himmel!«, rief Eva im fernen Bonn aus. »Es geht allen gut! Muss denn gleich die Welt untergehen, wenn ich dich anrufe? Wobei ich mir übrigens seit Wochen alle Mühe gebe, dich zu erreichen. Aber du bist ja so beschäftigt. Hat man es dir nicht ausgerichtet?«

Soraya setzte sich auf und versuchte, sich an eine Nachricht mit der Bitte um Rückruf zu erinnern. Es gelang ihr nicht. Entweder war es ihr entfallen, oder die Bediensteten hatten sich nicht die Mühe gemacht, ihr einen Gruß von ihrer Mutter auszurichten.

»Es tut mir leid«, sagte sie. »Aber ich habe wirklich viel um die Ohren. Ist es in Bonn auch so heiß? Ich komme bald um in dieser Hitze.«

Einen Moment lang hörte sie nur Rauschen in der Leitung, dann kehrte die Stimme ihrer Mutter zurück. »Wir haben angenehme zwanzig Grad. Aber willst du im Ernst mit mir übers Wetter reden?«

»Warum nicht?«, gab sie zurück und fühlte sich wie ein widerspenstiger Backfisch.

»Ach, Soraya, mein Schatz. Ich weiß gar nicht, warum ich so gereizt bin. Du fehlst mir ganz schrecklich, und deinem Vater auch.«

Sofort fiel ihre trotzige Anwandlung in sich zusammen.

»Ich vermisse euch auch«, gestand sie.

Es war jetzt anderthalb Jahre her, dass sie ihre Familie in Bonn besucht hatte. Seitdem hatte sich keine Gelegenheit mehr für ein Treffen ergeben.

»Was macht Bijan?«, fragte sie.

»Er hat sich endlich entschieden. Im Herbst will er in London Politikwissenschaften studieren.«

»Kaum zu glauben.« Für sie war er immer noch der Frechdachs von früher, aber inzwischen war er natürlich ein junger Mann von zwanzig Jahren.

»Ja«, sagte Eva. »Hoffen wir, dass er dann ein wenig gelassener wird.«

Sie bezog sich auf Bijans Fahrstil, das war nicht schwer zu erraten.

»Und bevor du weiterfragst: Deinem Vater und mir geht es auch gut. Obwohl ich das Bonner Parkett langsam leid bin. Aber das weißt du ja schon. Ich glaube, Khalil ist auch müde, doch das würde er niemals zugeben. Wir hoffen, dass wir eines Tages in die Schweiz zurückkehren und ein ruhiges Leben führen können. Sobald der Schah die Dienste deines Vaters nicht mehr braucht.«

Soraya umklammerte den Hörer fester. »Wie meinst du das? Fürchtet Vater, er könnte vom Schah verstoßen werden?«

»Wie bitte? Nein! Warum sollte Mohammad Reza so etwas tun?«

»Nun, vielleicht lebt die alte Feindschaft zwischen den Familien wieder auf, wenn ich … wenn Mohammad Reza mich …«

»Wovon redest du, Kind?« Evas Stimme klang auf einmal ganz leise, beinahe furchtsam.

Soraya zögerte, doch dann sprach sie aus, was ihr seit Monaten Angst machte: »Vielleicht wird er mich ja verstoßen, weil ich unfruchtbar bin. Ihm bleibt ja bald nichts anderes mehr übrig. Und dann wird auch Vater als Botschafter entlassen, weil Mohammad Reza ihm nicht mehr vertrauen kann.«

»Soraya! So darfst du nicht reden! So darfst du nicht einmal denken! Das bringt Unglück!«

Wäre sie nicht in so düsterer Stimmung gewesen, hätte Soraya gelacht. Ihre Mutter war eine modern eingestellte Berlinerin, aber wenn es die Umstände erforderten, verwandelte sie sich sekundenschnell in ein abergläubisches Kräuterweiblein.

»Ach, Mutti. Verstehst du denn nicht?«, erwiderte sie geduldig. »Wenn ich nicht bald einen Thronerben liefere, ist alles aus.«

»Unsinn! Du machst dich verrückt wegen nichts und wieder nichts.«

Aber Eva klang nicht überzeugend. Auf der ganzen Welt spekulierten die Klatschblätter über die Unfruchtbarkeit der jungen persischen Kaiserin, und vor allem in Deutschland verging keine Woche ohne angeblich brennende Neuigkeiten. Mochten Eva und Khalil auch vernünftige Menschen sein – so ganz konnten sie sich den allgegenwärtigen Berichten vermutlich nicht entziehen. Soraya stellte sich zudem vor, dass auf Empfängen in der iranischen Botschaft fleißig getuschelt wurde. Natürlich bekamen ihre Eltern das mit; selbst wenn wahrscheinlich niemand so dreist war, den Botschafter und seine Frau direkt auf das Thema anzusprechen.

Eine Weile schwiegen Mutter und Tochter. Schließlich ergriff Eva wieder das Wort.

»Warum sagst du, dass Mohammad Reza keine andere Wahl bleibt? Es gibt doch sicherlich noch männliche Verwandte, die den Thron eines Tages besteigen könnten.«

»Nein. Da ist niemand, der infrage käme. Aus den späteren Ehen seines Vaters sind zwar weitere Söhne hervorgegangen, doch das iranische Parlament hat beschlossen, dass diese Halbbrüder nicht Schah werden dürfen.«

»Muss ich das verstehen?«

»Soweit ich es richtig mitbekommen habe, gehören sie über ihre Mütter der Dynastie der Kadscharen an – und die sind in Regierungskreisen verpönt. Es gibt da eine alte Feindschaft, ähnlich wie die zwischen unserer und der Schah-Familie, bevor ich Mohammad Rezas Frau wurde. Wenn die Pahlavis an der Macht bleiben wollen, muss Mohammad Reza also wenigstens einen Sohn haben.«

»Ganz schön verzwickt«, sagte Eva nachdenklich. »Ich könnte mir vorstellen, dass dein Mann auch nicht begeistert davon wäre, wenn seine Halbbrüder den Thron besteigen würden.«

»Willst du damit sagen, er klammert sich an die Macht?«, fragte Soraya verstimmt zurück.

»Nun …«, Eva schien ihre Worte sorgfältig abzuwägen, »sagen wir mal so: Alle Männer in einer gewissen Position geben diese nicht gern auf, nicht einmal aus Liebe.«

Soraya wollte widersprechen, aber sie fürchtete, an den Worten ihrer Mutter könnte etwas Wahres dran sein. Also schwieg sie.

»Mein armes Kind. Es tut mir so leid, dass du das durchmachen musst.«

Das Mitgefühl tat ihr gut, doch es half ihr nicht weiter.

»Manchmal wünschte ich, ich wäre keine Kaiserin«, gestand sie.

»Liebst du deinen Mann nicht mehr?«, hakte Eva vorsichtig nach.

»Oh doch! Mehr denn je! Wir haben so viel durchgemacht. Das hat uns zusammengeschweißt. Er ist nach wie vor ein wunderbarer Ehemann. Ich könnte mir keinen besseren wünschen.«

»In Ordnung.« Eva lachte leise. »Du hast mich überzeugt. »Und ihr teilt auch regelmäßig das Bett?«

»Mutti!«, rief Soraya schockiert aus.

»Kind, lass uns die Dinge beim Namen nennen, sonst kommen wir nicht weiter. Also?«

Soraya spürte, dass ihre Wangen flammend rot geworden waren. Dann erinnerte sie sich daran, dass Eva in wilden Zeiten in Berlin aufgewachsen war. Ihre Kinder hatte sie später schon in jungen Jahren aufgeklärt und sie stets ermuntert, mit allen wichtigen und unwichtigen Fragen zu ihr zu kommen.

Sie holte tief Luft. »Also … ja. Wir lieben uns sehr oft, und es ist sehr schön.«

»Und er macht alles richtig?«

Soraya fragte sich auf einmal, was geschehen würde, wenn dieses Gespräch abgehört wurde – was durchaus möglich war. Der iranische Geheimdienst schreckte vermutlich vor nichts zurück. Sie konnte nur hoffen, dass keiner der Agenten genügend Deutsch verstand. Sonst wäre die Hölle los! Die Frau des Botschafters in Deutschland zweifelte an der Zeugungsfähigkeit des Schahs!

»Es ist alles so, wie es sein soll«, sagte Soraya rasch. »Vergiss nicht, dass er bereits eine Tochter aus erster Ehe hat.«

Ihre Mutter murmelte etwas Unverständliches.

Um von dem pikanten Thema abzulenken, sprach Soraya schnell weiter. »Wenn wir ein ganz normales Paar wären, dann wären diese Probleme gar nicht so groß. Wir lieben einander. Wir hätten noch Geduld.«

»Auch Mohammad Reza?«, fragte Eva skeptisch. »Persische Männer können es selten abwarten, einen Stammhalter zu bekommen. Ganz gleich, ob sie Kaiser oder Bettelmann sind.«

»Ich bin mir sicher«, erwiderte Soraya. »Mohammad Reza gibt sich so unglaublich viel Mühe. Er will nur mein Glück, und er lässt sich seine Enttäuschung nie anmerken. Manchmal ist er vielleicht ein bisschen niedergeschlagen, aber seine Gefühle für mich sind echt.«

»Trotzdem hast du Angst, er könnte dich verstoßen«, stellte Eva fest. Wie es ihre Art war, legte sie den Finger wieder genau auf die Wunde.

»Ja«, gab Soraya zu. »Ich weiß, das klingt schrecklich widersprüchlich, aber es stimmt beides. Und da ist noch etwas, Mutti.«

Wenn sie schon ihr Innerstes offenlegte, dann konnte sie es auch ganz und gar tun. Bei ihrer Mutter waren ihre geheimsten Gedanken gut aufgehoben.

»Ja?«, fragte Eva sanft.

»Ich wünsche mir so sehr ein Kind. Nicht bloß, weil das Land einen Thronerben braucht. Manchmal denke ich, ich habe viel von meiner Jugend verpasst, aber das ist gar nicht so schlimm. Tief in meinem Herzen wäre ich so gern Mutter.«

Eva schwieg ziemlich lange, und als sie wieder sprach, stellte sie eine überraschende Frage: »Hast du dich je mit unserer Familiengeschichte beschäftigt?«

Soraya rieb sich müde über die Stirn. »Du meinst Ahnenforschung? Warum sollte ich das tun?«

»Allzu weit musst du gar nicht in die Vergangenheit zurückgehen.«

»Mutti, bitte. Ich verstehe kein Wort.«

Im fernen Bonn ließ sich Eva einen Moment Zeit, bevor sie fortfuhr: »Du bist erst sechs Jahre nach meiner Hochzeit mit Khalil auf die Welt gekommen.«

»Das … war mir gar nicht bewusst.«

Zum ersten Mal seit Langem verspürte Soraya einen winzigen Funken Hoffnung. Sie erinnerte sich daran, dass auch Elfriede Reinecke ihr vor Jahren einmal Mut gemacht hatte. Das war am Tag vor Sorayas Hochzeit gewesen, und Elfriede hatte ihr versichert, sie würde leicht schwanger werden, wenn sie nach überstandener Krankheit nur wieder richtig bei Kräften sein würde. Leider hatte sie damit nicht recht behalten, doch womöglich lagen die Dinge jetzt anders.

»Und wusstest du, woran es lag?«

»Nein«, entgegnete Eva. »Anfangs haben wir uns auch kaum Gedanken darüber gemacht. Es waren die Zwanzigerjahre in Berlin. Khalil und ich haben unser Leben genossen. Erst als ein neues Jahrzehnt anbrach, wurde ich misstrauisch. Ich weiß noch, dass ich sogar einen Gynäkologen an der Charité aufsuchte. Aber der meinte nur, es sei alles in Ordnung. Damals war die Medizin natürlich noch nicht so weit wie heute. Ich war trotzdem beruhigt, und zwei Jahre später bist du dann zur Welt gekommen. Auf Bijan mussten wir weitere fünf Jahre warten. Damit will ich sagen: Vielleicht liegt es ja in der Familie, dass wir Frauen nicht so schnell schwanger werden.«

Soraya schwieg. Es verblüffte sie, dass ihre Mutter ganz ähnliche Sorgen erlebt hatte wie sie selbst. Dennoch war es nicht zu vergleichen. Eva hatte nie unter dem Druck gestanden, unbedingt einen Jungen zur Welt bringen zu müssen.

»Bist du noch dran?«, fragte Eva.

»Ja. Danke, dass du mir das erzählt hast.«

»Sprich mit deinem Mann darüber. Vielleicht beruhigt es ihn ein wenig.«

»Das werde ich.« Aber sie war unentschlossen. Auf keinen Fall wollte sie Mohammad Reza falsche Hoffnungen machen.

Soraya verabschiedete sich von ihrer Mutter und begann, sich für den Abend umzuziehen.

Eine Stunde später fuhr ihre Limousine vor der Residenz von Tādsch ol-Moluk vor. Soraya verzichtete auf die Begleitung durch einen Diener und ging allein die Korridore entlang bis zum Salon der Kaiserinmutter. Mit einem mulmigen Gefühl in der Magengegend erinnerte sie sich daran, wie sie vor sieben Jahren zum ersten Mal hierhergekommen war. Damals hatte eine freundliche und fürsorgliche Prinzessin Shams sie begleitet, dennoch hatte sich die junge Soraya gefühlt, als sollte sie einem Wolfsrudel zum Fraß vorgeworfen werden.

So viel war seitdem passiert. Sie war erwachsen geworden, hatte sich vom unsicheren Mädchen in eine selbstbewusste Frau verwandelt – und doch fühlte sie sich jetzt nicht viel anders als damals.

Sie fürchtete sich vor den scharfen Bemerkungen ihrer Schwiegermutter, ihr graute vor den kaum noch verhohlenen Blicken der Schwägerinnen und Cousinen.

Als sie merkte, dass sie immer langsamer geworden war, straffte Soraya die Schultern und ging mit energischen Schritten weiter.

Niemand hatte das Recht, über sie zu urteilen! Sie war die Kaiserin!

Die deckenhohe Tür zum Salon war nur angelehnt. Soraya blieb kurz stehen und lockerte ihre Frisur auf.

Gerade, als sie ihre Hand auf den Türknauf legte, hörte sie, wie drinnen aufgeregt diskutiert wurde.

Besonders eine Stimme erkannte sie sofort. Sie gehörte Samira. Mohammad Rezas Cousine war Soraya gegenüber nach wie vor besonders feindselig eingestellt, obwohl sie inzwischen verheiratet und Mutter von zwei kleinen Kindern war.

Unwillkürlich biss Soraya die Zähne aufeinander.

Laut und deutlich hörte sie Samira sagen: »Schaut mal her. Ich finde, diese hier ist eine geeignete Kandidatin. Sie ist natürlich noch sehr jung, erst neunzehn, aber tüchtig und klug. Sie entstammt einer angesehenen Teheraner Familie und studiert derzeit an der Pariser Sorbonne Kunstgeschichte.«

Soraya wollte sich einreden, das Gespräch im Salon sei harmlos. Vielleicht unterhielten sich die Frauen ja über eine mögliche neue Gesellschafterin für die Kaiserinmutter.

Tādsch ol-Moluk umgab sich gern mit jungen, interessanten Damen.

Aber in ihrem Herzen wusste sie es besser.

Nun hörte sie Shams sprechen, und trotz der Sommerhitze lief ihr ein eisiger Schauder über den Rücken.

»Ich finde, sie sieht recht unbedeutend aus. Recht hübsch, zugegeben, aber nichts Besonderes. Außerdem ist sie zu jung für meinen Bruder.«

Ihre Hand am Türknauf zitterte, und Soraya zog sie schnell zurück. Mit aller Kraft musste sie sich daran hindern, in den Salon zu stürmen und eine große Szene zu machen.

Diese hinterhältigen Frauen dort drinnen suchten tatsächlich bereits nach einem Ersatz für sie! Sie war fassungslos vor Entsetzen. Wie konnten sie es wagen? Und das alles geschah im Geheimen, wahrscheinlich auch hinter dem Rücken des Schahs.

Eine leise Stimme in ihrem Kopf flüsterte Soraya zu, dass Mohammad Reza vielleicht im Bilde war. Aber sie hörte nicht darauf. Etwas derart Ungeheuerliches würde er ihr nicht antun!

Fieberhaft überlegte sie, wie sie sich verhalten sollte. Hineingehen und die Frauen zur Rede stellen? Was würde es nützen?

Nichts, rein gar nichts.

Sie zwang sich, weiter zuzuhören. Zum richtigen Zeitpunkt würde sie sich schon gegen diese Intrigen zu wehren wissen. Sie war eine Kämpferin.

Die Kaiserinmutter sprach nun. »Zeig mir mal das Foto, Samira.«

Nach einem Augenblick des Schweigens, in dem sie offenbar das Bild eingehend gemustert hatte, fällte sie ein Urteil: »Sie mag noch ein wenig unscheinbar wirken, aber das liegt an ihrem jugendlichen Alter. Soraya war damals auch noch ein unbedeutendes Mädchen. Sogar noch etwas jünger. Und denkt nur, wie sie heute strahlen kann. Doch, ich glaube, die hier kommt infrage. Sie ist genau Mohammad Rezas Typ. Ist euch nicht aufgefallen, dass sie Ähnlichkeit mit Soraya hat? Und vergesst bitte nicht, wir suchen eine Frau, die nett aussieht, keine großen Ambitionen hat und …«

» … fruchtbar ist!«, rief Samira aus.

Ein allgemeines Kichern setzte ein.

»Wie heißt sie eigentlich?«, fragte Shams dann.

»Farah Diba«, erklärte Samira.

»Gut«, beschloss die Kaiserinmutter. »Sie kommt in die engere Auswahl. Und nun räumt die Fotos weg. Soraya kann jeden Moment eintreffen. Hat eine von euch Neuigkeiten über ihren … Zustand?«

Niemand antwortete, vermutlich zuckten die anwesenden Frauen nur die Schultern.

Das Zittern hatte jetzt Sorayas gesamten Körper erfasst. Lautlos setzte sie einen Fuß zurück, dann noch einen.

Mit hängenden Schultern verließ sie die Residenz. Ihr Kampfgeist war wie weggeblasen. Sie fühlte sich geschlagen.

18. Kapitel

Teheran, Januar 1958

Ein halbes Jahr ging ins Land, ohne dass etwas Entscheidendes geschah.

Soraya schien es, als lebte sie in einer Art Vakuum. Doch je mehr Zeit verstrich, desto unruhiger wurde sie.

Nach dem heißen Sommer zog ein angenehm kühler Herbst ins Land und ließ die Menschen aufatmen. Soraya kümmerte sich mit Feuereifer um ihre Stiftung, war ihrem Mann eine liebevolle Frau und hoffte jeden Monat aufs Neue auf ein Wunder.

Das Gespräch mit ihrer Mutter hatte ihr ein wenig Zuversicht geschenkt. Doch sie wurde immer wieder enttäuscht.

Mohammad Reza gegenüber ließ sie sich nichts anmerken. Sie gab sich unbeschwert und klagte nie. In manchen Nächten jedoch klammerte sie sich im Schlaf an ihn und ließ erst los, wenn er sie sanft weckte. Dann gestand sie, sie habe geträumt, sie würde fallen. Mal war es eine tiefe Schlucht im Elburs-Gebirge, mal ein felsiger Küstenabschnitt am Kaspischen Meer, mal ein Hochhaus in New York. Die Schauplätze dieser Träume wechselten, doch die Angst, ohne ihren geliebten Partner in die Tiefe zu stürzen, war jedes Mal die gleiche.

Ihr Mann sagte ihr, sie müsse sich nicht fürchten. Doch er klang nicht überzeugend, und so kehrten die Träume immer häufiger wieder. Mohammad Reza entschied schließlich schweren Herzens, die Nächte in seinen eigenen Schlafgemächern zu verbringen. Wenn sie sich geliebt hatten, gab er ihr einen Kuss auf die Stirn und zog sich zurück.

Sie verstand ihn. Er brauchte seinen Schlaf. Die Staatsgeschäfte verlangten ihm täglich die volle Konzentration ab. Aber sie vermisste ihn schrecklich.

Sie hatte ihm nicht erzählt, was ihre Mutter ihr verraten hatte, und während die Monate vorüberzogen, war sie froh darüber. Sie hätte nur Hoffnungen in ihm geweckt, die sie dann wieder enttäuschen musste.

Zu Beginn des Winters zählte sie nicht mehr die Tage eines jeden Monats und akzeptierte mit fortschreitender Niedergeschlagenheit, dass sie regelmäßig wie ein Uhrwerk ihre Periode bekam.

Der Jahreswechsel ging vorüber, ohne dass ihr und Mohammad Reza nach großen Feierlichkeiten zumute gewesen wäre. Zum ersten Mal ließ der Schah den traditionellen Neujahrsempfang im Golestanpalast absagen.

Die Kaiserin sei unpässlich, hieß es in der offiziellen Bekanntgabe. Daraufhin wurden neue Gerüchte um eine mögliche Schwangerschaft angeheizt, und der Hof sah sich gezwungen zu dementieren.

Seitdem waren zwei Wochen verstrichen, und Soraya fragte sich noch immer, ob die Kaiserinmutter oder eine ihrer Verbündeten hinter dieser allzu plumpen Verlautbarung gesteckt haben mochte.

Möglich war es. Andererseits hatte Tādsch ol-Moluk seit dem von Soraya belauschten Gespräch über eine geeignete Nachfolgerin offenbar nichts weiter unternommen, was der Kaiserin schaden konnte. Soraya vermutete, einer der Diener habe der Matriarchin verraten, ihre Schwiegertochter sei an jenem heißen Julitag in die Residenz gekommen, dann aber in aller Eile wieder aufgebrochen.

Die Kaiserinmutter mochte hinterhältig sein, aber dumm war sie nicht. Sie wusste, wenn sie sich zu weit vorwagte, konnte sie bei ihrem eigenen Sohn in Ungnade fallen.

Für Soraya war die Ruhe im vergangenen halben Jahr ein klares Zeichen dafür gewesen, dass Mohammad Reza nichts von der Suche nach einer dritten Ehefrau ahnte. Andernfalls hätten sich die Verschwörerinnen nicht monatelang so auffällig still verhalten.

Von den Minaretten wurde zum Freitagsgebet aufgerufen, und Soraya begab sich in den Salon der Villa Echtessassi, um dort ein wenig zu lesen, bis Mohammad Reza zurückkam.

Wenn sie sich in Teheran aufhielten, verpasste er kein Freitagsgebet. Er ging dazu in die prachtvolle Schah-Moschee im Basarviertel und kehrte anschließend zu einem leichten Essen in die Villa zurück.

Wenn sie sich in Teheran aufhielten …

Soraya stutzte, während sie einen Roman zur Hand

nahm. Erst jetzt fiel ihr auf, dass sie lang nicht mehr verreist waren.

Warum eigentlich nicht?

Sah Mohammad Reza keine weitere Notwendigkeit, Persien in der Welt bekannt zu machen? Oder ergab es für ihn keinen Sinn mehr, Spezialisten in aller Herren Länder wegen der Unfruchtbarkeit seiner Frau aufzusuchen? Oder – und dieser Gedanke war am schlimmsten – wollte er sich nicht mehr öffentlich mit ihr an seiner Seite zeigen, weil ihre Zeit längst abgelaufen war, ohne dass sie es bemerkt hätte?

»Sei nicht albern!«, sagte sie laut zu sich selbst.

Sie erschrak, weil ihre Stimme so schrill klang.

Prompt erschien eine junge Dienerin auf der Schwelle. »Majestät haben gerufen?«

»Nein, nein.« Mit einer Handbewegung scheuchte Soraya das Mädchen fort.

Dann ließ sie sich in einen Sessel fallen und atmete ein paarmal tief ein und aus. Normalerweise half ihr diese Übung, wieder ruhiger zu werden, aber heute blieb sie nervös.

Ich werde noch verrückt, dachte sie. *Jetzt führe ich schon Selbstgespräche.*

Sie wusste, sie brauchte dringend andere Menschen um sich herum. So ungern sie ihren Mann auch nur für ein paar Tage verließ, so stark war doch die Sehnsucht nach ihrer Familie. Wenn sie wenigstens für zwei Wochen nach Bonn reisen könnte, würde sie wieder zu sich finden. Und womöglich blieb auch noch Zeit für einen Besuch in Berlin. Ach, wie wunderbar wäre es, ihren Opa wiederzusehen! Und Elfriede und Lotte mit ihrer Familie.

Es schmerzte Soraya nicht mehr, dass ihre Freundin stolze Mutter von zwei Kindern war, während sie selbst solche Schwierigkeiten hatte, schwanger zu werden. Hingegen freute sie sich ehrlichen Herzens für Lotte. Helene, ihre Große, war schon fast fünf und ging bereits in den Kindergarten. Ihr zweites Kind war wie erhofft ein Junge geworden. Willi junior wurde kommendes Frühjahr drei Jahre alt und war, wie Elfriede Reinecke schrieb, ein rechter Wirbelwind. Ihrem letzten Brief hatte sie Fotos beigelegt, und Lotte wirkte darauf wie eine rundum glückliche junge Frau.

Unwillkürlich hob sich ihre Stimmung.

Allein der Gedanke an eine Europareise munterte sie auf. Wieder unter Menschen sein, die sie nicht auf Schritt und Tritt beobachteten. Sich normal fühlen. Eine junge Frau in einer Welt, die sich rasch veränderte. Das musste himmlisch sein.

Natürlich wusste Soraya, dass sie sich in der Öffentlichkeit nicht mehr normal verhalten konnte. Zu bekannt war sie inzwischen. Aber im kleinen Kreis – bei ihren Eltern, bei ihrem Großvater und bei den Reineckes – konnte sie die Fesseln ihrer Rolle als Kaiserin abstreifen.

Niemand würde von ihr erwarten, dass sie ein Kind gebar, und zwar selbstverständlich einen Jungen und möglichst morgen. Niemand würde sie kritisch beäugen, hinter ihrem Rücken flüstern und Ränke schmieden.

Ihre gute Laune zerfloss, und eine einzelne Träne lief über ihre Wange.

Genug jetzt!, rief sie sich selbst zur Ordnung.

Sie hatte noch nie zu Selbstmitleid geneigt und würde jetzt nicht damit anfangen.

Entschlossen schlug sie das Buch auf. Es war erst gestern mit einem ganzen Paket aus Italien eingetroffen. »Doktor Schiwago« von Boris Pasternak. Es war die erste, die italienische, Ausgabe, und Soraya hoffte, ihre Sprachkenntnisse würden dafür ausreichen.

Während der folgenden halben Stunde gelang es ihr mehr schlecht als recht, ins Russland des Ersten Weltkriegs abzutauchen, und sie schrak zusammen, als Mohammad Reza plötzlich vor ihr aufragte.

»Oh!«, rief sie und sprang auf. »Ich habe dich gar nicht hereinkommen hören.«

Er lächelte schmal und nahm ihr das Buch aus der Hand. »Interessant?«

»Ja, ich glaube schon. Es ist nicht ganz leicht, die verschiedenen Personen auseinanderzuhalten, und mein Italienisch ist ziemlich eingerostet, aber …«

Sie brach ab. Ihr Mann machte nicht den Eindruck, als hätte er ihr überhaupt zugehört. Er umklammerte das Buch so fest, dass seine Fingerknöchel weiß hervortraten.

»Was … ist denn?«, fragte Soraya vorsichtig.

Er stand sehr nah vor ihr, und der Blick aus seinen dunkelbraunen Augen war düster.

Instinktiv wich sie ein Stück zurück, stieß mit den Kniekehlen gegen die Kante des Sessels und blieb ratlos stehen.

Mohammad Reza antwortete nicht. Es schien, als wollte er das dicke Buch zerquetschen.

Soraya streckte den Rücken durch. »Bitte, Liebling. Rede mit mir.«

»Es ist nichts.«

»Doch. Ich bin sicher, irgendetwas muss geschehen sein. Ich kenne dich lange genug. So leicht gerätst du nicht aus der Fassung.«

Das stimmte nicht ganz. Der Schah neigte durchaus zu Jähzorn, doch noch nie hatte sich eine solche Stimmung gegen sie gewandt.

»Also gut.« Er legte das Buch weg und nahm Soraya bei der Hand. »Setzen wir uns.«

Fast hätte sie aufgeschrien, so fest drückte er zu, aber sie biss sich auf die Lippen und folgte ihm zu einem Diwan.

Als sie saßen, schwieg er zunächst wieder und starrte vor sich hin.

Endlich sagte er: »Es hat Zurufe gegeben.«

Soraya verstand nicht. »Wann? Und was für Zurufe?«

»Vorhin. Auf dem Weg zur Moschee und auch auf dem Heimweg.«

»Aber du bist mit der Limousine gefahren.«

»Sicher. Doch glaube mir, die Rufe waren laut genug, um sie auch im Innern des Wagens zu hören.«

»Und was war daran so schlimm? Du bist an Proteste gewöhnt. Weißt du noch – damals die Kundgebungen, als Dr. Mossadegh dich gestürzt hatte? Die Straßenschlachten?«

Er nickte, als habe sie etwas besonders Kluges gesagt, aber sie merkte, dass er ihr wieder nicht richtig zugehört hatte.

»Es ging heute nicht um mich, sondern um dich«, meinte er schließlich.

Soraya spürte, wie ihr das Blut in den Adern gefror. »Um mich? Was haben die Leute gerufen?«

»Das … werde ich nicht wiederholen. Aber ich muss etwas unternehmen. Niemand darf die Schabana öffentlich beleidigen.«

»Beleidigen?«

Mohammad Reza wandte ihr sein Gesicht zu, und hinter seinem Zorn erkannte sie ganz deutlich abgrundtiefen Schmerz.

»Ich sage es noch einmal. Das werde ich nicht wiederholen. Aber die Worte bezogen sich auf deine angebliche Unfruchtbarkeit und waren alles andere als schmeichelhaft.«

Soraya stieß scharf die Luft aus. Sie hatte gar nicht gemerkt, dass sie den Atem angehalten hatte.

Sie fühlte sich zutiefst gedemütigt, und es dauerte eine Weile, bis sie wieder etwas klarer denken konnte.

»Das kann nicht sein.«

»Nun, ich weiß ja wohl, was ich gehört habe. Und meine Leibwächter können es bestätigen.«

Sie wählte ihre nächsten Worte mit Bedacht. »Daran zweifle ich auch nicht. Ich meine nur, ich kann mir nicht vorstellen, dass Menschen aus dem Volk mir Böses wollen. Sie lieben mich.«

Auch ihr Mann wirkte nun nachdenklich. »Ich weiß. Du hast so viel Gutes für dieses Land getan.«

»Vielleicht«, begann sie, zögerte, sagte dann aber entschlossen: »Vielleicht war das ja eine gezielte Aktion. Jemand, der mir schaden oder mich womöglich loswerden will, hat ein paar Leute dafür bezahlt.«

Mohammad Reza maß sie mit einem langen Blick. »Und wer sollte dieser Jemand deiner Meinung nach sein?«

Soraya hob die Schultern. Sie hatte da so eine Ahnung, aber sie würde sich hüten, den Namen Samira oder gar Tādsch ol-Moluk laut auszusprechen.

Offenbar war das auch nicht nötig, denn an seinem Mienenspiel erkannte sie, dass seine Gedanken in eine ähnliche Richtung gingen.

»Ich habe nach wie vor einflussreiche Feinde in der Regierung, doch ich denke, sie würden andere Maßnahmen ergreifen.«

»Welche?«, fragte sie erschrocken.

»Nun, sicherlich drastischere als ein paar Zurufe. Aber mach dir bitte keine Sorgen. Meine Spione sind überall und werden mich rechtzeitig warnen, falls jemand dir etwas Böses will.«

Seine Worte beruhigten sie nur zum Teil, andererseits wusste sie, dass sie sich auf seinen Schutz verlassen konnte. Tatsächlich durfte sie nie ohne mindestens einen Leibwächter das Haus verlassen.

»Vor allem die Strenggläubigen machen mir in letzter Zeit das Leben ziemlich schwer«, ergänzte Mohammad Reza. »Dabei geht es allerdings mehr um mich und meine offene Einstellung dem Westen gegenüber als um deinen Zustand.«

»Verstehe.«

Es war fast eine Erleichterung zu hören, dass es noch andere Probleme gab als ihre persönlichen.

»Aber du bist ein frommer Moslem«, sagte sie, um ihm Mut zu machen.

»Nun, das sehen manche Leute offenbar anders. Allein unsere vielen Reisen haben in diesen Reihen für Unmut gesorgt.«

»Sind wir deshalb das ganze vergangene Jahr hiergeblieben?«

»Unter anderem.«

Was alles Mögliche bedeuten konnte.

Er hatte ihre Hand inzwischen losgelassen, nahm sie aber jetzt wieder und hielt sie sanft.

Soraya spürte, wie die Wärme aus seiner Hand in ihre floss, und für einen Augenblick gab sie sich ganz diesem wohligen Gefühl hin.

»Meine Familie hat es dir nie leicht gemacht«, sagte Mohammad Reza mit gerunzelter Stirn.

Der Moment war vorbei. Ihr Mann war eindeutig noch nicht fertig mit dem Thema. Mochte der Vorfall für sich genommen keine so große Bedeutung haben, im Zusammenhang mit den seit Jahren enttäuschten Erwartungen war er womöglich der berühmte letzte Tropfen, der das Fass zum Überlaufen brachte.

»Shams war lange Zeit sehr freundlich zu mir«, erwiderte sie vorsichtig. »Ich hätte mir keine bessere Schwägerin wünschen können.«

»Ist sie es noch?«

Erneut zögerte Soraya, aber sie hatte ihren Mann noch nie angelogen und würde heute nicht damit anfangen. Allein ihm zu verheimlichen, dass auch ihre Mutter damals auf ein Kind gewartet hatte, war ihr schon schwer genug gefallen.

»Nein«, gestand sie. »Sie verhält sich mir gegenüber ausgesprochen kühl.«

»So ist das also. Dann möchte ich mir nicht vorstellen, wie sich der Rest der Familie aufführt, wenn ich nicht dabei bin.«

Sie schwieg. Welchen Sinn würde es haben, ihm jetzt von den vielen Sticheleien und Anfeindungen zu erzählen, die sie schon ausgehalten hatte? Obwohl die letzten Monate vergleichsweise friedlich verlaufen waren, hatte Soraya keinen giftigen Blick, keine spitze Bemerkung vergessen.

Erneut überlegte sie, ob sie ihm von der belauschten Verschwörung im vergangenen Sommer berichten sollte. Erneut entschied sie sich dagegen. Etwas zu verbergen war keine reine Lüge, fand sie, und es war ja nur zu seinem Besten.

Zudem würde es nichts ändern. Mohammad Reza konnte sich nicht gegen seine Familie stellen.

»Vorige Woche hat mich unser neuer Premierminister um eine Unterredung gebeten«, sagte er scheinbar zusammenhangslos. »Dr. Eghbal ist sehr deutlich geworden. Er sagte, wenn er auf meiner Seite sein sollte, dann müsse meine Position auf einem soliden Sockel stehen. Entweder …«

Er unterbrach sich, und sie sah, wie seine Kiefermuskeln arbeiteten.

»Entweder?«, hakte sie leise nach. »Du kannst offen sprechen, Mohammad Reza.«

»Entweder schenkt mir die Kaiserin einen Erben, oder die Zukunft der Pahlavis steht auf dem Spiel.«

Auf einmal, ohne Vorwarnung, war er da, der Augenblick der Wahrheit.

Soraya stöhnte auf. Sie wusste, dass dieses Gespräch über ihre Zukunft entscheiden würde. Ihr Mann würde wählen müssen. Sie oder die Pahlavis. Die Frau, die er liebte, oder den Pfauenthron.

Trotz ihres eigenen bodenlosen Kummers empfand sie Mitgefühl für ihn.

Er sah sie an. Sein Blick war fieberhaft. »Meine Geliebte. Ich kann dich nicht verlieren. Es würde mir das Herz brechen.«

Selten hatte er so offen über seine Gefühle gesprochen, und ein paar kostbare Sekunden lang wähnte Soraya sich in der Hoffnung, alles würde doch noch gut werden. Es würde sich auf wunderbare Weise ein männlicher Verwandter finden, der die Position des Thronerben einnehmen durfte. Oder das Parlament beschloss, dass Schahnaz, Mohammad Rezas Tochter aus erster Ehe, Kaiserin werden dürfe. Oder …

Die Sekunden waren viel zu schnell vorbei, und Soraya erkannte, dass es keine Rettung gab.

Sämtliche männlichen Verwandten kamen nicht infrage, und eine Frau würde in dem traditionell muslimischen Land niemals den Thron besteigen.

»Ich liebe dich«, sagte sie leise. Und dabei wusste sie doch, dass Liebe nicht mehr genug war.

Mohammad Reza stieß einen Schmerzenslaut aus, als hätte sie ihm einen Dolch in die Brust gestoßen.

Und da erkannte Soraya, dass sie die Stärkere von ihnen beiden sein musste. In aller Deutlichkeit begriff sie, dass sie ihm die Entscheidung abnehmen musste.

Sie schloss kurz die Augen, um sich zu sammeln.

Da sagte Mohammad Reza unvermittelt: »Es gibt vielleicht noch einen Ausweg, doch ich weiß nicht, wie du dazu stehst.«

Wilder Jubel stieg in ihr auf. Ihr Mann hatte sie nicht aufgegeben! Er hatte einen Weg gefunden, wie sie zusammenbleiben konnten!

»Sag es mir«, bat sie.

Ein wenig wunderte sie sich, weil er selbst nicht glücklich wirkte. Vielmehr zeigte sein Gesicht nun tiefe Sorge.

Als ein Diener erschien, um anzukündigen, das Mittagessen sei angerichtet, scheuchte Mohammad Reza ihn fort. Und seine nächsten Worte an seine Frau brachten ihre Welt zum Einsturz.

19. Kapitel

Soraya sprang vom Diwan auf und begann, unruhig im Salon auf und ab zu laufen. Sie verspürte den beinahe übermächtigen Drang, direkt aus der Villa zu rennen, hinaus in die Stadt, weg aus diesem Land, fort von diesem Mann. Nur indem sie in Bewegung blieb, konnte sie diesem Drang widerstehen.

»Bitte setz dich wieder«, sagte Mohammad Reza scheinbar ruhig.

»Nein!«

»Lass uns doch wie zwei vernünftige Menschen darüber reden.«

»Nein!«

»Soraya!«

Er klang jetzt ebenfalls aufgebracht. Es war ihr gleich. Sollte er wütend werden! Was konnte er ihr schon noch Schlimmes antun?

Unwillkürlich musste sie an die Reineckes denken. Vor Jahren hatte Elfriede ihrer Tochter Lotte prophezeit, sie würde in einem Harem landen, wenn sie sich mit dem gut aussehenden Schah einlassen sollte.

Es war als Scherz gemeint gewesen, dennoch hatte Soraya spitz bemerkt, Persien sei ein modernes Land, und so etwas käme dort nicht vor.

Damals war sie wirklich davon überzeugt gewesen.

Wie dumm sie gewesen war!

Mohammad Reza stand nun ebenfalls auf, versperrte ihr den Weg und packte sie am Oberarm. »Du benimmst dich kindisch!«

»Ich? *Ich?*«

»Ja, du! Ich warne dich! Treib es nicht zu weit!«

Seine Augen funkelten jetzt vor Zorn.

Soraya starrte ihn fassungslos an. Wohin war die Liebe verschwunden, die sie jahrelang darin gesehen hatte?

Ohne ihr eigenes Zutun wippten ihre Füße auf und ab. Doch hin und her gehen konnte sie jetzt nicht mehr. Mohammad Reza hielt sie mit eisernem Griff fest.

»Nicht *ich* treibe es zu weit«, schleuderte sie ihm entgegen. »Das hast du schon erledigt!«

Er kämpfte mit sich, das konnte sie ihm ansehen, obwohl sie so außer sich war, dass sie kaum noch etwas wahrnahm.

Ihr wurde bewusst, dass sie in ihren sieben gemeinsamen Jahren niemals ernstlich gestritten hatten. Weil sie selbst bei jeder noch so kleinen Meinungsverschiedenheit immer schnell nachgegeben hatte? Oder weil sie beide so glücklich gewesen waren, dass es nie einen Anlass für Streit gegeben hatte?

Sie konnte sich auf einmal nicht mehr daran erinnern.

Dort, wo er ihn umfasste, schmerzte ihr Oberarm, doch

sie ließ sich nichts anmerken. Niemals würde er so weit gehen, ihr ernstlich wehzutun. Davon war sie überzeugt.

Womöglich entsprang seine Wut ja seinem schlechten Gewissen, weil er ihr einen wahrlich ungeheuerlichen Vorschlag unterbreitet hatte. Doch darauf konnte sie jetzt keine Rücksicht nehmen.

»Wenn sich hier jemand kindisch benimmt, dann bist du es«, sagte sie scharf. »Du bist wie ein kleiner Junge, der auf keines seiner Spielzeuge verzichten will.«

Er ließ sie so plötzlich los, als hätte er sich die Finger verbrannt, und wich zwei Schritte zurück. Sein Gesicht war eine steinerne Maske.

»So siehst du das«, sagte er kalt.

»Wie sollte ich es wohl sonst sehen?«, fragte sie zurück. Sie war zu sehr in Fahrt, um sich zu mäßigen. »Dein Plan ist, dass ich dir das Bett warm halten darf, während du es mit einer anderen treibst.«

Entsetzt schlug sie sich die Hand vor den Mund. Sie hatte nicht gewusst, dass sie zu solch vulgärer Sprache fähig war.

Alle Farbe wich aus Mohammad Rezas Gesicht, und für einen Moment fürchtete sie, er könnte gewalttätig werden. Sie sah, wie er die Hände zu Fäusten ballte und wieder öffnete. Sie bemerkte eine Ader an seiner Schläfe, die unter größter Anspannung stets anschwoll.

Soraya bekam es nun doch mit der Angst zu tun. Niemand durfte es wagen, den Schah zu kränken, nicht einmal die eigene Ehefrau.

»Entschuldige«, sagte sie schnell. »So habe ich das nicht gemeint.«

Seine Wut verflog ebenso schnell, wie sie aufgekommen war, und nun wirkte er nur noch tief verletzt. Kraftlos ging er zurück zum Diwan und sank dort in sich zusammen.

»Verstehst du denn nicht?«, fragte er, und tiefe Verzweiflung schwang in seiner Stimme mit. »Es wäre die einzige Möglichkeit, uns nicht trennen zu müssen.«

Soraya blieb stehen, die Schultern zurückgedrückt, das Kinn erhoben.

»Das kann nicht sein«, sagte sie fest. »Es muss noch einen anderen Weg geben.«

Sie klammerte sich an diese Hoffnung, während sie im Innersten bereits ahnte, dass es keine mehr gab. Der Vorschlag des Schahs war so radikal, so endgültig, dass ihr gleich klar gewesen war, dies war wirklich der letzte Ausweg.

Das war's jetzt also, schoss es ihr durch den Kopf. *Von der großen Liebe bleibt ein unanständiger Vorschlag übrig.*

Sie wollte zusammenbrechen, ihren Tränen freien Lauf lassen, sich in seine Arme flüchten. Aber sie verharrte, wo sie war. Mitten im Salon. Aufrecht stehend. Ihre Haltung war alles, was sie noch hatte.

Dies war der einsamste Moment in ihrem Leben, doch sie würde nicht nachgeben.

»Ich kann nicht deine Geliebte sein, während du mit einer anderen Ehefrau Kinder zeugst«, sagte sie. »Das darfst du nicht von mir verlangen.«

Er hatte den Kopf in seinen Händen vergraben, schaute nun aber auf und blickte sie an.

»Du hast es falsch verstanden. Der *Sighé* ist eine im schiitischen Recht verankerte vorübergehende Ehe mit einer anderen Frau. Sie dauert nur so lange, bis diese Frau schwanger ist. Sobald sie mir einen Sohn geschenkt hat, werde ich sie wieder verstoßen. Auf diese Weise hat der Thron einen Erben, und du kannst immer an meiner Seite bleiben.«

Er sprach jedes Wort langsam und deutlich aus, so als könnte es einfacher für sie werden, falls er ihr den Vorschlag noch einmal veranschaulichte. Aber wie schon vor wenigen Minuten, als er es zum ersten Mal beschrieben hatte, empfand Soraya nur Abscheu und bodenlose Verzweiflung.

Sie antwortete ihm mit einer Ruhe, die sie nicht empfand. »Als Kind hat mein Vater mich einmal zu einem Kamelmarkt in Isfahan mitgenommen. Wie kommt es wohl, dass ich mich gerade jetzt daran erinnere?«

Mohammad Reza zuckte zusammen. »Du willst es einfach nicht verstehen.«

»Was denn?«, schleuderte sie ihm entgegen. »Dass ich wie ein Stück Vieh behandelt werden soll? Ganz zu schweigen von der bemitleidenswerten Frau, die dir den ersehnten Thronfolger schenken darf und dann ihrem Schicksal überlassen wird.«

»So wird es keinesfalls sein. Sie bekommt eine anständige Abfindung. Man wird sich um sie kümmern.«

»Ach ja? Dann hast du schon eine Auserwählte? Und hast du sie auch schon ausprobiert?«

Er machte Anstalten, als wollte er aufspringen, blieb dann aber doch sitzen.

Soraya stand weiterhin reglos. Es schien ihr, als würde sie sich nie wieder bewegen können. Einzig ihr Blick wanderte Halt suchend durch den Salon.

Sie hatte ihn selbst eingerichtet, mit einer gelungenen Mischung aus Okzident und Orient, wie sie damals gedacht hatte. Neben dem niedrigen Diwan standen zwei Biedermeiersessel von eleganter Leichtigkeit. Der prächtige Kronleuchter aus Paris warf sein Licht auf kunstvolle Perserteppiche, und eine silberne Wasserpfeife teilte sich den Platz auf einem Sideboard mit einem englischen Teeservice. An den Wänden hingen Bilder der Schweizer Berge direkt neben Fotografien der prächtigsten Moscheen des Irans.

Es war ein Raum, in dem beide Welten harmonisch nebeneinander existierten, und offenbar hatte sie einmal geglaubt, dies könnte auch für die Menschen gelten, die sich darin aufhielten.

Wie gründlich hatte sie sich getäuscht!

Ihre westliche Erziehung und ihr fortschrittliches Denken waren machtlos angesichts dieser uralten persischen Gesetze.

Der Mann war der Herrscher, die Frau war ihm unterworfen. Wie hatte sie sich nur einbilden können, mit ihr und dem Schah könnte eine Zeitenwende eintreten? Wie hatte sie glauben können, ihre Liebe zueinander wäre stärker als jede vorherrschende Tradition?

Sie merkte, dass sie in Gedanken abschweifte, und konzentrierte sich wieder auf ihren Mann. Er war ihr eine Antwort schuldig geblieben. Vielleicht hielt er es ja nicht mehr für nötig, auf sie einzugehen.

»Du sagst nichts?«, fragte sie kühl.

»Und was willst du von mir hören? Dass ich ein abscheulicher Mensch bin, der deiner nicht würdig ist? Bitte sehr, wenn es dich glücklich macht …«

»Hör auf!«, schrie sie. »Spiel jetzt bloß nicht das Opfer!«

Etwas glomm in seinen Augen auf. Es war keine Wut, auch keine Liebe.

Eher Erstaunen, dachte sie.

Vielleicht hatte Mohammad Reza in den vergangenen sieben Jahren geglaubt, sie gut zu kennen, und musste nun feststellen, dass er sich geirrt hatte.

»Was ist in dich gefahren?«, fragte er, und Soraya sah sich in ihrer Vermutung bestätigt.

Sie zwang sich, ruhig durchzuatmen. Mit Geschrei kam sie nicht weiter. Ihr Mann schien wirklich nicht zu verstehen, warum sie seinen Vorschlag unannehmbar fand.

»Ich würde lieber sterben, als dich mit einer anderen Frau zu teilen«, sagte sie schlicht.

Das machte ihm zu schaffen, sie konnte es ihm ansehen.

»Du wärst eifersüchtig?«

»Nenne es, wie du willst.«

»Aber das ist dumm. Es wäre doch nur zum Zweck, einen Sohn zu bekommen.«

Soraya versuchte es anders. »Stell dir vor, die Lage wäre genau umgekehrt. Du könntest keine Kinder zeugen, und ich würde bei einem anderen Mann liegen, der mich schwängert.«

Erneut fuhr er zusammen. »Das ist lächerlich. Ich bin sehr wohl zeugungsfähig. Das weißt du.«

»Sicher. Ich will ja auch nur, dass du es dir vorstellst, damit du weißt, wie ich mich fühle.«

»Nein«, entgegnete er mürrisch.

Auf einmal hatte sie genug. »Dann gibt es wohl nichts mehr zu sagen.«

»Du weigerst dich also? Ist das dein letztes Wort?«

Sie nickte nur noch. Ihr Nacken fühlte sich steif an, so erstarrt war sie immer noch.

»Dann weiß ich keinen Rat«, sagte Mohammad Reza langsam.

»Ich schon. Du lässt dich von mir scheiden und heiratest eine andere.«

Die Worte waren heraus, bevor sie richtig darüber hatte nachdenken können.

Der Schmerz in seinem Gesicht spiegelte vielleicht ihren eigenen wider. Sie hoffte jedoch, ihre Miene sei unbeweglich.

Um nicht schwach zu werden, schickte sie hinterher: »Soweit ich informiert bin, gibt es bereits eine geeignete Kandidatin. Farah Diba.«

Mohammad Reza war noch nie ein guter Schauspieler gewesen, und die Verblüffung, mit der er sie nun ansah, war echt.

»Wer?«

Er wusste wirklich nichts davon.

Soraya bereute es fast, dass sie gesprochen hatte, doch dann sagte sie sich, sie hätte ohnehin nichts mehr zu verlieren.

»Deine Familie ist fleißig auf der Suche nach einer Nachfolgerin für mich.«

»Ich verstehe nicht.«

Soraya nahm all ihren Mut zusammen. Nun war sie

schon so weit gekommen, also musste sie auch den Rest erzählen. »Dieser Name fiel in einem Gespräch zwischen deiner Mutter, deinen Schwestern und deinen Cousinen, das ich im Sommer zufällig mit angehört habe.«

»Wie können sie es wagen!«, brauste er auf. Er sprang hoch und begann nun seinerseits, im Salon auf und ab zu gehen. »Ich habe ihnen keine Erlaubnis dazu erteilt!«

Er achtete darauf, ihr nicht zu nahe zu kommen, und Soraya fühlte sich wie ein Steinbrocken in einem Flussbett, um den das Wasser einen Bogen machte.

»Ich glaube kaum«, sagte sie, auf einmal wieder ganz ruhig, »dass die Kaiserinmutter dich in dieser Angelegenheit vorher zurate ziehen würde.«

Er blieb nicht stehen, sah sie noch nicht einmal an, stapfte nur von der hohen Fensterfront zur Tür und wieder zurück. Soraya konnte sich trotzdem lebhaft vorstellen, was in ihm vorging. Für einen Moment vergaß sie ihren eigenen Kummer und dachte, dass er ein Zerrissener war. Auf der einen Seite stand die Zuneigung zu seiner Ehefrau, auf der anderen Seite waren da die hohen Erwartungen seiner Familie.

Keiner der Pahlavis, allen voran seine Mutter, würde kampflos dabei zusehen, wie womöglich eine andere einflussreiche Dynastie den Schah aus ihren Reihen stellen würde. Alle hingen von Mohammad Reza ab. Sie würden ihr Einkommen und ihre gesellschaftliche Stellung verlieren, wenn er den Pfauenthron aufgeben müsste. In diesem schrecklichen Spiel um Macht und Einfluss war Soraya in ihren Augen nur ein Bauernopfer.

Mochte er ein großer Herrscher sein – im Augenblick

war er bloß vollkommen hilflos. Die Tatsache, dass seine Familie hinter seinem Rücken aktiv geworden war, musste ihm zeigen, dass er selbst im Grunde auch nur ein Spielball ihres Ehrgeizes war.

Soraya stutzte. War es wirklich so? Oder machte ihre grenzenlose Liebe zu ihm sie womöglich blind für seinen wahren Charakter?

Seine Überraschung eben war echt gewesen, ebenso wie der Zorn, den er jetzt hegte. Doch würde er seine Mutter und die anderen deswegen zur Rede stellen?

Eher nicht, überlegte sie traurig. *Am Ende wird er ihnen sogar danken, weil sie frühzeitig vorausgeplant hatten, während er noch immer auf einen Sohn von mir hoffte.*

»Wann genau hast du dieses Gespräch mit angehört?«, wollte er wissen.

Sie erschrak beim Klang seiner Stimme. So sehr war sie in ihre Überlegungen vertieft gewesen, dass sie kaum wahrgenommen hatte, wie er fortwährend an ihr vorbeigelaufen war.

»Im Juli«, gestand sie.

»Das ist ein halbes Jahr her. Warum hast du mir vorher nichts gesagt?«

»Ich … wollte keine Zwietracht säen. Es war wirklich nur Zufall, dass ich unbemerkt Zeugin davon wurde. Und ich fürchtete, ich würde mir deine Familie noch mehr zum Feind machen, wenn ich sie verpetzte.«

»Verstehe.«

»Kannst du bitte damit aufhören, hier so rumzulaufen? Mir wird schon ganz schwindelig.«

Er tat ihr den Gefallen, blieb aber ein ganzes Stück von ihr entfernt am Fenster stehen und wandte ihr den Rücken zu.

Sie bemerkte die Anspannung in seinen Schultern, und wieder fühlte sie mit ihm.

Wie kann das sein?, fragte sie sich. *Eben noch war ich voller Zorn, weil er sich eine Zweitfrau nehmen will, und jetzt tut er mir leid?*

Sie versuchte, wieder wütend zu sein. Es wollte ihr nicht gelingen.

Da erkannte sie, dass sie bereits aufgegeben hatte. Sie war des Kämpfens müde. Ihre letzte Hoffnung war dahin. Es gab nichts mehr, woran sie sich festhalten konnte. Hatte sie einmal geglaubt, dass die Liebe alle Hindernisse überwinden konnte, so wusste sie es nun besser.

Soraya spürte, wie ihre Erstarrung nachließ. Wärme kehrte in ihr Herz zurück, und sie wusste auf einmal, was sie zu tun hatte.

Mohammad Reza war nicht stark genug für den einzigen logischen Schritt. Dies war ihre Aufgabe. Und waren es nicht immer die Frauen, die in Momenten größter Krisen die richtigen Entscheidungen treffen mussten? Die ihren Männern das Leid abnahmen, damit diese unbelastet auf ihrem Weg weitergehen konnten?

Sie schluckte hart, räusperte sich und flüsterte: »Ich werde dich verlassen. Du bist frei.«

Keine Reaktion. Er hatte sie offenbar nicht gehört.

»Mohammad Reza!«

Nun wirbelte er zu ihr herum. »Ja?«

»Ich werde dich verlassen. Du bist frei.«

»Nein. Das erlaube ich nicht.«

»Du musst. Es ist die einzige Lösung.«

»Nein!«

Es war ein Schrei, dem ein unterdrücktes Schluchzen folgte. Mit drei Schritten war er bei ihr und riss sie in seine Arme.

»Nein! Mein Herz! Meine Geliebte! Geh nicht! Ohne dich kann ich nicht leben!«

Sie klammerten sich verzweifelt aneinander, und für ein paar kurze Augenblicke war Soraya bereit nachzugeben. Wie konnte sie auch nur daran denken, die Liebe ihres Lebens zu verlassen? Sie war doch noch so jung. Wie sollte sie die nächsten fünfzig oder sechzig Jahre ohne ihn existieren?

Es war unvorstellbar.

Und doch wusste sie, dass sie nur so und nicht anders handeln konnte. Würde sie sich darauf einlassen, eine zweite Frau an seiner Seite zu dulden, dann würde sich ihre Liebe alsbald in Eifersucht und womöglich sogar in Hass verwandeln.

Das durfte nicht sein.

»Ich liebe dich«, sagte sie leise.

»Und ich liebe dich über alles.« Er küsste sie, und in seinem Kuss lag unendliche Traurigkeit.

Tränen liefen über ihrer beider Wangen, vermischten sich miteinander, wurden eins.

»Niemals«, raunte Mohammad Reza, »niemals werde ich mit einer anderen Frau so glücklich sein wie mit dir.«

Seine Worte versetzten ihr einen Stich. Bis eben noch hatte sie in einem geheimen Winkel ihres Herzens gehofft, er würde doch noch um sie kämpfen, sie nicht gehen lassen. Nun jedoch sprach er bereits von der nächsten Frau.

Es kostete sie schier übermenschliche Anstrengung, sich von ihm zu lösen. Der kurze Moment der Nachgiebigkeit war vorbei. Sie hob wieder stolz den Kopf.

Er wollte sie festhalten, ließ dann jedoch die Arme sinken.

»Leb wohl«, sagte sie.

Und weil sie wusste, sie würde keine Sekunde länger die Fassung bewahren können, wandte sie sich mit einem Ruck ab und verließ den Salon.

Mit schweren, langsamen Schritten ging sie hoch in ihr Schlafzimmer und schloss sich dort ein. Sie wusste nicht, ob sie nicht doch noch nachgeben würde, falls er zu ihr kommen würde.

Dann hob sie den Telefonhörer von der Gabel und führte ein paar Gespräche, um ihre Abreise zu organisieren. Es wunderte sie, dass sie so kühl und bedacht sprechen konnte. Sie nahm an, sie stand noch unter Schock.

Es gelang ihr, bereits für den nächsten Tag einen Flug zu bekommen. Sie rief auch den Privatsekretär des Schahs an, um ihm ihre Pläne mitzuteilen. Schließlich konnte die Schabana nicht wie eine Durchschnittsbürgerin einfach ausreisen.

Zuletzt telefonierte sie mit Jasmin Safar und legte ihr die Soraya-Stiftung erneut ans Herz. Insgeheim hoffte sie, dass ihre Nachfolgerin auf dem Pfauenthron, wer immer das sein sollte, eines Tages ihre soziale Arbeit fortführen würde.

Jasmin Safar, die im Laufe der Jahre eine treue Verbündete geworden war, verstand nicht ganz, was vor sich ging. Aber bestimmt ahnte sie etwas, obwohl Soraya nicht den Grund für ihre Abreise nannte.

Soraya rechnete es ihr hoch an, dass sie keine neugierigen Fragen stellte, sondern ihr lediglich eine gute Reise und eine baldige Heimkehr wünschte. Beinahe hätte Soraya ihr erklärt, dass sie niemals zurückkehren würde. Sie tat es nicht. Jeder Mann, jede Frau, jedes Kind in Persien würde demnächst erfahren, dass der Schah sich von seiner Frau getrennt hatte.

Ja, so würden die Geschehnisse sicherlich offiziell dargestellt werden. Mohammad Reza würde nicht dulden, dass auf ihn auch nur ein Schatten von Schwäche fiel. Und so durfte niemand wissen, dass es in Wahrheit Soraya gewesen war, die die Größe gezeigt hatte, ihre kinderlose Ehe zu beenden.

Der Schah war unfehlbar. Und er würde mit Sicherheit nicht lange damit warten, sich eine Frau zu nehmen, die ihm die ersehnten Söhne schenkte.

Als alles geregelt war, legte Soraya sich aufs Bett und schaute blicklos an die Decke.

Ihr Traum aus »Tausendundeiner Nacht« – er war vorbei.

Epilog

St. Moritz, Schweiz, März 1958

Während in den südlichen Ländern Europas bereits der Frühling Einzug hielt, herrschte in St. Moritz im Kanton Graubünden noch tiefster Winter. Auf dem Hausberg Piz Nair vergnügten sich die Skifahrer, im Ort ging es gemächlicher zu. Erholungsuchende aus aller Welt spazierten durch die verwunschene Schneelandschaft, unternahmen eine Fahrt mit dem Pferdeschlitten oder lagen auf den großen Terrassen der Hotels in der Sonne. Die meisten waren dick eingepackt, trugen Pelze mit hohen Kragen, dazu passende Mützen, die wegen der Kälte bis in die Stirn reichten, und große dunkle Sonnenbrillen.

Soraya konnte das nur recht sein. So fiel sie nicht weiter auf und wurde von niemandem erkannt, wenn sie sich zu einem kurzen Spaziergang nach draußen wagte.

In Bonn war das anders gewesen. Dorthin hatte sie sich nach ihrer Abreise aus dem Iran als Erstes geflüchtet. Ihre Eltern hatten sie aufgenommen, ohne groß Fragen zu stellen, und nur nach und nach war Soraya mit der Wahrheit über das Ende ihrer Ehe herausgerückt.

Eva war fassungslos gewesen.

»Wie konnte er dir nur so etwas vorschlagen! Und das in der heutigen Zeit!«, hatte sie ausgerufen.

Ihr Vater hatte lange nichts gesagt und schließlich zugegeben, dass er sich für seinen Landsmann schämte. Mochte sein eigener Vater auch sieben Ehefrauen gehabt haben – eine solche Lebensweise gehörte einem anderen Jahrhundert an.

Soraya war froh gewesen, bei ihren Eltern vorerst in Sicherheit zu sein, allerdings hatte sie keinen Schritt vor die Tür machen können, ohne von einer Pressemeute verfolgt zu werden.

Natürlich war innerhalb weniger Tage ihre Ankunft in Bonn durchgesickert, und daraufhin überschlugen sich die Reporter mit Mutmaßungen über den Grund ihres Aufenthaltes. Mal schrieb ein Klatschblatt, Soraya sei schluchzend am Fenster gesichtet worden, mal vermutete eine andere Zeitschrift, um ihre Ehe mit dem Schah stünde es nicht mehr zum Besten. Denn warum sonst war er wohl nicht an ihrer Seite? Noch hatte es keine offizielle Mitteilung gegeben, und so blieb es bei den wildesten Fantasien der Journalisten.

Gleichzeitig versuchten die Fotografen, einen Schnappschuss von ihr zu erlangen. Das erinnerte sie an ihr Exil in Rom, als das Leben trotz aller Schwierigkeiten noch verheißungsvoll vor ihr gelegen hatte.

Ihre Traurigkeit über das Ende ihrer Ehe verwandelte sich im Laufe der Wochen in Schwermut. Eingesperrt im

Haus ihrer Eltern, dachte sie immer nur an Mohammad Reza. Ihr Herz war in tausend Stücke zersprungen, und sie weinte Tag und Nacht, bis sie irgendwann gar nichts mehr fühlte.

Schließlich sprach ihre Mutter ein Machtwort.

»So geht das nicht weiter mit dir, meine Große. Du schläfst nicht, isst nicht und bist kaum noch ansprechbar. Wir haben versucht, auf deinen Kummer Rücksicht zu nehmen, aber damit ist nun Schluss.«

Teilnahmslos schaute Soraya sie an. Sie war an diesem Morgen wie an so vielen anderen nicht aufgestanden. Wozu? Es war doch nur ein weiterer grauer Februartag. Oder war es bereits März? Nicht einmal das wusste sie mehr.

»Ich bin so müde.«

»Willst du etwa den Rest deines Lebens im Bett verbringen?«

»Warum nicht? Was soll ich denn sonst tun?«

»Aufwachen!«, sagte Eva. »Dein Schicksal akzeptieren und neu anfangen.«

»Du hast leicht reden. Du verbringst dein Leben mit dem Mann, den du immer geliebt hast.«

Daraufhin verließ Eva ihr Zimmer und kehrte erst am folgenden Tag zurück, dafür aber mit einem Plan. Sie habe eine Hütte etwas außerhalb von St. Moritz gemietet. Dorthin würde sie mit ihrer Tochter reisen.

»Und du glaubst, in den Bergen wird es mir besser gehen?«, fragte Soraya.

»Die Luftveränderung wird dir auf jeden Fall guttun. Außerdem hat St. Moritz viele illustre Gäste. Da wird darauf geachtet, dass sie nicht von Paparazzi belästigt werden.«

»Ich weiß nicht …«

»Und dein Vater braucht hier ein paar Wochen Ruhe, um seine Angelegenheiten zu regeln.«

Der zähe graue Nebel, der sich über ihr Gemüt gelegt hatte, hob sich für einen Augenblick.

»Was willst du damit sagen? Welche Angelegenheiten?«

Ihre Mutter zuckte die Schultern. »Khalil bereitet seinen Abschied als iranischer Botschafter in Deutschland vor. Er zieht es vor, freiwillig zu gehen, bevor er vom Schah seine Kündigung erhält.«

»Aber … Ist das wegen mir?«

Eva strich ihr über das glanzlos gewordene Haar. »Ach, Kind, was will das schon heißen. Du kannst jedenfalls nichts dafür. Rede dir das bloß nicht ein. Aber es ist wohl ziemlich sicher, dass sich das Verhältnis zwischen den Pahlavis und den Esfandiary-Bakhtiarys nun wieder abkühlen wird.«

Eine einzelne Träne lief über Sorayas Wange. Sie wischte sie ungeduldig fort.

»Also ist es doch meine Schuld. Wegen mir kann Vati nicht länger Botschafter sein. Wegen mir kann er auch nicht mehr in seiner geliebten Heimat leben.«

»Nein und nein«, erwiderte Eva scharf. »Ich habe dir schon vor einiger Zeit gesagt, dass er genug von dieser Aufgabe hat. Und ich bin es auch leid, die Gattin des Botschafters zu sein. Wir sind nicht mehr die Jüngsten und wünschen uns ein ruhiges Leben in der Schweiz. Dein Vater hat erkannt, dass er schon viel zu lange in Europa lebt, um sich noch einmal in Persien zu akklimatisieren. Daher hat nichts, was zwischen dir und dem Schah passiert ist, etwas mit uns zu tun.«

Soraya erinnerte sich daran, wie erpicht ihr Vater vor acht Jahren auf die Verbindung mit den mächtigen Pahlavis gewesen war. Anscheinend hatten sich die Dinge inzwischen geändert, und Khalil hatte jeglichen Ehrgeiz begraben.

Kurz verspürte sie einen Hauch von Erleichterung. Dann kehrte der Nebel zurück, sie schloss die Augen und zog sich erneut von der Welt zurück.

An ihrer seelischen Verfassung änderte sich auch nichts, als Soraya mit ihrer Mutter im zauberhaften St. Moriz eintraf. Die »Hütte« erwies sich als großzügiges Chalet mit jeglichem Komfort, doch sie nahm das alles kaum war.

Jeden Morgen telefonierte Eva mit ihrem Mann, der sich mittlerweile auch um die Verhandlungen mit dem persischen Hof über Sorayas Zukunft kümmerte. Sie selbst war dazu nicht in der Lage. Ihr war es egal, ob sie künftig wohlhabend oder arm sein würde. Was kümmerte sie materieller Besitz, wenn sie das wertvollste Gut verloren hatte?

Khalil sah das anders, und er handelte eine hohe Abfindungssumme für seine Tochter aus. Zusätzlich behielt sie den Titel Prinzessin.

Als ihre Mutter ihr diese Neuigkeiten mitteilte, winkte Soraya nur müde ab. Sie war bereits als Tochter eines Fürsten eine Prinzessin gewesen. Was machte es für einen Unterschied, wenn sie nun auch eine kaiserliche Prinzessin war? Es waren alles nur Worte, und sie hatten keine Bedeutung für sie.

Manchmal ließ sie sich von ihrer Mutter zu einem Spaziergang überreden, hatte jedoch kaum einen Blick für die zauberhafte Winterlandschaft übrig und atmete erleichtert auf, sobald sie wieder die Tür ihres Zimmers hinter sich schließen konnte.

An einem Freitagmorgen Mitte März telefonierte Eva besonders lange mit ihrem Mann.

Soraya saß auf dem Balkon in der Sonne und wunderte sich ein wenig. Normalerweise hielt ihre Mutter die Gespräche kurz, um sich schnell wieder der Tochter widmen zu können.

So langsam nahm Soraya wieder mehr von dem wahr, was um sie herum vorging. Ihr wurde klar, dass sie nicht ewig so weitermachen konnte. Sie war kein kleines Kind mehr, das von seiner Mutter umsorgt werden musste. Sie musste beginnen, wieder zu leben. Irgendwie. Auch wenn jeder Schritt noch wehtat wie nach einer schweren Verletzung. Auch wenn ihre Augen umschattet waren. Auch wenn ihr Herz zerbrochen blieb.

Manchmal glaubte sie, ihr fehle nur noch ein letzter Anstoß, um neu anfangen zu können. Mohammad Reza würde immer Teil ihres Lebens bleiben, aber sie musste ihn dorthin entlassen, wohin er gehörte: in die Vergangenheit.

Als Eva endlich auf den Balkon trat, wirkte sie besonders nachdenklich.

»Ist etwas passiert?«, fragte Soraya.

Ihre Mutter zögerte, setzte sich seitlich auf einen Liegestuhl und schaute lange auf die schneebedeckten Berge.

»Mutti, bitte sag es mir. Was immer es ist, es kann nichts mehr schlimmer machen.«

»Ich weiß nicht. Vielleicht doch.«

»Mutti!«

Eva seufzte. »Also gut. Dein Vater hat berichtet, es habe eine Radioansprache gegeben.«

Ihr Herz setzte einen Schlag aus. Dennoch zwang sie sich zu fragen: »Von Mohammad Reza?«

»Ja. Khalil sagte, es war ziemlich pathetisch. Unter Schluchzen habe der Schah verkündet, dass er sich von seiner Frau trennen müsse, mit der er keine Kinder haben könne. Und er hat dem iranischen Volk erklärt, dass er ihm einen Sohn schulde.«

Soraya krümmte sich, als ein heftiger Schmerz durch ihr Innerstes fuhr. Es fühlte sich an wie ein Dolchstoß.

Erst jetzt begriff sie, dass sie während der sechs Wochen seit ihrer Abreise insgeheim noch auf ein Wunder gewartet hatte.

Ich war gar nicht so mutig und opferbereit, wie ich mir eingeredet habe, dachte sie. *Ich habe geglaubt, Mohammad Reza würde mich so sehr vermissen, dass er mich zurückholen würde.*

»Kind!«, rief Eva aus. »Was ist mit dir? Soll ich einen Arzt rufen?«

Mit Mühe schaffte sie es, eine Hand zu heben. »Bitte lass mich allein.«

Wie lange sie dort auf dem Balkon geblieben war, wusste Soraya später nicht mehr zu sagen. Ihr wurde kalt, doch sie merkte es kaum. Beinahe zwanghaft hielt sie den Blick auf die Berggipfel gerichtet, bis alles vor ihren Augen verschwamm.

Irgendwann gelang es ihrer Mutter, sie wieder ins Haus zu locken, woraufhin sie tagelang ihr Zimmer nicht mehr verließ.

Die kleinen Fortschritte, die sie in St. Moritz gemacht hatte, waren wieder verschwunden. Sie kehrte zurück in dieses verlockende Nebelreich, das ihr Gleichmut und Frieden vorgaukelte. Eva ließ mehrere Ärzte kommen, doch keiner drang zu ihr durch.

Eines Morgens, es mochten zwei Wochen seit der Radioansprache vergangen sein, hockte Soraya in der Ecke des riesigen rustikalen Sofas und starrte auf die Asche im Kamin. Eva hatte sie praktisch gezwungen, sich etwas anzuziehen und ihr Schlafzimmer zu verlassen.

Warum auch immer.

Was änderte sich, weil sie ein paar Meter zurückgelegt hatte?

Nichts.

Soraya wünschte, sie könnte zurück ins Bett kriechen, aber Eva hatte gesagt, sie müsse etwas im Ort erledigen, und sie erwarte, dass Soraya sich noch im Wohnzimmer aufhalte, wenn sie zurückkomme.

Sie verstand nicht, warum ihrer Mutter das wichtig war, aber sie dachte auch nicht weiter darüber nach, so wie sie über gar nichts mehr nachdachte.

Die Zeit verstrich zäh, doch irgendwann hörte Soraya draußen Leute miteinander reden.

Wer mochte das sein? Das Chalet lag zu abgelegen, als dass sich jemand zufällig hierher hätte verirren können.

Sie erschrak. Hatte etwa die Presse Wind von ihrem Aufenthaltsort bekommen? Wo um Himmels willen sollte sie sich jetzt verstecken?

Panik kroch in ihr hoch.

Dann erkannte sie die Stimme ihrer Mutter, und sie klang völlig normal. Nicht abwehrend oder ängstlich oder zornig.

Also sprach sie mit jemandem, den sie kannte.

Vater vielleicht? Nein, der war noch in Bonn. Eva hatte erst am Morgen mit ihm telefoniert und Soraya dann mitgeteilt, er würde seinen Posten wohl erst im Sommer an seinen Nachfolger übergeben können. So schnell mahlten die diplomatischen Mühlen nicht.

Soraya wunderte sich selbst ein wenig, dass sie offenbar zugehört hatte. Vielleicht bekam sie doch mehr mit, als sie gedacht hatte?

Konnte es Bijan sein?

Nein, das war ebenfalls unmöglich. Ihr Bruder steckte in London in seinen ersten Zwischenprüfungen. Aber er hatte versprochen, Soraya in den Semesterferien zu besuchen.

Wer kam sonst infrage?

Soraya grübelte noch darüber nach, als die Tür aufgestoßen wurde und ein Schwall kalter Winterluft ins Wohnzimmer wehte.

»Hier mieft es!«, rief eine nur allzu bekannte Stimme.

Im nächsten Augenblick war Lotte bei ihr, schlang ihre Arme um sie und sagte: »Ojemine. Du riechst auch nicht besonders gut.«

Soraya fühlte sich überrumpelt. »Wie … wie kommst du denn hierher?«

»Mit dem Flugzeug. Stell dir das vor! Die kleine Lotte Michaelis steigt in Berlin stinkvornehm in sone fliegende Blechkiste und gurkt über die DDR hinweg, ohne dassn Vopo ihr was kann. Dann landet sie in München, setzt sich in die nächste Kiste und fliegt weiter bis Zürich. Na ja, ab da ging's dann mitm Zug weiter, aber das war nicht so aufregend. Wann haste zum letzten Mal geduscht? Deine Haare sehen aus wie schwarze Margarine.«

»Schwarze Margarine?«, fragte Soraya vollkommen überfordert.

Lotte grinste breit. »Ja, kommt hin. Findest du nicht auch, Opa Franz?«

Erst da entdeckte Soraya ihren Großvater, der neben Eva an der Tür stehen geblieben war.

Sie brach in Tränen aus, und er kam zu ihr und nahm sie in die Arme.

»Weine ruhig, Schneewittchen«, sagte er sanft. »Das tut dir gut.«

Es dauerte lange, bis sie sich wieder einigermaßen im Griff hatte. Irgendwann schaute sie auf und begegnete dem Blick ihrer Mutter.

Eva lächelte. »Ich dachte mir, wenn dich überhaupt noch jemand aus deiner Lethargie reißen kann, dann sind das Lotte und dein Opa.«

»Danke«, flüsterte Soraya.

Sie erinnerte sich daran, dass ihre Mutter vor Jahren

nicht besonders gut auf die Reineckes zu sprechen gewesen war. Zum Glück hatte sie ihre Meinung offenbar geändert.

»Und schon sind wir da!«, tönte Lotte fröhlich. »Die Kavallerie. Wie innem Western mit John Wayne. Gibt's was zu futtern? Ich sterbe vor Hunger.«

Opa Franz stöhnte scheinbar verzweifelt auf. »Wie kann eine einzige junge Frau nur so viel Energie haben.«

Soraya, die immer noch in seinen Armen lag, lächelte mit tränenfeuchtem Gesicht. »Lotte wird sich niemals ändern.«

»Wie darf ich das verstehen?«, fragte ihre alte Freundin und stemmte empört die Fäuste in die Hüften.

»Als Kompliment, meine Liebe. Ich bin so froh, dass du hier bist.«

»Denn ist ja gut. Ich würde dich auch wirklich gern feste umarmen, aber nachher stinke ich wie du.«

»Lotte«, mahnte Franz leise, der aber selbst nicht besonders glücklich über die Nähe zu seiner Enkelin zu sein schien.

Auf einmal schämte Soraya sich entsetzlich. Wie hatte sie sich nur so gehen lassen können!

»Bitte entschuldigt mich.«

Sie verschwand im Bad und kehrte nach einer halben Stunde frisch geduscht zurück. Ihre Haare waren noch feucht, aber sauber, und sie trug Skihosen und dazu einen weichen Rollkragenpullover.

»Schon besser«, sagte Lotte mit vollem Mund.

Eva hatte inzwischen ein Frühstück hergerichtet, und Soraya verspürte tatsächlich ein klein wenig Appetit.

Lotte häufte ihr Brot, Butter, Käse und Wurst auf einen Teller.

»Das schaffe ich nie«, meinte Soraya stöhnend.

»Pah! Du bist dünner als ich im Krieg. Hau rein.«

Sie gab ihr Bestes, brachte aber nur eine Scheibe Brot mit etwas Käse herunter.

»Das wird schon noch«, meinte Lotte.

»Wie lange könnt ihr bleiben?«

Opa Franz schaute sie liebevoll an. »Eine ganze Woche. Deine Mutter hat alles arrangiert.«

»Das … ist schön.« Sie musste sich noch an den Gedanken gewöhnen, aber zum ersten Mal seit Langem hatte sie den Eindruck, dass diese bodenlose Leere in ihr nicht mehr ganz so tief war.

Soraya betrachtete ihren Großvater genau. Ja, er war alt geworden, aber er wirkte noch immer vital auf sie.

Lotte wiederum hatte sich stark verändert. Aus dem spitzgesichtigen Mädchen von einst war eine füllige junge Frau geworden, die mit sich und der Welt im Reinen war.

»Wie geht es deiner Familie?«

»Alles prima. Mutti hilft dem Willi mit den Kindern, während ich weg bin, und ich habe versprochen, Schweizer Käse mitzubringen.«

Mehr erzählte sie nicht. Wahrscheinlich hatte Eva sie gebeten, Soraya nicht gleich zu überfordern.

Wenig später machten sie sich auf zu einem Spaziergang. Lotte wäre am liebsten mitten durch den Ort gelaufen, um sich berühmte Filmstars anzusehen, doch Eva entschied, der Weg am St. Moritzersee entlang sei genau das Richtige.

Zu Lottes Enttäuschung und Sorayas Erleichterung begegneten sie nur wenigen Leuten.

Sie fühlte sich ein wenig schwach auf den Beinen, aber Lotte hakte sie unter, dann ging es.

Eva tat das Gleiche bei Franz, und die beiden entfernten sich ein Stück von den Freundinnen.

»Na, vermisst du deinen Scheich?«, fragte Lotte geradeheraus.

»Schah«, korrigierte Soraya automatisch und ließ sich ihren Schmerz nicht anmerken.

»Entschuldigung und Entschuldigung.«

»Wie bitte?«

Lotte zog ein zerknirschtes Gesicht. »Na, weil ich das immer noch verwechsele, und weil ich davon angefangen habe.«

»Schon gut.«

»Deine Mutter hat mir das Versprechen abgenommen, nicht über die Sache zu sprechen. Und auch nicht über meine Familie.«

Letzteres hatte sich Soraya ja schon gedacht. »Und worüber darfst du mit mir reden?«

»Keine Ahnung. Das Wetter? Ist es nicht ein herrlicher kalter Frühlingstag? Schade, dass hier kein Schnee mehr liegt. Können wir aufn Berg?«

»Lotte, hör auf.«

»Und aufm See ist gar kein Eis mehr. Dabei wollte ich doch Schlittschuh laufen.«

»Lotte!«

»Ja?«, fragte die Freundin mit Unschuldsmiene.

»Wir können über alles reden. Es tut mir gut, dass du hier bist. Ich glaube, genau das habe ich gebraucht.«

»Prima. Also, vermisst du ihn?«

»Wie ein Stück von mir selbst.«

»Muss ziemlich schrecklich sein.«

»Ja.«

Sie gingen ein Stück schweigend, und Soraya war dankbar dafür, dass ihre Freundin sie nicht mit ihrem Mitleid überschüttete. Das war zum Glück nicht Lottes Art. Stattdessen meinte sie nach einer Weile: »Du wirst über ihn hinwegkommen. Du wirst eine tolle Schauspielerin, und du wirst wieder glücklich werden.«

Soraya lachte, aber es klang wie ein Krächzen. »Bist du eine Wahrsagerin geworden?«

»Nee, aber ich habe dir schon einmal was prophezeit, was dann wahr geworden ist. Nämlich, dass du berühmt werden wirst. Weißt du noch?«

»Ja, aber das jetzt ist ein bisschen viel.«

»Hab Vertrauen. Du schaffst das schon.«

Soraya drückte den Arm ihrer Freundin. So gern wollte sie ihr glauben.

Ich werde wieder glücklich sein, dachte sie mit einem Funken Hoffnung im Herzen. *Vielleicht werde ich wirklich wieder glücklich sein.*

Nachwort

»Die Prinzessin mit den traurigen Augen«, »Arme Soraya«, »Märchenkaiserin ohne Glück«, »Ein deutsches Mädel ist traurig« – so und ähnlich titelte die Regenbogenpresse ab Mitte der Fünfzigerjahre, als absehbar war, dass die schöne junge Deutsche dem Schah von Persien offenbar kein Kind schenken konnte. Dabei hatte man sich erst wenige Jahre zuvor überschlagen vor Freude, als die Tochter eines persischen Nomadenfürsten und einer Deutschen mittels Heirat Kaiserin auf dem Pfauenthron wurde.

Das war Stoff für die schönsten Geschichten über ein armes Aschenputtel in einem Märchen aus »Tausendundeiner Nacht«. Als dieses Märchen dann nicht so weiterging wie erwartet, blieb man erst recht an Soraya dran, denn unglückliche Geschichten verkaufen sich noch besser als glückliche. So wurde Soraya als eine tragische Figur in einem bösen Spiel dargestellt – hilflos und machtlos. Mitleid wurde kübelweise über ihr ausgeschüttet, die Opferrolle schien ihr auf den Leib geschneidert zu sein.

All diese Berichte wurden der wahren Soraya jedoch

nicht gerecht. Nirgends wurde sie als die starke junge Frau dargestellt, die sie in Wahrheit war.

Es stimmt, sie war sehr jung, als sie die arrangierte Ehe mit Mohammad Reza Pahlavi einging, doch ein gütiges Schicksal hatte es gewollt, dass sie sich in ihn verliebte und er sich in sie.

Und sie waren wirklich glücklich miteinander gewesen, trotz all der Schwierigkeiten jener ersten Jahre. Soraya entwickelte sich rasch zu einer willensstarken Kaiserin, die ihrem Mann in jeder Krise den Rücken stärkte. Auch im Exil blieb sie standhaft an seiner Seite.

Mehr noch: Soraya besaß ein ausgeprägtes soziales Bewusstsein. Die teils große Armut in Persien brachte sie dazu, die Soraya-Stiftung zu gründen. Mit dem Bau und der Einrichtung von neuen Krankenhäusern und Waisenheimen wurde viel Not im Land gelindert. Besonders am Herzen lagen Soraya die persischen Mädchen. Dank der Stiftung erhielten viele von ihnen eine Ausbildung und konnten sich ein besseres Leben aufbauen.

Für all diese Aktivitäten wurde sie vom persischen Volk verehrt und geliebt.

Und sie war glücklich mit ihrem Mann. In ihrer Autobiografie »Palast der Einsamkeit« schrieb sie, dass sie und Mohammad Reza unter anderen Umständen für immer zusammengeblieben wären. Sie hätten sich sehr geliebt und wären auch ohne Kinder zufrieden gewesen.

Doch der persische Thron brauchte einen Erben. In aller Entschiedenheit lehnte Soraya die vorgeschlagene Zweitehe ab, und so blieb nichts übrig als die Trennung.

Bis zuletzt hatte sie auf eine andere Lösung gehofft. Sie war todunglücklich, doch mit der Zeit bewies sie erneut, dass sie eine starke Frau war. Ihr liebendes Herz war gebrochen, aber sie empfand es auch als Befreiung, dass nun niemand mehr einen Thronfolger von ihr erwartete.

Sie drehte Filme in Rom, denen zwar kein Erfolg beschieden war, die ihr aber den lang gehegten Traum der Schauspielerei erfüllten. Sie blieb eng mit ihrer Familie und ihren Freunden verbunden, und sie bewegte sich mit bewundernswerter Leichtigkeit auf dem gesellschaftlichen Parkett zwischen Rom, Marbella und Paris. Sogar die Liebe kehrte in ihr Leben zurück. Mit dem italienischen Regisseur Franco Indovina erlebte sie von Neuem das Glück, auf das sie nicht mehr zu hoffen gewagt hatte.

Er war die zweite große Liebe ihres Lebens, und als er 1972 bei einem Flugzeugabsturz tödlich verunglückte, stand Soraya wieder im Mittelpunkt der Aufmerksamkeit. Fortan hieß sie nur »Kaiserin der Tränen« oder »Prinzessin Schwermut«.

Über die erneute Flut von teils frei erfundenen Geschichten war sie irgendwann so wütend, dass sie sich fast vollständig aus dem öffentlichen Leben zurückzog.

Soraya starb mit nur 69 Jahren am 25. Oktober 2001 in Paris. Drei Monate nach ihr starb auch ihr geliebter Bruder Bijan.

Fast alles, was ich in dieser Romanbiografie geschildert habe, stimmt und ist in Sorayas Autobiografie nachzulesen. Das Internet bietet eine Fülle von zum Teil falschen Informationen. So ist die Geschichte um Farah Diba und wie sie mit dem Schah zusammenkam, auf vielfältige Art beschrieben worden. Richtig ist jedoch, dass sie, wie Jahre zuvor Soraya, von den weiblichen Familienmitgliedern ausgewählt wurde.

Künstlerische Freiheit habe ich mir lediglich im Berliner Teil des Romans erlaubt. Den Großvater Franz Karl gab es wirklich, und Soraya verband glückliche Kindheitserinnerungen mit ihm. Dass sie ihn aber heimlich besucht hat, dabei eine Freundin namens Lotte Reinecke fand und sich um die Trümmerkinder kümmerte, ist allein Ausdruck meiner Fantasie. Die Leserinnen und Leser mögen mir verzeihen, dass ich aus dramaturgischen Gründen hier ein wenig dazuerfunden habe.

Quellen

Bücken, Hajo; Rex, Dieter: *Die wilden Fünfziger*, 2001, Fränkisch-Crumbach: Edition XXL.

Hütt, Hans: *Die 50er. Ein Jahrzehnt in Wörtern*, 2019, Berlin: Duden.

Franck, Dieter: *Die Welt der Jahrhundertmitte*, 1991. Köln: Lübbe.

Gronke, Monika: *Geschichte Irans. Von der Islamisierung bis zur Gegenwart*, 2016, München: C.H. Beck.

Soraya: *Palast der Einsamkeit. Die erste Autobiographie*, 1994: edition ferency bei Bruckmann.

Scheffer, Sabine: *Wir Mädchen der 50er und 60er Jahre*, 2010, Gudensberg: Wartberg.

Schuller, Alexander: *Soraya. Der Roman zum großen Fernseh-Ereignis*, 2004, München: Heyne.

Wildt, Michael: *Vom kleinen Wohlstand, Eine Konsumgeschichte der fünfziger Jahre*, 1996, Frankfurt am Main: Fischer.

Wisser, Horst: *Stadtleben in den 50er und 60er Jahren*, 2010, Gudensberg: Wartberg.

Lady Diana - die Ikone ihrer Zeit

London, 1978: Die siebzehnjährige Diana Spencer ist zu Gast auf einem Polospiel. Da sie selbst einer der angesehensten Adelsfamilien des Landes entstammt, ist die Welt, in der sie sich an diesem Tag bewegt, nicht fremd. Im Gegenteil, es beginnt ein Flirt mit dem zukünftigen König Großbritanniens, der ihr Leben für immer verändern soll: Keine drei Jahre später steht sie vor 3500 geladenen Gästen in der St. Paul's Cathedral und feiert die Hochzeit des Jahrhunderts. Doch obwohl der Alltag in der Königsfamilie mit seinem strengen Protokoll ihr nicht entspricht und Charles ihre Liebe nicht erwidert, findet sie ihren ganz eigenen Weg - und die Welt liegt ihr schon bald zu Füßen...

Julie Heiland

Diana

Königin der Herzen

Klappenbroschur

Auch als E-Book erhältlich

www.ullstein.de

ullstein